चार
परम
रहस्य

चार
परम
रहस्य

प्रेम व समृद्धि प्राप्त करने और एक आनंदमय जीवन जीने की राह

प्रीताजी
और
कृष्णाजी

अनुवाद : रचना भोला 'यामिनी'

MANJUL

मंजुल पब्लिशिंग हाउस

MANJUL
मंजुल पब्लिशिंग हाउस
कॉरपोरेट एवं संपादकीय कार्यालय
•द्वितीय तल, उषा प्रीत कॉम्प्लेक्स, 42 मालवीय नगर, भोपाल-462 003
विक्रय एवं विपणन कार्यालय
•सी-16, सेक्टर 3, नोएडा, उत्तर प्रदेश, 201301
वेबसाइट : www.manjulindia.com
वितरण केन्द्र
अहमदाबाद, बेंगलुरू, भोपाल, कोलकाता, चेन्नई,
हैदराबाद, मुम्बई, नई दिल्ली, पुणे

प्रीताजी और कृष्णाजी द्वारा लिखित मूल अंग्रेजी पुस्तक
द फ़ोर सेक्रेड सीक्रेट्स: फॉर लव ऐंड प्रॉस्पैरिटी, अ गाइड टु लिविंग इन अ ब्युटिफुल स्टेट
का हिन्दी अनुवाद

The Four Sacred Secrets: For Love and Prosperity, A Guide to Living in a Beautiful State by Preethaji and Krishnaji – Hindi edition

एट्रिया बुक्स (साइमन ऐंड शुस्टर, इनकॉरपोरेटिड का प्रभाग)
के सहयोग से प्रकाशित

यह हिन्दी संस्करण 2020 में पहली बार प्रकाशित
तृतीय आवृत्ति 2022

ISBN : 978-93-89143-86-7

हिन्दी अनुवाद : रचना भोला 'यामिनी'

यह पुस्तक समस्त जीवों सहित एकत्व के प्रति
मानवीय चैतन्य के परिवर्तन हेतु समर्पित है

अनुक्रम

परिचय

प्रीताजी

जब मैं दरवाज़े खोलकर बरामदे में आई, तो मैंने अपने पैरों के नीचे नम हवा की ताज़गी महसूस की। हवा के साथ कहीं दूर से गीली मिट्टी की महक भी आ रही थी। दो बड़े काले बादल छा गए और बरसने लगे। छत से बहने वाला पानी बाग में छोटे गड्ढे बना रहा है। मेंढकों के संवाद से मानो सुगम संगीत बनने लगा। मेरी इंद्रियाँ आनंदमग्न हैं। चारों दिशाओं से परमानंद अनुभव हो रहा है, जो गहरी शांति की स्थिति में बदल जाता है। मेरे सीएफ़ओ ने लॉस एंजेल्स से हमारे आने वाले ध्यान एप के बारे में बात करने के लिए कॉल किया। इस बातचीत के दौरान भी आंतरिक स्थिरता बनी रही... और शब्द प्रवाहित होते रहे।

यह जीवन सदा इतना सहज क्यों नहीं लगता?

हमारे रिश्तों में गहरे, संपन्न और परिपूर्ण क्षण इतने कम क्यों हैं? सफलताओं की ओर हमारी प्रगति इतनी धीमी और बाधाएँ इतनी बड़ी क्यों हैं? खुशियाँ इतनी क्षणिक क्यों हैं? जब हम अपने बच्चों को मुस्कराते हुए देखते हैं, जब अपने प्रियजन को गले से लगाते हैं या फिर किसी अच्छे काम के लिए प्रशंसा सुनते हैं, तो हमारे भीतर से आनंद की लहर उमड़ती है। हमारी खुशियाँ इतनी जल्दी कैसे लुप्त हो जाती हैं और उसकी जगह व्याकुलता, चिंता या संदेह कैसे आ जाते हैं?

हज़ारों वर्षों से, मनुष्य इन्हीं प्रश्नों के उत्तर खोजता आया है। हमने और अधिक सुंदर अस्तित्व को जाग्रत करने के लिए असंख्य योजनाएँ बनाई हैं। हमने अपने कौशलों को निखारने, प्राचीन अनुशासनों को माहिर करने और नए चलन के अनुचित व्यवहारों पर कड़ी मेहनत की है।

परंतु क्या ये सभी योजनाएँ हमें हमारे सपनों के जीवन के ज़रा सा भी पास ले जा सकीं? या इससे केवल अस्थायी परिणाम ही हाथ आए?

निश्चित रूप से, किसी कौशलयुक्त पहुँच में कोई बुराई नहीं है। परंतु हमारा लक्ष्य यही है कि आपको मध्यम स्तर से परे ले जाकर, एक ऐसी शक्ति के लिए जाग्रत किया जाए, जो आपके द्‌वारा अधीन की गई किसी भी तकनीक की तुलना में कहीं अधिक बड़ी हो। एक ऐसी शक्ति, जो आपको असीम समृद्धि और महान प्रेम से भरा जीवन रचने में सहायक होगी। आपको केवल उस शक्ति के प्रति जाग्रत होना है।

यह परिवर्तित चैतन्य की शक्ति है।

दूसरे शब्दों में कहें तो, हम मन को पुनःप्रशिक्षित करने या फिर बेहतर आदतें अपनाने के बारे में नहीं कह रहे; हम आपके वास्तविकता को अनुभव करने के तरीक़े में परिवर्तन लाने की बात कर रहे हैं, जिससे आप यथार्थ का अनुभव लेते हैं। जिस तरह आप स्वयं को, पूरी दुनिया और हर चीज़ को अनुभव करते हैं।

एक क्षण के लिए उसके बारे में विचार करें।

जीवन को एक पूरी अलग तरह से अनुभव करने का अर्थ क्या होगा? ऐसा महसूस करना मानो आपके मस्तिष्क के नए हिस्से सक्रिय होकर जीवंत हो गए हों? जिस जगह केवल बाधा दिखती थी, उसी स्थान पर अवसर दिखने लगें? यह महसूस करना कि अंततः समय और भाग्य आपके साथ आ गए हैं?

ऐसे शक्तिशाली चैतन्य के बल पर ऐसा कुछ नहीं, जिसे संभव न किया जा सके।

अगर आप भी उन तमाम लोगों जैसे हैं, जिनसे हम पिछले तीन दशकों के दौरान मिलते रहे, तो आप भी ऐसा ज्ञान पाने के लिए व्यग्र होंगे। तीस वर्ष पूर्व, मेरी सास, ससुरजी श्री अम्मा व श्री भगवान ने 'वननेस' नामक आध्यात्मिक संस्था की स्थापना की, जो लोगों को जीवन गुज़ारने से जीवन जीने की दिशा में प्रेरित करने के लिए समर्पित थी और बीस वर्ष बाद, मेरे पति कृष्णाजी और मैंने वन वर्ल्ड एकैडमी की स्थापना की, चैतन्य परिवर्तन के लिए हमारा अपना दर्शनशास्त्र व ध्यान स्कूल है।

दो वर्ष हुए, मेरे सास-ससुर ने वननेस को भी कृष्णाजी और मुझे सौंप दिया है और हमने इन दो महान संस्थानों को मिलाकर, ओ ऐंड ओ एकैडमी में बदल दिया। हमारे पाठ्यक्रम ने हज़ारों लोगों को मानसिक दुख से मुक्त रिश्तों को पोषित करने, आक्रामकता से मुक्त सफलताओं को अर्जित करने तथा भयमुक्त होकर जीने में सहायता की है। यहाँ सिखाया गया है कि अलगाव से नाता जोड़ने की ओर, विभाजन से एकत्व की ओर, तनाव से शांति की ओर कैसे आ सकते हैं - और ऐसा करने में, स्वयं को एक व्यक्ति तथा परिवार व संगठनों के सदस्यों के रूप में कैसे परिवर्तित कर सकते हैं।

ओ ऐंड ओ एकैडमी, कोई आश्रम नहीं, बल्कि एक संस्था है, जो अपने छात्रों को ओजस्वी शिक्षा प्रदान करती है। आप यहाँ से जो भी शिक्षा पाते हैं, उसे अपने रोज़मर्रा के जीवन पर लागू करते हैं। हम तरुणों, वयस्कों, परिवारों, आध्यात्मिक जिज्ञासुओं, सचेतन ऐश्वर्य के सृजन कर्ताओं व लीडरों के लिए कोर्स आयोजित करते हैं, जो अपने चैतन्य को उन्नत करना चाहते हैं।

प्रारंभ में बहुत से लोग मेरे और कृष्णाजी के पास उसी तरह की योजनाओं के बारे में सलाह के लिए आते थे जिसके बारे में मैंने लिखा है, परंतु उन्हें यह समझने में अधिक समय नहीं लगा कि, अपनी चैतन्य की शक्ति को जाग्रत करने के बाद उनके जीवन में जो अंतर्दृष्टि और चमत्कार प्रकट होता है, उसकी तुलना में सारी योजनाएँ व्यर्थ हैं।

इस पुस्तक को मानवीय चैतन्य की अद्भुत क्षमताओं को जाग्रत करने की दिशा में एक गाइड समझें। विडंबना यह है, कि हममें से अधिकतर लोगों को कभी ज्ञान के इस गहरे स्रोत के बारे में नहीं बताया गया। इसमें कोई आश्चर्य नहीं कि हम प्रसन्नता और सफलता के लिए इतनी योजनाएँ और कुचक्र रचते हैं मानो वे ऐसे अतिथि हों, जिन्हें आप कभी अपने साथ एक प्याला चाय पीने के लिए राजी नहीं कर सकते!

आगे आने वाले पृष्ठों में, हम आपके साथ चार परम रहस्य बाँटने जा रहे हैं, जो आपको चैतन्य की महान शक्ति से जुड़ने में सहायक होंगे। हर रहस्य के बाद एक जीवन यात्रा दी गई है ताकि आप स्वयं को उन सबसे मुक्त कर सकें, जो आपको अपने सपनों को साकार करने से, चैतन्य की विस्तृत स्थितियों तक जाने से रोक रहा है और आपको सही मायनों में अपने प्रियजन से संपर्क नहीं साधने दे रहा।

एक परिवर्तित चैतन्य का महानतम पुरस्कार यही है कि आप संसार में एक ऐसे अस्तित्व का अनुभव ले सकेंगे, जिसे मैंने और कृष्णाजी ने 'सुंदर स्थिति' का नाम दिया है। उस स्थिति से जीवन आनंदमय और सहज हो जाता है। आपके जीवन में बड़ी सरलता से अवसर प्रवाहित होने लगते हैं। अजनबी भी मित्रों और सहायकों के रूप में सामने आने लगते हैं। जीवन के प्रत्येक चरण में आपको मदद मिलने लगती है। आप स्वयं को उलझा हुआ महसूस नहीं करते। आपकी अंतःप्रज्ञा जाग्रत हो उठती है।

इस पुस्तक में दी गई अंतर्दृष्टि बहुत सरल है : अस्तित्व की केवल दो स्थितियाँ हैं – एक दुख स्थिति और दूसरी सुंदर स्थिति। एक स्थिति आपके आसपास अस्त-व्यस्तता का ऊर्जा क्षेत्र पैदा करती है और दूसरी स्थिति आपके जीवन में सुंदर तालमेल से सजी घटनाओं का स्वागत करती है। इस प्रकार, जीवन में किसी भी समय में, हमारे लिए सबसे महत्त्वपूर्ण चुनाव केवल एक ही हो सकता है, 'मैं किस स्थिति में जीना चाहता हूँ?'

परंतु इस विचार से एक प्रश्न भी उत्पन्न होता है : क्या हम हमेशा उसी सुंदर स्थिति में रह सकते हैं?

नहीं, हम नहीं रह सकते। केवल एक निर्णय ही काफ़ी नहीं होता। हमें पहले समझना होगा कि दुख स्थिति अक्सर अवचेतन और गहराई तक स्थित होती है। इनकी जड़ें हमारे जन्म से भी बहुत पहले, हमारे आरंभिक बचपन या फिर आने वाले समय से जुड़ी होती हैं।

हमारी दुख स्थितियाँ हमें इस संपूर्णता, आनंद, शांति व साहस की भावनाओं को अनुभव करने से रोकती हैं परंतु इनसे छुटकारा पाया जा सकता है।

अगर हम स्वयं को इस दुख स्थिति से मुक्त करना नहीं सीखते, तो वे फिर से तब तक सामने आती रहेंगी जब तक हमारा बुनियादी स्वभाव ही उदासी, चिड़चिड़ापन या गुस्से का, नहीं बन जाता। ऐसी आहत स्थिति से हम निरंतर आनंद, रिश्ते या फिर समृद्धि को नहीं बना सकते। यदि हमने अपनी निराशा का इस्तेमाल आगे बढ़ने के लिए किया तो, हमारी सफलताओं से ऐसा संतोष नहीं मिलेगा जो लंबे समय तक बना रह सके। या इससे भी बदतर यह होगा कि हमें अपनी ऊँची उड़ान के लिए ऐसी ज़बरदस्त क़ीमत चुकानी होगी कि हम स्वयं से पूछते दिखाई देंगे : क्या ऐसी सफलता पाने का कोई लाभ था?

उस समय पर ध्यान, मंत्रजाप या फिर छुट्टियाँ मनाना आदि ऐसे लग सकते हैं मानो आप किसी ज्वालामुखी में बर्फ़ के टुकड़े डाल रहे हों।

हमें मलहम से कहीं ज़्यादा, परिवर्तन चाहिए। हम दोनों ने मिलकर यह पुस्तक तैयार की है ताकि उस सुंदर स्थिति की शक्ति के अपने अनुभव आपसे बाँट सकें और साथ ही उन छात्रों के अनुभव भी दे सकें जिन्होंने गहरे संबंध बनाने से लेकर, संतोषप्रद और सफल करियर बनाने तक जीवन के हर पहलू को परिवर्तित किया है। हमने जानकर लोगों के नाम, मूल देश और छात्रों की पृष्ठभूमि बदल दी है ताकि उनकी गोपनीयता बनी रहे और साथ ही उनके परिवर्तन की अंतर्दृष्टि व अनुभवों की प्रामाणिकता बरकरार रहें।

इन प्रसंगों के साथ ही, यदि आप भी अपनी चैतन्य के परिवर्तन का कौतूहल रखते हैं, तो आप जीवन जीने, प्यार करने और सब कुछ पाने के लिए एक सहजता की भावना पा लेंगे। जब आप इन परम रहस्यों को एक बार अपने हृदय में धारण कर लेंगे, तो ब्रह्माण्ड एक स्नेही मित्र की तरह अपनी चमत्कारी समकालिकताओं के साथ, आपको अपना सहयोग देगा जो आपको सशक्त बना देगा।

चलिए, यह यात्रा एक साथ आरंभ करें!

परंतु इससे पहले कि आप इसे आरंभ करें, हम आपको एक सुझाव देना चाहेंगे : इन पृष्ठों को हड़बड़ाहट में न पलटें। *चार परम रहस्य* एक ऐसी पुस्तक है,

जिसे आप बार-बार पढ़ना चाहेंगे। यह आपकी आत्मा से संवाद करेगी। इन शब्दों के पीछे छिपा सत्य, स्वयं ही हर बीतते दिन के साथ आपके सम्मुख प्रकट होता जाएगा। हो सकता है, कि आप अपने दैनिक ध्यान अभ्यास के दौरान प्रतिदिन इसके कुछ अंश पढ़ना चाहें या फिर जीवन की अनेक दैनिक चुनौतियों के बीच स्पष्टता लाने वाली सहायक के रूप में पुस्तक को अपने साथ रखना चाहेंगे। नोट्स, प्रश्न, जिज्ञासाओं और पढ़ने के दौरान मन में आए विचारों को इसमें लिखते हुए, पुस्तक को पूरी तरह से अपना बना लें। हर बार जब भी आप इसे पढ़ेंगे तो, आपको एक नया ही पाठ सीखने को मिलेगा।

हर अध्याय को पढ़ने के बाद मनन के लिए समय निकालें। किसी भी प्रकार की भावना या अंतर्दृष्टि उभरने पर, उसे कहीं लिखें और साथ ही आपके जीवन में उन संयोगों को भी लिखें, जो आपको चैतन्य की शक्ति के प्रति जागृति में प्राप्त हुए हों।

∞

मेरी जागृति

कृष्णाजी

2009 में, प्रीताजी और मैं, दक्षिण कैलिफ़ोर्निया की बिग बीयर लेक घूमने गए थे। हमारी पाँच वर्षीय बेटी लोका भी साथ ही थी। वहाँ बसंत ऋतु थी। हम छुट्टियाँ मनाने गए थे और बहुत लंबे अरसे के बाद घूमने निकले थे। उस दिन हम एक पहाड़ पर खड़े आसपास की सुंदरता अपनी आँखों से निहार रहे थे।

ऐसा लगता था कि पारदर्शी नीले रंग की उस झील का कोई ओर-छोर ही नहीं हो। हरे और सफ़ेद रंग के छोटे-छोटे टुकड़ों में धरती व आकाश प्रतिबिंबित हो रहे थे। तरल रुपहले और सुनहले रंग की लकीरें मूल सतह को भेद रही थीं। मैं उस ठंडी और ताज़ी पार्थिवता को महसूसकर आनंदित हो उठा, जो मेरे हृदय को झंकृत कर गई थी : हमारा अनुमान था कि पहाड़ों की ऊँचाई पर तापमान में कुछ बदलाव अवश्य होगा, पर हममें से किसी ने यह सोचा तक नहीं था कि बर्फ़ीली झील से उठ रहा झोंका भी शूल सा चुभने लगेगा। मेरा शरीर और मन, पूरी तरह से जाग्रत थे।

कुछ क्षणों के बाद, लोका के उत्साह से सन्नाटा टूटा। वह ज़ोर से चिल्लाई, "नाना, नाना देखो!" दक्षिण भारतीय लहज़े में स्नेहवश पिता को यही संबोधन दिया जाता है। उसने मेरी बाँह को टहोका देते हुए मरीना की ओर संकेत किया, जहाँ दो जेट स्की को डॉक की ओर ले जाया जा रहा था। प्रीताजी और मैंने एक-दूसरे को देखा। हम ऐसे उत्साह के लिए इनकार कैसे कर सकते थे?

लोका का उत्साह हमें भी छू गया। स्की ऑपरेटर भी कुछ कम मज़ाक़िया नहीं था। उसने थोड़ी-बहुत जानकारी देने के बाद पूछा, "क्या आप लोग सचमुच लाइफ़ जैकेट्स लेना चाहेंगे?"

उसने लापरवाही दिखाते हुए कुछ इस तरह से पूछा कि, मैं तुरंत यही कहने जा रहा था, "नहीं, ऐसा ही उचित होगा।" शायद तीस सेकेंड से भी पहले प्रीताजी ने मुझे कोहनी से संकेत किया और कहा, "हम ले लेते हैं।" एक ही क्षण में मुझे ध्यान में आया, बेशक़, हमें इनकी ज़रूरत है। प्रीताजी को तैरना नहीं आता। हमने अपनी लाइफ़ जैकेट लीं और जेट स्की की ओर चल दिए।

जैसे ही मैंने इंजन चालू किया, जेट स्की का प्रशिक्षक इंजन के शोर और लोका के उत्साह भरे शोर के बीच, अपने अंतिम निर्देश देने के लिए संघर्ष करने लगा। उसने हमें अपनी गति पर क़ाबू करने और तीखे मोड़ लेते हुए सावधान रहने को कहा। फिर ज्यों ही हम निकलने लगे तो वह चिल्लाया, 'अगर आपकी जेट स्की पलट जाए तो इसे सात मिनट के भीतर सीधी कर लेना, वरना यह डूब जाएगी।' और इसके साथ ही हम झील में आगे बढ़ गए।

"तेज़ नाना और तेज़," लोका ने हँसते हुए मुझे और अधिक प्रोत्साहित किया। हम काफ़ी दूरी तय कर चुके थे और फिर भी लगा कि हम झील में मीलों दूर तक जा सकते थे।

मैं, लोका और प्रीताजी को एक यादगार अनुभव देना चाहता था इसलिए मैंने गति बढ़ाने के बारे में सोचा। मैं जेट स्की को तेज़ी से आगे बढ़ाने लगा। मुझे लग रहा था कि इससे एक बड़ी अच्छी-सी लहर पैदा की जा सकती थी, पर ऐसा होने की बजाए जेट स्की पलटी और हम तीनों पानी में जा गिरे।

अचानक चारों ओर अंधेरा छा गया। हम सभी पानी के नीचे थे। मेरे पूरे शरीर में भय की सिरहन दौड़ गई, मैंने महसूस किया, कि प्रीताजी मेरे कपड़े खींच रही थीं। लोका कहाँ गई? मैं किसी तरह छटपटाते हुए पानी की सतह पर पहुँचा और उन दोनों को पानी के ऊपर आते देखा। उन्होंने लाइफ़ जैकेट्स अच्छी तरह से पहन रखी थीं।

प्रीताजी के फेफड़ों में पानी चला गया था और वे साँस नहीं ले पा रही थीं। जब वे अपना संतुलन बनाने के लिए हाथ-पैर मार रही थीं तो, मेरा मन बुरी तरह से चकरा गया। अगर उन्हें कुछ हो जाता तो? मुझे ख़ुद को सँभालने में कुछ क्षण लगे और इसके बाद ही मैं, उन्हें सँभालने लायक़ हो सका। लोका, प्रीताजी की तुलना में जल्दी सँभल गई।

"कन्ना, हम इसे पलटकर सीधा कैसे करेंगे?" प्रीताजी चिल्लाईं।

तनाव बढ़ने के साथ-साथ मेरे कानों में हमारे प्रशिक्षक के शब्द गूँज उठे। हम सात मिनट वाले निशान के नज़दीक आ रहे थे इसलिए जेट स्की किसी भी समय पानी में डूब सकती थी।

हम बर्फ़ीले पानी में अपने भीगे हुए फ़ोनों के साथ, किनारे से दूर फँसे हुए थे। जिस इंसान ने हमें सुरक्षात्मक प्रक्रियाओं की जानकारी पूरी गंभीरता से नहीं

दी थी उसके लिए, यह बात आराम से सोची जा सकती थी कि वह हमें भूल भी सकता था। मैंने डर के मारे सोचा, *अगर कोई हमारी मदद के लिए नहीं आया तो, क्या होगा?* हम उसी बर्फ़ीले पानी में जम जाते। हालाँकि मैं जेट स्की को सीधा नहीं कर पा रहा था, पर शुक्र है कि वह अब भी तैर रही थी। हमें तब भी किसी की प्रतीक्षा करनी थी जो हमें बचाने आ सके, परंतु उस एक क्षण के लिए लगा, कि सबसे बुरा ख़तरा बीत चुका था।

इस दौरान, मेरा मन तेज़ी से दौड़ने लगा। मैं, मरीना पर दिए गए अधूरे निर्देशों के लिए गुस्से से बेहाल था; मैं जेट स्की ऑपरेटर को डाँटना चाहता था। उसी समय, मैं यह समझने की कोशिश कर रहा था कि यह सब हुआ कैसे? मेरा मन प्रश्नों से अस्त-व्यस्त होने लगा।

मेरे परिवार के साथ ऐसा क्यों हुआ? क्या यह नकारात्मक कर्मों का परिणाम था? क्या किसी ब्रह्माण्डीय योजना के अनुसार ऐसा होना पूर्व निर्धारित था?

मुझे इस घटना से क्या सीख लेनी चाहिए?

ऐसे कोई उत्तर नहीं मिले, जो मुझे ज़रा सा भी दिलासा दे पाते। अगर मैं इस दुर्घटना को किसी कृत्य, ब्रह्माण्ड की योजना या किसी सीख से जोड़ पाता तो, यक़ीनन मेरा गुस्सा घटता, मन को थोड़ी शांति मिल जाती और मेरे सारे प्रश्न समाप्त हो जाते परंतु मेरा गुस्सा और प्रश्न वैसे के वैसे बने रहे।

ये सब हो क्या रहा था? भीतर से यह कैसा दुख था, जिसे मैं अनुभव कर रहा था?

मैंने सदा ही स्वयं को इस तरह के बड़े प्रश्नों के बीच सहज पाया था। दरअसल, आप कह सकते हैं कि मेरी परवरिश इसी उद्‌देश्य के लिए की गई थी। मेरे पिता, श्री भगवान एक आध्यात्मिक गुरु व वननेस नामक आध्यात्मिक संस्था के संस्थापक हैं। इस संस्था के मूल में *दीक्षा,* एकत्व आशीर्वाद का भाव छिपा है। मेरे पिताजी को बचपन में एक अलौकिक अनुभव होता था, जिसमें सुनहरे प्रकाश से भरा हिरण्यगर्भ प्रकट होकर उन्हें मंत्रपाठ करने और मनुष्य जाति के उद्धार के लिए ध्यान करने के लिए प्रोत्साहित करता। उन्होंने एक ऐसे स्कूल की स्थापना की जिसमें पारंपरिक शिक्षा के साथ-साथ, बच्चे आनंदमय रिश्तों की कला भी सीखते थे। मैं भी उसी स्कूल का छात्र था।

फिर मेरे पिता को, वे अनुभूतियाँ होनी बंद हो गईं और पंद्रह वर्ष बाद मेरे साथ वही सिलसिला आरंभ हो गया। ग्यारह वर्ष की आयु में मुझे चैतन्य की स्थितियों का अनुभव मिलना शुरू हुआ और मुझे वैसे अनुभव पहले कभी नहीं हुए थे। अचानक ये स्थितियाँ मुझसे, मेरे मित्रों और छात्रों तक प्रवाहित होने लगीं।

फिर एक दिन मेरे पिताजी ने पूछा, कि क्या मैं सचेतन भाव से इस अनुभव को दूसरों के साथ बाँट सकता था? मैंने हामी भर दी। जब मैंने इस स्थिति को दूसरों तक स्थानांतरित किया तो, उन्हें भी वही सुनहरे प्रकाश से भरा हिरण्यगर्भ दिखने लगा।

कुछ लोगों ने इसे ईश्वर कहा; कुछ लोगों ने प्रेम कहा; कुछ लोगों ने इसे पवित्र कहा।

मेरे अनूठे बचपन के कारण, मैं जीवन के रहस्यों की खोजबीन से कभी पीछे नहीं हटा था। परंतु फिर भी मैंने कभी दार्शनिक प्रश्नों को इतनी तीव्रता से आने नहीं दिया।

दुर्भाग्य से मेरे द्वारा विचारित कोई भी स्पष्टीकरण बेहतरी का अहसास नहीं दिला रहा था क्योंकि मैं ठंडे पानी में फँसा हुआ था। मुझे कहीं से शांति नहीं मिल रही थी। जब मुझे उस बेहूदे प्रशिक्षक की याद आई तो, मैं गुस्से से आग-बबूला हो उठा। उसने हमें नहीं बताया कि अगर स्की पलट जाए तो, उसे सीधा कैसे करना चाहिए। वह इतनी महत्त्वपूर्ण बात बताने से कैसे चूक सकता था? कोई इतना लापरवाह कैसे हो सकता था?

मेरा गुस्सा हावी होता जा रहा था। बार-बार मैं उन्हीं विचारों में क़ैद था। यह मेरे लिए अजीब बात थी क्योंकि बचपन से ही मैंने कभी व्याकुलता को अपने भीतर जगह नहीं बनाने दी थी।

अपने इस आंतरिक कलह से बहुत ही त्रस्त होकर, मैंने गहरे संकल्प के साथ अपने ध्यान को भीतर की ओर लगाया। मुझे अहसास हुआ कि यह गुस्सा ब्रह्माण्ड या स्की ऑपरेटर के लिए नहीं, बल्कि मेरे अपने लिए था। मैं अपने-आप से नाराज़ था।

जो भी हो, मैंने ही मरीना पर अपने उत्साह के चलते कहा था कि हमें लाइफ़ जैकेट की ज़रूरत नहीं थी। अगर प्रीताजी के आग्रह पर हमने उन्हें न पहना होता तो, मैं उस दिन अपना परिवार खो सकता था।

अपने सत्य को पहचानते ही, आंतरिक कलह और विवाद उसी समय थम गया।

और इसके बाद मैं अपने आंतरिक संघर्ष से मुक्त हो गया।

दुख के क्षणों में, मैंने आध्यात्मिक धारणाओं में से जिस किसी भी चीज़ का सहारा लिया होगा - उस दिन वह सब लुप्त होने लगा। अब मेरे पास दिलासे और सुरक्षा का विकल्प नहीं बचा था।

मैं अकल्पनीय गति से भागा आ रहा था - किस ओर? यह मुझे पता नहीं था। उस आंतरिक शांति के बीच मुझे दुख के उन क्षणों के सच्ची प्रकृति का अहसास हुआ जिन्हें मैंने कभी अपने जीवन में महसूस किया था। मेरे अस्तित्व की संपूर्णता से एक बोध का उदय हुआ : “स्व-केंद्रित जुनूनी विचार ही सारे दुखों का मूल है।”

मैंने सिर्फ़ अपने दुख को नहीं समझा, बल्कि समस्त मानवजाति के दुख का साक्षी बना। उस एक क्षण में मुझे पूरी स्पष्टता से पता चला कि सारे मानवीय दुखों की क्या वजह थी : मैं रूपी आत्म केंद्रित सोच के प्रति जुनूनी लगाव। चिंता, उद्वेग, उदासी, असंतोष, गुस्सा और अकेलापन तभी उठते हैं जब विचार निरंतर खुद के बारे में ही होते हैं।

मेरे शरीर के प्रत्येक स्नायु के तंतु, इस बोध से स्पंदित हो उठे कि स्वयं को तनाव और दुख से मुक्त करने के लिए स्व-केंद्रित जुनूनी विचारों की ज़ंजीरों को तोड़ना ही होगा।

इस स्तर पर सभी अनुभवों में केंद्रित 'मैं' रूपी भावना अदृश्य हुई। अब ऐसा कोई आदमी नहीं था, जो दुख पा रहा था या नहीं पा रहा था, न ही कोई दुख देने वाला था। वहाँ कोई कृष्णाजी नहीं था, जो अपने परिवार की रक्षा के लिए किसी के आगमन की प्रतीक्षा में हो। कोई भी पृथक अस्तित्व नहीं था।

मैं असीम हो गया था। मैंने प्रीताजी, लोका और अपने आसपास की हर चीज़ के साथ एक प्रकार का एकत्व भाव महसूस किया। उनके और मेरे बीच कोई भेद नहीं था, मेरे शरीर और पृथ्वी में कोई अंतर नहीं था, जो धरती माँ से जन्मा था।

जब मैंने अपने कहे जाने वाले इस शरीर को देखा तो, मैंने अपनी माता, पिता, दादा-दादी और उनके माता-पिता को देखा - मेरे से पहले की सारी पीढ़ियाँ सामने आ गईं। आदिकाल से, मैं समस्त मानवजाति को अपने पूर्वजों के रूप में देखने लगा।

कोई अलग अस्तित्व, अलग वस्तुएँ, अलग घटनाएँ या अलग शक्तियाँ नहीं थीं। मैंने अपने भीतर सागर व आकाश का विस्तार और उसके बीच मौजूद सब कुछ को देखा। मैं ही ब्रह्माण्ड था। संपूर्ण ब्रह्माण्ड अपने-आप में एक विशाल जीव प्रक्रिया था, जिसमें सबकुछ समाहित था।

जो कुछ अस्तित्व में था वह एक, वह पवित्र था। जिसे हम हिंदू संस्कृति में 'ब्रह्मन्' या 'परमात्मा' भी कहते हैं।

परंतु मैं स्वयं को उस परमात्मा से अलग महसूस नहीं कर रहा था।

कोई अलगाव नहीं था। ना ही कोई समय था।

सारा अनुभव एक आजीवन चलने वाले अनुभव में बदला हुआ लग रहा था। हालाँकि हम बचाव दल के पहुँचने के पहले, लगभग पच्चीस मिनट तक पानी में रहे। जब मैं परिवार को सुरक्षित किनारे तक पहुँचाने की प्रतीक्षा में था तो, एक अद्भुत तड़प मेरे भीतर जाग उठी। मैं उस समय अनुभूत प्रत्येक अनुभव को अपने भीतर संजो लेना चाहता था, हर मनुष्य को मुक्त होने में मदद करना चाहता था।

मैं चाहता था, कि हम इस विचार से मुक्त हों कि हम एक-दूसरे से अलग हैं। अपने भीतर तथा आसपास की दुनिया के साथ चल रहे संघर्ष से मुक्त हों। उस दुख से मुक्त हों, जो हमारे जीवन को तुच्छ व निरर्थक बना देता है।

मैं जानता था कि अस्तित्व की सुंदर स्थिति के साथ जिया गया एक सुंदर जीवन, प्रत्येक की नियति था। मैंने, दुख से बाहर आने का मार्ग खोज लिया था। पथ पूरी तरह से स्पष्ट दिखाई दे रहा था।

I

पहला परम रहस्य :
एक आध्यात्मिक ध्येय के साथ
जीवन जीना

पहला परम रहस्य :
एक आध्यात्मिक ध्येय के साथ
जीवन जीना

कृष्णाजी

अपनी यात्रा आरंभ करने से पूर्व कुछ क्षण का समय निकालें।
कृपया ठहरिए।
तीन गहरी श्वासें लें।
धीरे-धीरे स्वयं से कहें,
उन प्रश्नों के उत्तर मिलें, जिनकी मुझे खोज है।
वे समाधान मिलें, जिनकी मुझे आवश्यकता है।
मेरा जीवन सुंदर हो।

चलिए, आगे बढ़ते हैं।

अनेक सभ्यताएँ, अनेक धर्म, अनेक संस्कृतियाँ आए व गए। परंतु मानव चैतन्य में परिवर्तन लाने का प्रयत्न, सारे इतिहास में जारी रहा। एक अद्भुत स्थिति के साथ जीवन का अनुभव पाने की तड़प सभी धर्मों, वर्गों तथा संस्कृतियों से परे है। इस ग्रह पर रहने वाले प्रत्येक मनुष्य के भीतर जीवन को पूरी तरह से जीने, गहराई से संपर्क साधने व संपूर्णता से प्रेम करने का भाव हमारा मूल तत्व है, भले ही वह इसके प्रति सचेत हो अथवा न हो।

चैतन्य की इस परिवर्तित स्थिति के असंख्य अनुभव हैं जैसे परमानंद, निःस्वार्थ प्रेम, प्रसन्नात्मक धैर्य स्थिति अथवा एक दिव्य उपस्थिति।

पारंपरिक रूप से, एक परिवर्तित स्थिति की खोज को प्रायः हिप्पियों या ऐसे लोगों से जोड़ा जाता है, जो जीवन से संन्यास ले चुके हों। माना जाता है कि केवल वही लोग इस क्षेत्र में प्रवेश करते हैं जिनका जीवन से मोहभंग हो गया है और वे उससे विरक्त हो गए हैं। युगों से, चैतन्य की इस परिवर्तित स्थिति को अपने-आप में अंतिम परिणाम माना जाता रहा है, परंतु मैं और प्रीताजी इस विषय में एक स्पष्ट भेद रखते हैं। हमारा मानना है कि इस अनुमान से परे कोई और सत्य नहीं हो सकता।

हमारे अपने जीवन इसके प्रमाण हैं। प्रीताजी और मैं जीवन से बहुत गहराई से जुड़े हैं; हम पति-पत्नी हैं, हम माता-पिता हैं और हम अपने माता-पिता की सेहत और दूसरी चीज़ों की पूरी देख-रेख करते हैं। हम चैतन्य के अध्ययन से संबंधित अंतर्राष्ट्रीय ख्यातिप्राप्त एकैडमी का संचालन करते हैं, जो पिछले वर्ष, पूरे विश्व के अनेक देशों में 69,500 छात्रों तक पहुँच बनाने में सफल रही। एकैडमी में हम फ़ैकल्टी को प्रशिक्षण देने, कोर्सों की रचना करने तथा उच्चस्तरीय कक्षाओं के अध्यापन का कार्य सँभालते हैं। इसके अतिरिक्त, हमने दो विशाल कल्याणकारी संस्थाओं की भी स्थापना की है, जो हमारी एकैडमी के आसपास, 1000 से भी अधिक ग्रामों में, 500,000 से भी अधिक ग्रामीणों के जीवन को प्रभावित कर चुकी हैं। हमने भारत के विविध स्कूलों व कॉलेजों में 220,000 से भी अधिक छात्रों के जीवन को लाभ पहुँचाया, जिन्होंने हमारे कोर्सों में हिस्सा लिया। हमने 5 वैश्विक व्यवसायों की स्थापना भी की है जिनके लिए, हम हाल के वर्षों में मार्गदर्शक व लक्ष्य निर्देशक की भूमिका निभा रहे हैं।

आपको यह बताना अतिशयोक्ति नहीं होगी कि हम जो भी कर रहे हैं, उसमें पूरी तरह से सफल व संतुष्ट हैं। हमें बाहरी तौर पर देखने वाले अधिकतर लोग प्रायः यही सोचते हैं कि हम इतना सब कुछ कैसे सँभाल लेते हैं।

हम कहते हैं कि, ये चैतन्य की शक्ति है।

हममें से प्रत्येक, हमारे सीमित मन से कहीं बढ़कर है। हम अपने शरीरों से कहीं बढ़कर हैं। हम अलौकिक प्राणी हैं। आप अपनी चैतन्य की शक्ति को जितना अधिक जाग्रत करेंगे, उतने अधिक शक्तिशाली होते जाएँगे। उतनी ही सहजता से ब्रह्माण्ड आपकी सहायता के लिए आगे आएगा, जीवन उतना ही अधिक चमत्कारिक होता जाएगा। यही उन रहस्यों की कुंजी है, जिन्हें हम आपके साथ बाँटने जा रहे हैं। अगर आप अपनी समस्याओं का समाधान चाहते हैं, अगर आप अपनी इच्छाओं को पूरा करना चाहते हैं तो, आपको अपने भीतर चैतन्य की शक्ति के प्रति जाग्रत होना ही होगा।

हम आपको जो बताने जा रहे हैं, वह आपके चैतन्य को इतना शक्तिशाली बना देगा जिससे आप अपनी मनोकामनाओं को पूरा कर सकेंगे। ये चार परम रहस्य हमारे अपने जीवन से लिए गए हैं और हर उस व्यक्ति के जीवन को प्रभावित किया है, जिनको हमने सिखाया है।

अपना मन खोलकर इन परम रहस्यों को पढ़ें। उन्हें अपने भीतर सँजोते ही, आपको अनुभव होगा कि आपके जीवन का प्रवाह चमत्कारी होता जा रहा है।

पहले परम रहस्य को जानें :

पहला परम रहस्य : आध्यात्मिक ध्येय के साथ जीवन जीना

अस्तित्व की कौन सी स्थिति में आप हैं?

प्रीताजी

यह प्राचीन नीतिकथा आपको पहले परम रहस्य को समझने में सहायक होगी, इसे आराम से पढ़ें।

दो संन्यासी, यस्मी और नोमी, पास वाले गाँव से अपने मठ में वापस जा रहे थे। उनके मार्ग में एक नदी आती थी। जब वे नदी पार करने ही वाले थे तो, एक स्त्री के रोने का स्वर सुनाई दिया।

यस्मी ने उस स्त्री के पास जाकर, उसके रोने का कारण पूछा।

उसने कहा, "मुझे अपने शिशु के पास जाना है, जो नदी पार वाले गाँव में मेरा इंतज़ार कर रहा है। आज नदी में पानी बढ़ गया है और मैं उसे लेने नहीं जा पा रही।" यह सोचकर उसकी आँखें डबडबा आईं कि उसका बच्चा सारी रात उसके बिना रोता रहेगा।

यस्मी उनकी मदद के लिए तैयार हो गए। जब उन्होंने उस स्त्री को दूसरी ओर पहुँचा दिया तो, उसने उन्हें बहुत-बहुत धन्यवाद दिया और दोनों संन्यासी अपने मठ की ओर चल दिए।

एक लंबी असहज सी चुप्पी के बाद, नोमी ने नाराज़गी दिखाते हुए कहा, "तुमने जो किया, क्या उसकी गंभीरता का अहसास है?"

यस्मी मुस्कराए। "मैं जानता हूँ।"

नोमी ने आगे कहा, "हमारे गुरु ने कहा था, किसी स्त्री की ओर देखना भी मत पर तुमने उससे बात की! गुरु ने कहा था, किसी स्त्री से बात मत करना और

तुमने उन्हें स्पर्श किया! गुरु ने कहा था, किसी स्त्री को मत स्पर्श करना, पर तुमने उन्हें उठाकर पार कराया!"

यस्मी ने शांत भाव से उत्तर दिया, "यह सत्य है पर मैं, उसे आधा घंटा पहले ही उतार चुका हूँ। पर क्या एक तुम नहीं हो, जिसने उसे अभी तक उठा रखा है?"

इस कहानी के दो संन्यासी दो आंतरिक स्थितियों को दर्शाते हैं, जिन्हें प्रत्येक प्राणी अनुभव करता है। हमारे जीवन के प्रत्येक क्षण में, हम या तो दुख या फिर दुख रहित स्थिति में जीते हैं।

हम इस दुख रहित स्थिति को 'सुंदर स्थिति' कह सकते हैं क्योंकि जब जीवन में दुख नहीं होता है तो, हम ऐसा ही महसूस करते हैं।

अगर आप 'दुख' शब्द से असहज हैं तो, इसकी बजाए 'तनाव' शब्द का प्रयोग करें। प्रायः मानसिक दबाव के लिए तनाव शब्द का प्रयोग होता है परंतु गुस्सा, भय, अकेलापन व चिड़चिड़ापन आदि भी तनावपूर्ण स्थिति ही हैं, है न? 'दुख' शब्द में ये सभी स्थितियाँ आ जाती हैं।

यदि सुंदर स्थिति की बात करें तो प्रशांतता, परस्पर संबंध, तड़प, आनंद, स्फूर्ति व आंतरिक शांति के अनुभव होते हैं। जब हम अपनी सुंदर स्थिति में नहीं होते तो, तनाव या दुख ही हमारी मूल स्थिति बने रहते हैं।

अगर हम अपने जीवन या आसपास की दुनिया की प्रत्येक घटना देखें तो, इन दो स्थितियों के उत्प्रेरकों को देख सकते हैं। युद्ध या शांति, व्यसन या सामाजिक तालमेल, सफलता या असफलता, दयालुता या निर्दयता, सहयोग या विकृत राजनीति और अंततः हर चीज़ के पीछे एक सुंदर या दुख स्थिति होती है।

अब हम अपनी कहानी पर वापस आते हैं, यह याद रखें कि यस्मी सुंदर स्थिति तथा नोमी तनावपूर्ण या दुख स्थिति को दर्शाते हैं।

नोमी ने अपने मन में एक अस्तित्वहीन समस्या बनाकर और उसे हल करने में तनावग्रस्त होने लगे। यस्मी ने एक मनुष्य की असली समस्या को हल किया और अपनी शांतिपूर्ण यात्रा जारी रखी।

नोमी उस घटना से पहले, उसके दौरान और उसके बाद भी उत्तेजित रहे। उनकी व्याकुलता ने मामले को आवश्यकता से अधिक जटिल बना दिया और उनसे अनुचित बर्ताव करवाया।

यस्मी अपने काम में पूरी तरह से उपस्थित थे। जब उनका काम हो गया तो, वह उस हालात से भी पूरी तरह से बाहर आ गए। एक सुंदर स्थिति में, अतीत के लिए कोई पछतावा या भविष्य के लिए कोई व्याकुलता नहीं होती। हम आंतरिक सादगी का अनुभव पाते हैं और साथ ही हमें कोलाहल रहित मन की प्रतिभा भी मिलती है। हम वर्तमान के साथ जुड़े रहते हैं।

नोमी विचलित थे क्योंकि तनावपूर्ण स्थिति हमें वियोजित करती है। जब हम नोमी होते हैं तो, हम उत्साहित भीड़ में होने के बावजूद स्वयं को अनुपस्थित अनुभव करते हैं। अपने निकट मित्रों के साथ रहने के बावजूद, अकेलापन महसूस होता है।

यस्मी की स्थिति कुछ और थी; वह उपस्थित था। उन्होंने नोमी के तनाव को अनुभव किया और एक विवेकपूर्ण प्रश्न के माध्यम से, उनकी मदद करने का प्रयत्न भी किया।

जब हम एक सुंदर स्थिति में होते हैं तो, हम इतने बुद्धिमान होते हैं कि अपनी और दूसरों की मदद कर सकते हैं। हमारे कार्य भी निर्णायक और शक्तिशाली होते हैं।

कई बार हम पूरी तरह से यस्मी होते हैं और कई बार हम स्वयं को नोमी की स्थिति में पाते हैं। हम सभी तनाव और अलगाव के बीच रहकर निजी जीवन तथा आसपास रहने वाले लोगों के जीवन में अस्त-व्यस्तता का योगदान देते आए हैं। हम प्रेम की सुंदर स्थिति में भी रहे हैं और संसार व अपनी भलाई के लिए भी अपना योगदान दिया है।

हमने कई वर्षों तक चैतन्य व जीवन में इसकी अभिव्यक्ति का निरीक्षण करके जाना, कि यह बार-बार सामने आने वाला ढाँचा है। निःसंदेह, दुख विनाशक तथा सुंदर स्थिति जीवनदायिनी और जीवंत करने वाली होती है। हमने बार-बार लक्ष्य किया कि कोई व्यक्ति जितना अधिक दुख की स्थिति में जीता है, उसका जीवन एक उलझा हुआ जाल बन जाता है, जिसमें बच निकलने की कोई राह नहीं रहती। समस्या बढ़ती है, भ्रम बढ़ता है, अस्त-व्यस्तता बढ़ती है और जीवन एक अंतहीन युद्ध बन जाता है।

जब हम मायूसी, निराशा, ईर्ष्या या घृणा की दुख स्थितियों को लंबे समय तक बनाए रखते हैं तो, हमारे जीवन का हर पहलू बिखर जाता है। अपने परिवार से उलझते रहे, कार्य स्थल पर झगड़ते रहे व सरकार से लड़ते रहे। दुख स्थितियों में हमें लगता है मानो पूरा ब्रह्माण्ड ही हमारा प्रतिरोधी हो गया हो।

भले ही हम जो करें या जो भी निर्णय लें, हमें लगता है कि जीवन और अधिक उलझता जा रहा है।

हमने असंख्य अवसरों पर देखा है कि जब हम सुंदर स्थितियों में जीते हैं तो, अद्भुत रूप से समकालिक घटनाएँ सामने आने लगती हैं। अब आप सोच रहे होंगे कि सिंक्रोनिसिटीज या समकालिक घटनाएँ किसे कहते हैं। ये अनुकूल और सामंजस्यपूर्ण सार्थक संयोग व घटनाएँ हैं, जो आपके मानसिक संकल्प के अनुरूप घटती हैं। ऐसा लगता है मानो यादृच्छिक रूप से चलने वाला ब्रह्माण्ड, स्वयं को कुछ ढाँचों में व्यवस्थित कर रहा है ताकि आपकी हार्दिक इच्छा को पूरा करते हुए, आपको सहारा दिया जा सके।

एक सुंदर स्थिति में हम और अधिक रचनात्मक होते हैं और चुनौतियों का सामना करने के लिए अद्भुत समाधान उत्पन्न होते हैं। हमारे बिगड़े हुए रिश्ते सुधर जाते हैं और उभरते नए रिश्तों का परिपोषण होता है। विचार स्पष्ट होते हैं, बुद्धि तेज़ होती है, मन शांत होता है और हृदय परस्पर संबंध की ओर बढ़ता है।

अगर आप सुंदर स्थिति की धारणा से उत्साहित हैं या अनिश्चित हैं कि यह आपको पूरी तरह से समझ आई या नहीं, तो याद रखें कि एक सुंदर स्थिति अनुभवों की संपन्न श्रंखला होती है। यह आनंद, प्रसन्नता, कृतज्ञता, प्रेम व साहस के रूप में आरंभ हो सकती है। संघर्षपूर्ण आंतरिक संवाद की अनुपस्थिति, जीवन के प्रति उपस्थिति तथा आसपास के लोगों से परस्पर संबंध ही सुंदर स्थिति का सार हैं। जब आप और अधिक उन्नत होते हैं तो, आप अलौकिक स्थितियों जैसे शांति, स्थिरता, करुणा, आनंद व निर्भयता को जाग्रत कर सकते हैं। इन स्थितियों में आप जीवन के प्रवाह के साथ होते हैं। आप एकत्व व सभी जीवों के परस्पर संबंध के प्रति जागरूक होते हैं। आपकी स्थिति जितनी शक्तिशाली होगी, आप उतनी सरलता से चैतन्य के स्तरों को प्रभावित कर सकेंगे ताकि वे आपकी आकांक्षा को प्रत्यक्ष कर सकें।

शब्द का विश्लेषण

कृष्णाजी

संपूर्ण जीवन जीने के लिए, हमें मृत्यु के भय से मुक्त होना होगा।
संपूर्णतः प्रेम करने के लिए, हमें निराशा को समाप्त करना होगा।
सुंदर स्थिति का अनुभव पाने के लिए, हमें दुख के बारे में अंतर्दृष्टि पाकर उससे मुक्त होना होगा।

अब तक आपको समझ आ गया होगा, कि हम दुख शब्द का प्रयोग कैसे कर रहे हैं? सरल शब्दों में इसका अर्थ होगा, 'असहज भावात्मक अनुभव।' और यह कई रूपों में सामने आ सकता है : दुख जैसे चिड़चिड़ापन, आशंका या निराशा जो दुख के प्रथम स्तर के अनुभव हैं जिनकी ओर अक्सर हमारा ध्यान नहीं जाता। जब आप इनमें ही डूबे रहते हैं तो, वे गुस्सा, तनाव और उदासी के दूसरे स्तर पर पहुँच जाते हैं। अगर आपको उनका समाधान करना नहीं सिखाया गया तो, वे आपके लिए आक्रोश या प्रतिशोध, भय या अवसाद में बदल सकते हैं - दूसरे शब्दों में वे ख़तरनाक रूप से जुनूनी या आवेगयुक्त हो सकते हैं।

भले ही आप किसी भी स्तर के दुख में क्यों न हों, यह समझना अनिवार्य है कि अधिक समय तक दुख में रहना विनाशकारी है। दुख स्थिति आपके

हर सपने को मूल रूप से नष्ट कर सकती है।

'समस्या' एक और बहुत ही जाना-पहचाना आलोचनात्मक शब्द है जिस पर हम आपके साथ मिलकर खोजबीन करना चाहेंगे ताकि आप सही मायनों में दुख के अर्थ को समझ सकें।

चलिए इस शब्द का विश्लेषण करें।

'समस्या' क्या है?

दुख और *समस्या* में प्रमुख अंतर यह है, कि दुख एक आंतरिक अनुभव है और समस्या बाहरी परिस्थिति होती है। समस्या छोटी-मोटी असुविधा से लेकर किसी बाहरी मुश्किल बाधा के रूप में हो सकती है। परंतु यह आप पर निर्भर करता है कि आप उसे कैसे संबोधित करते हैं - दुख स्थिति से या फिर एक सुंदर स्थिति से!

अगर मार्शल आर्ट के अभ्यास के कारण, आपका लिगामेंट फट गया और आप अपनी रोमांचपूर्ण छुट्टियों पर नहीं जा पा रहे हैं, जिसके लिए आपने कई महीनों से तैयारी की थी तो, यह एक समस्या है।

या फिर मान लेते हैं कि आपकी नौकरी नहीं रही। आप अपने परिवार की अच्छी देख-रेख नहीं कर सकते या अपने बिलों का भुगतान नहीं कर सकते। आपको अपना अपार्टमेंट ख़ाली करना पड़ेगा। ये गंभीर परिणामों वाली एक समस्या है।

और क्या होगा अगर आपके बूढ़े माता-पिता बीमार हो जाएँ, आपको उनका दिन-रात ध्यान रखना पड़े? वे आपके शहर न आना चाहें और आपको उनके पास वापस जाना पड़े? आपको नौकरी के एक शानदार प्रस्ताव को ठुकराना पड़े? यह भी एक समस्या या चुनौतीपूर्ण परिस्थिति हो सकती है।

आपका भविष्य कौन सी दिशा लेगा, उसे तय करने के लिए सबसे महत्त्वपूर्ण कारक यही होगा कि आप इन चुनौतियों या समस्याओं का सामना किस स्थिति से कर रहे हैं?

अगर आप इन चुनौतियों को क़रीब से देखें तो, आप पाएँगे कि ये पेड़-पौधे, मनुष्य और पशु जीवन के सभी पहलुओं में भी होती हैं। जब भी कहीं तूफ़ान आता है तो, हज़ारों की संख्या में पेड़-पौधे उखड़ जाते हैं। उनमें से कई नष्ट हो जाते हैं। जंगली जानवरों के इलाक़े छिन जाते हैं और उन्हें आहार की कमी का सामना करना पड़ता है। कई बार उन्हें अनजान ख़तरों के कारण, अपने घर भी छोड़ने पड़ते हैं।

जब मेरी टीम, 2010 में पशुओं पर एक वृत्तचित्र, *टाइगर क्वीन* बना रही थी तो, मैं यह देखकर हैरान रह गया था कि, जानवरों को भी उन्हीं समस्याओं का सामना करना पड़ता है जैसा कि हम करते हैं। फ़िल्म में मछली नामक एक बड़ी मादा बाघ को अपना इलाक़ा बेटी की वजह से खोना पड़ता है और वह अपने भरे-पूरे

जंगल को छोड़ने के लिए विवश हो जाती है। अंत में, वह वन के कम चहल-पहल वाले एकांत हिस्से को अपना आवास चुनती है।

सौभाग्यवश, मछली हमारी तरह नहीं सोचती। यदि वह भी ऐसा सोचती तो, उसका शेष जीवन अवसाद में बीतता!

चुनौतियाँ, मानव जाति के लिए अनूठी नहीं होतीं। हम जिस तरह एक चुनौती का *अनुभव* करते हैं, वह प्रत्येक के लिए अलग व अनूठा हो सकता है।

अगर नौकरी छूट जाए तो, क्या आप सारा दिन बिस्तर में बैठकर स्वयं को असफल मानते रहेंगे या फिर अपने लिए एक नए अवसर को उभरते हुए देखेंगे? अगर आपके इलाक़े में भूकंप या सुनामी आ जाए तो, आप इसी भय से आंतकित होकर जीते रहेंगे कि, ऐसा दोबारा हो सकता है या क्या आप अपने जीवन की शांति और तड़प से पुनर्निर्माण करते हुए अपने समुदाय की सेवा करेंगे?

हम जीवन के लिए कैसी प्रतिक्रिया देंगे, इसका चयन हम कैसे करते हैं? अपने अन्तरंग की स्थिति से।

हम सभी जीवन में चुनौतियों का सामना करते हैं - हममें से कइयों के लिए, ये चुनौतियाँ ग़रीबी, राजनीतिक अस्थिरता, दैहिक अत्याचार तथा प्राकृतिक आपदा के कारण और भी कठोर हो जाती हैं।

हमारे पास सभी सामाजिक-आर्थिक पृष्ठभूमि से विभिन्न छात्र आते हैं : उनमें से कई लोग जीवन की गहरी दुर्घटना के बावजूद अप्रभावित रहते हैं और कई लोगों का जीवन हिंसा और रोग से छिन्न-भिन्न हो गया है।

परंतु, हमने जीवन के सभी क्षेत्रों से आए लोगों को दुख से उबरकर एक सुंदर स्थिति में जीवन जीते हुए देखा है।

इतना ही नहीं, सुंदर स्थिति की शक्ति ने, बाधाओं को घटाते हुए उनके लिए नए दरवाज़े खोले हैं, उन्हें चुनौतियों से उबरने में मदद कर रहे हैं और बड़ी से बड़ी समस्याओं के लिए भी रचनात्मक समाधान सामने आ रहे हैं।

परंतु अपनी चैतन्य की सच्ची शक्ति को पाने के लिए आपको एक मार्ग पर जाना होगा। इस मार्ग का पहला क़दम यह है, कि आप एक संकल्प लें - कि मुझे दुख में नहीं जीना है - भले ही एक दिन के लिए ही सही - एक सुंदर आंतरिक स्थिति में जीने के पक्षधर बनें।

क्या आप एक ऐसा वचन स्वयं को दे सकते हैं?

क्या आप कल्पना कर सकते हैं कि ऐसा जीवन संभव है?

दुख में बीता हर दिन व्यर्थ है और सुंदर स्थिति में जीवन जीना ही, जीवन जीना है।

एक आध्यात्मिक ध्येय क्या है ?

मौलिक तौर पर जीवन के दो पहलू हैं : करना व होना। करने में वह सब शामिल है जो हम सफलता पाने के लिए करते हैं : संपर्क बनाना, संबंध बनाना और बिगाड़ना, जीवनशैली की आदतें अपनाना। हम बाहरी जगत को यही चेहरा दिखाते हैं और प्रायः हम इसी पहलू पर अधिक केंद्रित होते हैं।

वहीं दूसरी ओर, 'होने' का अर्थ है कि हम अपने लिए जीवन को कैसे अनुभव करते हैं। हो सकता है कि आपके चेहरे पर मीटिंग के लिए जाते समय मुस्कान हो, क्योंकि आप जानते हैं कि उस जगह आपको अपना आत्मविश्वास दिखाना है। पर अंदर की कहानी कुछ और ही है। आप डर या घबराहट में अथवा दायरे से बाहर हो सकते हैं।

हमारा समाज केवल 'करने' पर ध्यान देता है और आंतरिक स्थिति पर बहुत कम ध्यान दिया जाता है। हममें से बहुत कम लोग ही, एक सुंदर आंतरिक अनुभव को अपने जीवन की प्राथमिकता चुन पाते हैं। लेकिन ज़्यादातर लोग अपने करियर, प्रदर्शन, रंग-रूप, प्रतिष्ठा या आर्थिक सुरक्षा को ही अधिक प्राथमिकता देते हैं।

कुछ करने के लिए ऐसा जुनून और अस्तित्व की अवहेलना ही, हमारे जीवन में असंतुलन का कारण बनता है। यह हमें अनापेक्षित बाधाओं के गहरे भँवर में खींच ले जाता है।

चिकन सूप फ़ॉर वूमन्स सोल : 101 स्टोरीज़ टू ओपन द हार्ट्स ऐंड रीकिंडल द स्पिरिट्स ऑफ़ वूमन की बेस्टसेलर सह-लेखिका जेनिफ़र रीड हाथोर्न के अनुसार, अधिकतर मनुष्यों को एक दिन में औसतन बारह हज़ार से साठ हज़ार विचार आते हैं और उनमें से अधिकांश दोहराते रहते हैं। और हैरान कर देने वाली बात यह है, कि हमारे साधारण मानसिक वार्तालाप का अस्सी प्रतिशत नकारात्मक होता है। जिसका अर्थ है कि अधिकतर लोग औसतन अपने समय का अस्सी प्रतिशत अवचेतन रूप से दुख स्थिति में जीते हैं और केवल बीस प्रतिशत सुंदर स्थिति में बिताते हैं।

यदि हमें सही मायनों में जीवन जीना है तो, हमें इस अनुपात को पलटना होगा।

धीरे-धीरे इस बीस प्रतिशत को चालीस प्रतिशत, पचास प्रतिशत, साठ प्रतिशत, सत्तर प्रतिशत, अस्सी प्रतिशत या इससे अधिक सुंदर स्थिति में बदलना चाहिए। ज़रा कल्पना करें कि ऐसी स्थिति से यह जीवन कितना सुंदर होगा!

पहला परम रहस्य इसी तरह बनाया गया है कि आपकी मदद कर सके : आप एक आध्यात्मिक ध्येय अपनाकर अपनी आंतरिक दुनिया का परिवर्तन कर सकते हैं।

मैं आपके साथ अपना निजी अनुभव बाँटना चाहूँगा, जो आपको आध्यात्मिक ध्येय की शक्ति को समझने में सहायक होगा। ग्यारह वर्ष की आयु में, मेरे पहले आध्यात्मिक अनुभव के बाद से, चैतन्य की अद्भुत स्थितियाँ निरंतर मुझ तक अनिमंत्रित रूप से आती रहीं। यह एक विचित्र तथ्य था कि, इनमें से एक भी मेरे मनोरंजन और खेल-कूद के बीच में नहीं आई।

उन्नीस वर्ष की आयु में मेरे भीतर, साधकों की बढ़ती हुई संख्या के लिए एक केंद्र निर्माण करवाने की तड़प पैदा हुई। मैंने इस पर विचार करते हुए पाया कि, मैं एक केंद्र से कुछ अधिक बनाना चाहता था : मैं एक ऐसा पारिस्थितिकी तंत्र बनाना चाहता था जो उस जगह जाने वाले किसी भी व्यक्ति के परिवर्तन में पूरा योगदान व सेवा दे सके। मैंने इस परियोजना के लिए अपने माता-पिता की अनुमति व आशीर्वाद लिया। मेरे पिता का भी यही स्वप्न था कि एक ऐसा स्थान हो, जहाँ मानवीय चैतन्य प्रभावित हो सके और लोग चैतन्य के जाग्रत स्तरों में प्रवेश कर सकें।

मेरा ध्येय निश्चित हो गया था। मैं एक ऐसी अलौकिक संरचना चाहता था जो लोगों को वह अनुभव पाने में सहायक हो, जो मैं अनुभव कर रहा था। मैं एक ऐसी संरचना बनाना चाहता था, जो न केवल उसमें प्रवेश करने वालों के चैतन्य को प्रभावित करे, परंतु सामूहिक मानवीय चैतन्य पर भी अपना प्रभाव डाल सके। मैंने इस परियोजना में अद्भुत उत्साह के साथ क़दम रखा। इस परियोजना को आरंभ करने के एक माह से भी कम समय के भीतर, आवश्यक लोग व संसाधन प्रकट होने लगे। हमारे आसपास छोटी-बड़ी अद्भुत चमत्कारी घटनाएँ घटने लगीं।

प्रथम घटना के तहत हमारी भेंट एक ऐसे वास्तुकार से हुई जो पवित्र वास्तुकला के प्राचीन अलौकिक सिद्धांतों के जानकार थे। दूसरी घटना तब हुई, जब हमें एक ऐसा चमत्कारिक स्थल मिल गया, जो इस पवित्र ध्येय को साकार कर सकता था। एक अतुलनीय पर्वत श्रेणी की तलहटी में ऊर्जाओं से भरपूर, वन के बीच चवालीस एकड़ का पट्टा भूमि अवस्थित थी। मैंने निर्माण कंपनी के रूप में लार्सन ऐंड टुब्रो को चुना, जो उस स्थान पर हमारी परियोजना को पूरा करने वाली थी। इस तरह 184 वर्ग फुट के पवित्र गर्भगृह के साथ, संगमरमर की भव्य तीन-मंज़िला संरचना 'एकम' के रूप में परिवर्तित हो गई। मैं एक ऐसा अलौकिक चमत्कार रचना चाहता था, जो हज़ारों वर्षों तक बना रहे और मनुष्य की चैतन्य पर अपना प्रभाव डालता रहे। आज एकम एकैडमी के बीच एक रत्न की भाँति जगमगाता है।

परियोजना के चार माह बाद, हमें वन विभाग से नोटिस मिला, 'आप जिस स्थान पर निर्माण कर रहे हैं, वह आपके अधिकार क्षेत्र में नहीं आता क्योंकि वह राष्ट्रीय वन के बीच स्थित है।' हमें तुरंत काम बंद करने को कहा गया। सभी निर्माण वाहनों को उस स्थान पर प्रवेश करने से रोक दिया गया।

मैं स्तंभित था क्योंकि हमने तो, सभी संबंधित निर्माण अधिकारियों से अनुमति ली थी। भवन निर्माण की योजना को भी अनुमति मिल चुकी थी। वहाँ एक रास्ता था जिसे हमने पहुँच का रास्ता मान लिया था - जबकि आवास और शहरी विकास विभाग ने हमें बताने की आवश्यकता नहीं समझी कि हम उस स्थान पर नहीं जा सकते थे।

इस दौरान, निर्माण कंपनी ने मुझे कहा था कि, हमारे निर्माण का व्यय बढ़ने वाला है क्योंकि वे अपने सारे उपकरण व जनबल तैयार कर चुके थे। अब हमारे ख़र्च आकाश को छूने वाले थे।

मैंने जो भी पूछताछ की, सबका एक ही परिणाम निकला। हमें किसी भी हाल में राष्ट्रीय वन प्रांत के बीच भवन निर्माण की अनुमति नहीं मिल सकती थी क्योंकि भारत में वन नियम बहुत कड़े हैं। अगर मैं अदालत भी जाता तो, कम से कम पाँच-छह वर्ष का समय लगता। जब संकट बढ़ने लगा तो, मैंने अपने आध्यात्मिक ध्येय के साथ चलने का निर्णय लिया। मैंने तय किया कि, मैं दुख की स्थिति में स्वयं को फँसने नहीं दूँगा। मैं जानता था कि एकम का ध्येय हम सबसे बढ़कर था। मुझे पूरा विश्वास था कि यह पवित्र भूमि लाखों लोगों की सामूहिक चैतन्य को जाग्रत करने का कार्य करेगी। इसलिए इसे किसी भी तरह होना ही था। आश्चर्यजनक रूप से मेरे चैतन्य में शक्तिशाली स्थितियाँ उत्पन्न होने लगीं। मैंने अपने चैतन्य में परियोजना को पूर्णता होते देखा। अतीत और भविष्य के बीच कोई डोलन नहीं था और यह सब एक यथार्थ बनने वाला था।

मेरी टीम ने अपनी ओर से प्रयास जारी रखे कि, हमें वन विभाग की ओर से बनाई गई सड़क का प्रयोग करने की अनुमति दी जाए और यह चमत्कार सामने आने लगा। नब्बे दिनों के अंदर, हमारा आवेदन-पत्र कई तरह की अनुमतियों के लिए बीस से भी अधिक विभागों से होकर गुज़रा। संक्षेप में कहें तो, हमें उस सड़क को प्रयोग करने की अनुमति मिल गई जो हमारे निर्माण स्थल तक जाती थी। जो कुछ भी हुआ, वह ऐतिहासिक और निश्चित रूप से असाधारण था। और इससे भी महत्त्वपूर्ण बात यह थी कि मुझे किसी भी तरह की दौड़-धूप नहीं करनी पड़ी।

मैं अपने आध्यात्मिक ध्येय के साथ, परियोजना को चैतन्य की सुंदर स्थिति से निर्देशित करने पर स्थिर बना रहा।

आज उस चमत्कारी घटना के लगभग सोलह वर्ष बाद, हज़ारों लोग प्रतिदिन उसी मार्ग से एकम आते हैं, ताकि विश्व शांति तथा व्यक्तिगत जागृति के लिए ध्यान कर सकें।

यह मेरे जीवन के अनेक अविश्वसनीय अनुभवों में से, केवल एक अनुभव मात्र है जहाँ मेरे आध्यात्मिक ध्येय में स्थिर रहने से, विस्मयकारी परिणाम सामने आए।

आध्यात्मिक ध्येय का होना कोई लक्ष्य होने के समान नहीं है। लक्ष्य, भविष्य पर केंद्रित होते हैं; वे ऐसी आशाएँ और योजनाएँ हैं, जिन्हें हम अपने जीवन के लिए बनाते हैं।

वहीं दूसरी ओर, एक आध्यात्मिक ध्येय कोई गंतव्य नहीं होता। यह उस स्थिति को दर्शाता है, जिसमें रहकर आप अपने लक्ष्य तक पहुँचना चाहते हैं। इसलिए हम कहते हैं, कि आध्यात्मिक ध्येय सभी ध्येयों का जनक है।

मान लेते हैं, कि आपका ध्येय माता-पिता बनना है। यह एक भूमिका है। यह करने के बारे में है, लेकिन प्रतिदिन आपकी आंतरिक स्थिति क्या होगी? क्या आप इस भूमिका को विभ्रम, निराशा या अपराध बोध में निभाना चाहेंगे?

या आप सह-संबंध व स्पष्टता की सुंदर स्थिति से अपनी भूमिका को निभाना चाहेंगे? क्या आप आनंदित, संतृप्त और कृतज्ञ माता-पिता बनना चाहेंगे?

क्या आप सचमुच इस सुंदर स्थिति को पाना चाहते हैं या फिर आपके लिए काम या केवल कुछ करना ही अधिक महत्त्व रखता है?

एक बार फिर से याद रखें, एक ऐसा महत्त्वपूर्ण निर्णय जो आपके आजीवन काम आ सकता है : आप अपना रोज़मर्रा का जीवन किस स्थिति के साथ जीना चाहते हैं? आप किस स्थिति के साथ अपना भाग्य रचना चाहते हैं?

अगर आप प्रतिदिन केवल दो मिनट के लिए भी दुख को भुलाकर एक गहन व केंद्रित आध्यात्मिक ध्येय विकसित कर सके तो, इससे आपके मस्तिष्क के एंटीरियर सिंगुलेट और फ़्रंटल लोब्स में रक्त का प्रवाह बढ़ेगा, अनावश्यक भावात्मक संवाद घटने लगेगा।

सोल सिंक की चमत्कारी साधना

प्रीताजी

इससे पहले कि आप पहली जीवन यात्रा में प्रवेश करें, हम आपके साथ एक ऐसा शक्तिशाली साधना बाँटना चाहेंगे जो आपको उन सुंदर स्थितियों को जाग्रत करने में सहायक होगा, जिनके विषय में हमने अभी चर्चा की। सोल सिंक एक ध्यान साधना से बढ़कर है। मैंने सोल सिंक के पवित्र अभ्यास की रचना की, जिसे हमारी एकैडमी के सैकड़ों-हज़ारों साधक, जो विविध संस्कृतियों से हैं, प्रतिदिन सुंदर स्थिति के साथ अपने दिन की शुरुआत करने के लिए, प्रयोग करते हैं ताकि चैतन्य की असीम शक्ति के साथ अपनी मनोकामनाओं को पूर्ण कर सकें।

सोल सिंक विज्ञान संबंधी और अलौकिक है। चलिए पहले इसके अलौकिक पहलू की छानबीन करें।

आधुनिक न्यूरोविज्ञान के आगमन से हज़ारों साल पहले, भारत के प्राचीन ऋषि-मुनि चैतन्य विज्ञान के अग्रणी थे। उन्होंने जिस किसी की भी खोज की, वह न केवल मस्तिष्क का अध्ययन करने वालों के लिए रोचक है, बल्कि उन लोगों के लिए भी सहायक है जो अपनी सोच, भावना तथा जीवन के प्रति अनुभव में बदलाव लाना चाहते हैं।

प्राचीन मुनियों ने एक प्रकार की विस्तृत चैतन्य के बारे में बताया, जो हमारी आम समझ से परे है। उन्होंने इसे 'ब्रह्म गर्भ' यानि असीम चैतन्य का गर्भ कहा और इसका संबंध मस्तिष्क के पीनियल, पिट्यूरी तथा हाइपोथैलमस अक्षों से जोड़ा।

हमारा यह अनुभव रहा कि, जब कोई व्यक्ति सोल सिंक जैसे अभ्यास से अपने चैतन्य के इस हिस्से को सक्रिय करता है, जो उसका संकल्प इतना शक्तिशाली हो जाता है कि वह विचारों की बाधा को तोड़कर, पदार्थ की दुनिया में प्रवेश कर सकता है। फिर आपको ऐसा लगने लगता है कि, आपने ब्रह्माण्ड के साथ एक नया निजी नाता जोड़ लिया है तो, यह सब कुछ इस तरह से व्यवस्थित होगा कि आप कई प्रकार की समकालिकताओं का अनुभव करने लगेंगे। जीवन में ऐसे चमत्कार होने लगेंगे जो आपको एक अद्भुत भाग्य की ओर ले जा सकते हैं।

जब आप आर्थिक सुरक्षा, परिपोषित संबंध, सार्थक करियर, गहन आध्यात्मिक जीवन अथवा ब्रह्माण्ड के साथ जुड़ाव को अपना लक्ष्य मानते हों तो, आप इन्हें साकार करने के लिए इस अभ्यास का प्रयोग कर सकते हैं।

आपके लिए सोल सिंक के चरण प्रस्तुत हैं।

ग्रेट सोल सिंक

मुद्रा

किसी आरामदायक कुर्सी या आसन पर बैठें। अपनी हथेलियों को जाँघों पर रखें और अँगूठे की नोक से अँगुलियों की नोक को स्पर्श करते हुए श्वास गिनें। अपने हाथों की तर्जनी से आरंभ करते हुए हर एक अँगुली को छूकर आठ बार गिनें। यदि एक बच्चे के साथ ध्यान को कर रहे हों तो, आप इस गिनती को चार बार तक कर सकते हैं।

यह कैसे काम करता है ?

जब हम सोल सिंक का अभ्यास करते हैं तो, हम उस रासायनिक गतिविधि को शांत करते हैं जो संघर्ष को जन्म देती है, ताकि प्रशांतता और विश्राम की सुंदर स्थिति में जा सकें।

- **पहला चरण** : आठ बार धीरे-धीरे श्वास लें व छोड़ें। जब आप एक से अगली श्वास तक जाएँ, तो अपनी अँगुलियों से गिनती जारी रखें। आपका ध्यान भटकना स्वाभाविक है। इसे वापस लाकर, अपनी गिनती पर केंद्रित करें। जब आप अपना चरण पूरा करेंगे, आपका पैरासिंपेथेटिक नर्वस सिस्टम पूरी तरह से सक्रिय हो जाएगा। इस तरह की श्वास आपकी लंबी घुमावदार वेगस स्नायु को सक्रिय करती है जिसका संबंध आपके हृदय, फेफड़ों और पाचन तंत्र से भी है। वेगस स्नायु को सक्रिय करने से आपके सारे स्नायु तंत्र को आराम मिलता है।

  आपकी नब्ज़ धीमी चलने लगेगी और रक्तचाप भी अधिक संतुलित होगा। पाचन तंत्र सक्रिय रूप से काम करने लगेगा। डॉ. एंड्रयू न्यूबर्ग और मार्क रॉबर्ट वाल्डमैन के अनुसार आपके हाथों की यह सचेत दोहराव से भरी गतिविधि मस्तिष्क की मोटर और संयोजन केंद्रों की क्षमता को बढ़ाती है। स्मृति में सुधार करती है और उसे लंबे समय तक बनाए रखने में सहायक होती है।

- **दूसरा चरण** : गहरी श्वास लें और श्वास छोड़ते हुए, एक मधुमक्खी जैसी भिनभिनाहट कीजिए। इस ध्वनि को यथासंभव लंबा करें और पूरा ध्यान इसी पर केंद्रित करें जिससे आपको गहरी विश्रांति मिल सके। श्वास छोड़ने की प्रक्रिया को इतना लंबा न खींचें कि आपको कठिनाई होने लगे। एक बार फिर से, पूरी आठ श्वासें गिनकर लें। सोल सिंक का यह भाग आपकी निद्रा की योग्यता में सुधार लाकर, रक्तचाप को शांत करता है।

- **तीसरा चरण** : श्वास के आठ चक्रों के दौरान श्वास छोड़ने और लेने के बीच एक ठहराव पर ध्यान दें। जब हम श्वास लेते व छोड़ते हैं तो, हर बार श्वास लेने के बाद एक स्वाभाविक ठहराव होता है जो श्वास छोड़ने से ठीक पहले होता है। उसी ठहराव पर ध्यान दें। यह थोड़ा कठिन लग सकता है, परंतु अगर आपने एक बार इस ठहराव को जान लिया तो, आपके विचारों की गति धीमी हो जाएगी। ठहराव और श्वास को लेने या निकालने में ज़बर्दस्ती नहीं करें। आपकी श्वास सहज और स्वाभाविक होनी चाहिए।

- **चौथा चरण** : अपने ध्यान को प्रशांतता से परे विस्तार की ओर ले जाएँ। अगली आठ श्वासों तक, श्वास छोड़ते हुए, मन ही मन 'अ-हम्' का जाप करें, संस्कृत की प्राचीन भाषा में जिसका अर्थ है, 'मैं हूँ' या 'मैं असीम चैतन्य हूँ।'

- **पाँचवाँ चरण :** कल्पना या अनुभव करें कि आपका शरीर प्रकाश में परिवर्तित हो रहा है। कल्पना करें कि फ़र्श, मेज़ और आपके आसपास के लोग, सब कुछ ऊर्जा के क्षेत्र में बदल रहा है। चैतन्य के इस क्षेत्र में सब कुछ परस्पर रूप से संबंधित है। कोई भी वस्तु, व्यक्ति या घटनाएँ अलग नहीं हैं। प्रत्येक व्यक्ति, जिससे आप मिले हैं अथवा जानते हैं – पौधों व पशुओं की प्रत्येक अस्तित्वमान प्रजाति; आपकी सारी इच्छाएँ व आकांक्षाएँ – वह सब कुछ जो आपने आज तक देखा, सुना, जाना या महसूस किया है; वह सब जो आपने सोचा या समझा है – सब कुछ चैतन्य के एक ऊर्जा क्षेत्र के रूप में उपस्थित है। कोई विभाजन या अलगाव नहीं है। इस क्षेत्र में, विचार और पदार्थ एक हैं। इच्छा और वास्तविकता एक हैं।

- **छठा चरण :** उस असीम प्रकाश के विस्तार में विलीन होने के बाद कल्पना या अनुभव करें कि आपकी मनोकामनाएँ अभी पूरी हो रही हैं। उदाहरण के लिए, कल्पना करें कि आप किसी प्रियजन के साथ अपने रिश्ते में सुधार लाने की इच्छा रखते हैं। इस स्थिति में उस आनंद की कल्पना व अनुभव करें जो रिश्ते में सुधार आने पर आपको मिलेगा। या फिर अगर कोई नया करियर आरंभ करने के बारे में सोच रहे हैं तो, खुद को वह सफलता पाते हुए देखें। अनुभव करें कि अपना सपना पूरा होने पर स्थिति कैसी होगी। उसी भाव में कुछ देर रहें। जब आप तैयार हों, तब अपनी आँखें खोलें।

सोल सिंक अभ्यास के लिए अनुकूल समय

कई व्यक्ति सुबह उठने पर सोल सिंक का अभ्यास करते हैं, पर आप इसे किसी भी समय कर सकते हैं। कुछ लोग किसी महत्त्वपूर्ण निर्णय को लेने से पूर्व इसे करते हैं। कुछ लोग थकान से भरे दिन के बाद तनाव से मुक्त होने के लिए यह अभ्यास करते हैं। कुछ लोग मन व्याकुल होने पर इसका अभ्यास करना पसंद करते हैं।

आप अकेले या समूह में भी अभ्यास कर सकते हैं। कई संगठन अपने दिन की शुरुआत से पूर्व, इसे करते हैं ताकि स्वयं को शांत कर सकें। ऐसे कई समूह हैं जो एक सार्वजनिक लक्ष्य को साकार करने के लिए, सोल सिंक का अभ्यास करते हैं ताकि उसे पाने की शक्ति को पा सकें। हम आपको दिन में एक बार इसका अभ्यास करने का सुझाव देते हैं पर आप स्वयं को यहाँ तक सीमित न करें। कुछ लोग दिन में पाँच बार तक अभ्यास करते हैं। हम यह भी सुझाव देते हैं कि आप कभी हड़बड़ाहट में इसका अभ्यास न करें। इसे करने में केवल नौ मिनट का समय लगता है परंतु इसका अद्भुत प्रभाव आप पूरा दिन महसूस कर सकते हैं।

हमारी एक उद्यमी साधक ने अपने पूरे समूह के लिए सोल सिंक अभ्यास को दिनचर्या में शामिल कर लिया है। वे हर इक्कीस दिन बाद आपस में एक लक्ष्य रखती हैं जिस पर तीन सप्ताह तक ध्यान दिया जाता है और यह भी उल्लेखनीय है कि उनके अधिकतर संकल्प पूर्ण हुए हैं।

हम आपके साथ ऐसा ही एक उदाहरण बाँटना चाहेंगे। कुछ प्रमुख संसाधनों को प्रत्यक्ष करने का संकल्प लेने के बाद, उनकी भेंट एक संगठन से हुई जो उनका साझेदार बनना चाहता था। उनके मस्तिष्क को जागृत करने के एक सत्र के बाद, उक्त संगठन के सीईओ ने, उनके स्टार्ट-अप के आकार के अनूरूप महत्त्वपूर्ण निवेश, साझा कार्यस्थल तथा मार्केटिंग सहयोग का प्रस्ताव रखा। इसमें सह-ब्रांडिंग का प्रस्ताव भी शामिल था।

परंतु उसे केवल इसी तरह का सहयोग नहीं मिला। सारे अनुभव ने उस साधक महिला को एक परिवर्तित चैतन्य की शक्ति को समझने का अवसर प्रदान किया। उसे पता लगा कि उसके व्यावसायिक क्षेत्र पर इसका कितना प्रभाव पड़ सकता था।

उसने कहा, "यह वाकई अविश्वसनीय था, उस व्यक्ति ने उच्चतर स्तर से मेरी आँखों में आँखें डालकर देखा और हमें वह सब देने का प्रस्ताव रखा जो हम पाना चाहते थे, हमारा स्पष्ट अभिप्राय ठीक उसी रूप में सामने आया, जैसे हमने चाहा था – यह वाकई कमाल की बात है!"

हम प्रतिदिन सोल सिंक का अभ्यास करने वाले लोगों से जो असंख्य अनुभव सुनते हैं, यह उनमें से एक अनुभव मात्र है। हम प्रत्येक जीवन यात्रा के अंत में सोल सिंक अभ्यास पर चर्चा करेंगे, ताकि यह दिखा सकें कि इसे किस तरह चुनौतियों से पार होने और शक्तिशाली अभिप्राय तय करने के लिए तैयार किया जा सकता है। अब समय आ गया है कि इनमें से पहली जीवन यात्रा आरंभ की जाए।

प्रीताजी द्वारा तैयार किए गए ग्रेट सोल सिंक की ऑडियो गाइड पाने के लिए इस पते पर जाएँ और एप डाउनलोड करें : www.breathingroom.com

∞

पहली जीवन यात्रा :
बाल्य अवस्था में हुए आघात का शमन

कृष्णाजी

अधिकतर लोग अपने ऊपर थोपी गई सीमाओं या क़ैद में होने के भय के साथ जीते हैं।

संभवतः आपने भी इस दर्दनाक स्थिति का सामना किया हो। मानो कोई भीड़ आपके दरवाज़े पर आकर ऐलान कर दे कि वे पार्टी करने जा रहे हैं। केवल इतना ही नहीं, वे आपके बिना बुलाए आपके घर में प्रवेश करें और इनमें, वे सभी शामिल हों जिन्होंने कभी भी आपके साथ बुरा किया, आपका दिल दुखाया और आपको अपने ही बारे में शर्मिंदा किया हो।

इससे पहले कि आप कुछ कह सकें, वे आपके घर की सजावट, संगीत और आपके हर निर्णय पर अँगुली उठाने लगें। वे बहुत ज़ोर-ज़ोर से चिल्लाते हुए निंदा कर रहे थे और आपके घर से जाना नहीं चाहते थे।

आपने उनकी निंदा से बचने के लिए कुछ नहीं किया परंतु इस भीड़ को उपेक्षित करना कठिन था और दुर्भाग्यवश मदिरा ने हालात को और भी बदतर बना दिया था!

आप उन्हें जितना बाहर जाने को कहते, वे उतना ही अधिक शोर मचाने लगते। जब आपको समझ नहीं आया कि आप क्या करें तो, आप जैसे स्तंभित हो गए। बेशक़, उस समय आपको थोड़ी शांति के सिवा कुछ नहीं भा रहा होगा। और

फिर, बड़े ही अजीब तरीक़े से, आप कुछ घंटों के बाद जैसे उन लोगों के आदी हो गए - दरअसल उनमें से अनेक लोग ऐसे थे जो आपके अपने थे : आपके माता-पिता, आपके भाई-बहन और आपके दोस्त आदि।

वे जितने समय तक रुके, आपको उतना ही नीचा दिखाया। आपके लिए उनकी बातों, मतों और विचारों से स्वयं को दूर रखना कठिन होता चला गया। आप किसी ऐसी बिल्ली की तरह भयभीत होने लगे थे, जिसे सँकरी दीवार पर बिठा दिया गया हो। काश! आपको अपने लिए थोड़ा स्थान मिल जाता।

काश! आप उस जगह से मुक्त हो सकते।

काश! आप आगे बढ़ पाते।

जीवन एक विशाल नदी के समान है : यह हमेशा आगे की ओर प्रवाहित होते हुए, हमेशा हमारे आगे प्रेम, परस्पर संबंध व विस्तार के नए अवसर पैदा करती रहती है। परंतु यदि हम इसके साथ आगे बढ़ना चाहते हैं तो, हमें अपने उस अतीत से मुक्त होना होगा, जो हमें ठहरे हुए किनारों से जोड़ देता है जहाँ से किसी भी प्रकार आगे की ओर गति करना असंभव होता है।

हमें अपनी पार्टी के परिदृश्य में वापस लौटते हुए हमें उन अवांछित मेहमानों के साथ, संधि कर लेनी चाहिए जो हमारे दिल और दिमाग़ पर छाए हुए हैं। हमें अपनी चैतन्य में शांति के आयामों को जाग्रत करना होगा। हमें उन सभी आवाज़ों के लिए अपनी संपूर्ण उपस्थिति देनी होगी जो हमें बता रही हैं कि हम मूर्ख, अयोग्य और बुद्धिहीन हैं और इसके साथ ही कुछ आवाज़ें यह भी कह रही हैं कि हम ही सही हैं और बाक़ी सब ग़लत हैं।

कैसे?

हमें अपने भीतर रहनेवाले उस आहत बालक को ठीक करना होगा, जो समय में कहीं रुक गया है। कोलाहल से भरे संसार में इसकी चीख़ें कहीं सुनाई नहीं देतीं। हमें अतीत की जकड़न से मुक्त होने के लिए आध्यात्मिक ध्येय को अपनाना होगा ताकि भीतर की असंवेदनशीलता और कट्टरता से मुक्त हो सकें। वर्तमान में अपनी उपस्थिति क़ायम रखते हुए, सहजता से भविष्य की ओर बढ़ सकें।

जब हम ऐसा करते हैं तो, पीछे मुड़कर देखने का कोई विकल्प नहीं रहता। तब हमारा जीवन सागर की ओर तेज़ी से जा रही, उस नदी के समान होगा जो महानतम व्यवस्था, कल्याण व विस्तार की ओर बढ़ रही है।

चलिए, आरंभ करते हैं।

कल्पना करें कि आलीशान रेस्तराँ की क़तार में प्रतीक्षा करते समय, आप लड़खड़ाकर गिर जाते हैं। अचानक वहाँ भोजन करनेवाले लोग वहीं थम जाते हैं और आपके गाल शर्मिंदगी की वजह से लाल हो उठते हैं। आपने फ़ैशनेबल दिखने

की भरपूर कोशिश की थी, पर एक ग़लत क़दम से दुनिया के सामने सच उजागर हो ही गया।

आप यहाँ के नहीं थे और सभी लोग यह बात जानते थे।

वहाँ से जाने के बहुत देर बाद भी, अपने गिरने की बात नहीं भूल पाते। शारीरिक दर्द तो कम हुआ पर गिरने के बाद मन में भावनात्मक तौर पर बैचेनी बहुत देर तक बनी रही। और जब जीवन आपको नए अनुभव की ओर ले जाता है तो, आप अपने ही कोलाहलपूर्ण चिंतन में उलझे रहते हैं। आप अपने ही आंतरिक संघर्ष के सागर में डूब रहे होते हैं।

अब कल्पना करें कि आप एक नन्हे बच्चे के रूप में अपने पहले क़दम उठा रहे हैं। जब आप गिरते हैं और घुटना छिल जाता है तो, आप रोते हैं। पर जैसे ही शारीरिक पीड़ा घटती है, आपका ध्यान दूसरी ओर चला जाता है। आप अपने आँसू सूखने से पहले ही, दूसरा अनुभव पाने के लिए प्रस्तुत हो जाते हैं। मानो वह चोट कभी जीवन में लगी ही नहीं।

यह एक खुशहाल बच्चे की सुंदर स्थिति है। जिस तरह पक्षी, आकाश में उड़ान भरते हुए अपना कोई निशान नहीं छोड़ते, हमारा बीता हुआ कल भी कोई पीड़ादायक भावात्मक निशान नहीं छोड़ता। यह चैतन्य की स्पष्ट स्थिति है जो अगले अनुभव के लिए तैयार है।

खुशहाल बच्चा और आहत बच्चा, केवल हमारे अतीत की यादें ही नहीं हैं। वे हमारे अस्तित्व की सुंदर और दुख स्थितियाँ हैं जिनका हम अब भी अनुभव कर रहे हैं, भले ही हम उनके प्रति सचेत हों या न हों।

हम सभी अपने जीवन के किसी न किसी समय पर खुशहाल बालक रहे हैं। हम सबने एक ऐसी स्थिति का अनुभव पाया है, जो भय व अप्रसन्नता से मुक्त थी। एक खुशहाल बच्चे के रूप में, आप ग़लतियाँ करने को लेकर भयभीत नहीं रहते। आप आत्म-केंद्रित पीड़ा के भँवर में नहीं उलझते। आप और अधिक खुलकर मुस्कराते हैं। आप खुलकर हँसते व रोते हैं और आप गहराई से प्यार करते हैं। जीवन जटिल महसूस नहीं होता। एक सुंदर गंतव्य तय करने के प्रति शांत विश्वास उभरता है, जिसके लिए आपकी ओर से बार-बार पुष्टि करने या दोहराए जाने की आवश्यकता नहीं होती है। कार्य या रिश्तों के प्रति आधे-अधूरे मन या लापरवाही पूर्वक की गई पहल नहीं होती।

यह खुशहाल बच्चा ताज़गी से भरपूर और मासूम होता है - आनंद से भरपूर ईमानदार भी होता है!

यू ट्यूब पर एक लोकप्रिय वीडियो है जिसमें एक लड़का और उसकी माँ प्यार और कुकीज़ के बारे में बात कर रहे हैं। वह अपनी माँ से कहता है, कि वह उन्हें

प्यार तो करता है पर उन्हें हमेशा *पसंद* नहीं करता। इस वीडियो को 114 मिलियन से अधिक बार देखा जा चुका है। इसका लिंक है : https://www.youtube.com/watch?v=E8aprCNnecU वह माँ को तभी पसंद करता है, जब वह उसे कुकीज़ खाने को देती है!

भले ही हमें याद न हो पर हम सभी एक समय पर खुशहाल रहने वाले बालक थे। हम सभी उस सादगी से भरी स्थिति में वास करते आए हैं। हम चीज़ों को पसंद करते थे जिनसे हमें प्रसन्नता मिलती थी और हम उन चीज़ों को नापसंद करते थे जो हमारे दुख का कारण बनती थीं। एक प्रसन्न बालक की सुंदर स्थिति के दौरान यह बात मायने नहीं रखती कि वे भावनाएँ 'उचित हैं या अनुचित' : वे हमारी अपनी होती हैं। वे हमारे लिए वास्तविक होती हैं। क्योंकि हमने अभी तक ऐसी भावनाओं के लिए स्वयं के मूल्यांकन की कला नहीं सीखी रहती है तो, हम खुशहाल रहते हैं।

फिर, यह खुशहाल बच्चे की स्थिति कैसे विलीन हो जाती है? इसके स्थान पर आहत बालक कैसे आ जाता है?

हम सभी जानते हैं कि जब कोई खुशहाल बालक ईमानदारी से संसार की समीक्षा करता है तो, क्या होता है? बड़े लोग यानी उसके माता-पिता, चाचा-चाची वगैरह उसके भोलेपन पर हँसते हुए कहते हैं, "नहीं बेटा, एक अच्छा बच्चा ऐसे पेश नहीं आता। अच्छे बच्चे को हमेशा अपने माता-पिता से प्रेम करना चाहिए... जैसे उसे अपनी सब्ज़ियाँ खाना और होमवर्क करना अच्छा लगना चाहिए।"

अच्छा इरादा निहित होने के बावजूद, ऐसी बातें बच्चे के मन में संदेह, विभ्रम और यहाँ तक कि शर्मिंदगी के भाव तक पैदा कर सकते हैं। भले ही उसके आंतरिक अनुभूतियाँ न बदलें : उसे अपने माता-पिता तभी ज़्यादा पसंद आते हैं, जब वे उसे उसकी मनपसंद चीज़ें देते हैं; उसे उस बालक से ईर्ष्या का अनुभव होता है जिसके पास बेहतरीन खिलौने होते हैं, उसे अब भी कुछ विशिष्ट प्रकार के स्कूली कार्य से ऊब होने लगती है।

पर अब उसे अपनी इन भावनाओं पर शर्मिंदगी महसूस होती है।

समय बीतता है। बच्चा बड़ा हो जाता है, पर अक्सर आंतरिक संघर्ष से घिरा रहता है। हम अक्सर इस असंतुष्टि को वयस्क होने की सहज प्रक्रिया तक खींच देते हैं।

परंतु यदि अस्तित्व की यह दुख स्थिति अस्वाभाविक हो? अगर आनंद की उस सुंदर स्थिति तक वापस आने का कोई मार्ग हो तो?

आपका वास्तविक स्वभाव क्या है ?

चलिए उपनिषद की एक कथा देखते हैं, यह प्राचीन ग्रंथों की ऐसी श्रंखला है जिसमें जीवन व आध्यत्मिकता का गहरा ज्ञान छिपा है।

वन में एक शेरनी गर्भ से थी। वह प्रसव वेदना के साथ-साथ भूख से भी पीड़ित थी। अचानक उसे एक मादा भेड़ व उसका झुंड दिखाई दिया जो शायद गाँव से भटककर उस ओर चला आया था। भूखी शेरनी झुंड पर टूट पड़ी लेकिन वह अपने शावक को जन्म देने के कुछ क्षण बाद ही मर गई।

मादा भेड़ ने शेरनी के उस शावक को अपना मेमना जानकर साथ ले लिया और संरक्षण दिया। शेर का शावक स्वयं को भेड़ मानते हुए, उनके बीच ही पलने-बढ़ने लगा। वह भी उनकी तरह मिमियाते हुए घास खाया करता।

नन्हे शेर शावक ने बड़ी अटपटी और विचित्र परिस्थितियों के बीच अपने भाई और बहनों की नक़ल करनी चाही। उसने वह सब करने का जी-तोड़ प्रयास किया जो वे लोग करते थे : नरम पत्ते खाने के लिए पेड़ों की ऊँची शाखाओं तक पहुँचना और ताज़ी घास खाने के लिए पहाड़ी रास्तों पर जाना।

पर जब वह बड़ा हुआ तो, उसे एक अजीब सी व्याकुलता ने घेर लिया। उसे लगा कि वह कुछ अलग और कुछ अधिक बनना चाहता था। एक दोपहर, उसे कहीं पास में ही शेर के गरजने की आवाज़ सुनाई दी। वह मादा भेड़ के पास गया और पूछा, "क्या एक दिन मैं भी उसकी तरह दहाड़ सकता हूँ?"

उसकी माँ ने कहा, "तुम ख़ुद को क्या समझते हो? वह तो शेर है। जंगल का राजा कहलाता है और तुम केवल एक भेड़ हो।" फिर उसने निराश होकर कहा, "तुम और मैं सावधान और सजग भाव से जीने के लिए बने हैं। यही हमारा जीवन है और तुम्हारे लिए यही बेहतर होगा कि तुम ऐसी कल्पनाएँ करना बंद कर दो। तुमने सही तरह से चरना भी नहीं सीखा है। अपने भाइयों के साथ चरना सीखो और बड़े हो जाओ।"

क्या हम सभी कुछ हद तक इस कहानी के विवरण के अनुरूप नहीं जीते आए?

क्या हमें भी किसी न किसी रूप में, इसी तरह भावात्मक समझौते के साथ जीवन जीने को नहीं कहा जाता? क्या हमें यह यक़ीन नहीं दिलाया जाता कि भय, तनाव और अकेलेपन में जीना ठीक है और सभी उसी तरह जीते हैं? हमें हमारी भावनाओं को नज़रअंदाज़ कर, अपने रोज़मर्रा के कामों को करना नहीं सिखाया जाता? बचपन में मिले सभी भावात्मक अनुभवों में से, माता-पिता या अभिभावकों के साथ हमारे रिश्ते, हमारे अस्तित्व पर सबसे अधिक असर डालते हैं। वे हमारे लिए प्रेम, देखरेख, सहानुभूति, संबंध व आनंद के पहले अनुभव थे।

वे हमारे लिए अस्वीकृति, निराशा और अकेलेपन के भी पहले अनुभव थे। ये प्राथमिक अनुभव हमारे लिए अभ्यस्त स्थितियाँ बनीं और ये हमारे खुद के प्रति अभिप्रायों और अनुभवों को प्रभावित करने लगीं। ये इस बात पर भी असर डालने लगीं, कि जीवन में दूसरों के साथ हमारे रिश्ते और अनुभव कैसे होंगे।

हममें से कइयों के पास बहुत अच्छे माता-पिता और आनंदयुक्त बचपन का अनुभव होता है। और कुछ लोगों का बचपन अप्रिय अनुभव होता है। बच्चा चाहे कैसे भी माहौल में पले, उपेक्षा की भावना या अस्वीकृति उसके भीतर गहरा भावात्मक घाव पैदा कर सकती है। ऐसे घावों को नज़रअंदाज़ नहीं किया जा सकता क्योंकि जब वे एक बच्चे के साथ होते हैं तो, उसके प्रभाव बहुत गहरे और लंबे समय तक बने रहते हैं। वे ही आहत बालक की स्थिति का आधार बनाते हैं।

कई बार हम बचपन के गुस्से या दुख को मूर्खता कहकर टाल देते हैं, यह सोचते हुए कि हमारे वर्तमान जीवन से इसका कोई लेन-देन नहीं है। हमें लगता है कि अब हम बदल गए। स्वतंत्र, मज़बूत और उत्तरदायी व्यक्तित्व बन गए हैं।

पर अगर एक क्षण के लिए भी हम अपनी झूठी आत्म-छवि या आड़ से स्वयं को मुक्त कर पाते, जिससे हमने स्वयं को जोड़ रखा है तो, हमें अपनी सच्ची खोज करना आसान हो जाता। हमें पता चल जाता है कि चैतन्य पर दुखदायी अतीत का कैसा गहरा असर हुआ है। हम सत्य को देखेंगे : हम जान सकेंगे कि हमारे बचपन के भावात्मक अनुभव ही, वर्तमान जीवन की दुखदायी स्थिति बन चुके हैं। निडर होकर इस सच्चाई का सामना करने पर ही, इससे स्वतंत्र होना संभव है।

लगभग एक सौ तीस वर्ष पूर्व भारतीय आध्यात्मिक संत श्री रामकृष्ण द्वारा बताई गई एक कथा दुख की इन अभ्यस्त स्थितियों को समझने में सहायक हो सकती है।

एक दिन, दो महिलाएँ अपना सामान बेचने के लिए बाज़ार गईं। उनमें से एक फूल और दूसरी मछली बेचती थी। जब वे वापस आ रही थीं तो, तेज़ बारिश होने लगी। बारिश इतनी तेज़ थी कि उन्होंने फूल वाली महिला के घर सोने का निर्णय लिया, जो कि पास ही में था।

पर मछली बेचने वाली को नींद ही नहीं आ रही थी। वह सोचने लगी कि उसे किस कारण से नींद नहीं आ रही। तभी उसने देखा कि फूलों से भरी टोकरी उसके पास रखी थी। उसने मुस्कराकर उस टोकरी को पीछे किया और अपनी बदबूदार पुरानी मछली की टोकरी को पास खींच लिया। और गहरी साँस लेकर चैन की नींद सो गई।

हम बचपन में अपने लिए जैसी स्थितियों का पोषण कर लेते हैं, चाहे वह सुंदर हो या अप्रिय, वह हमारे जीवन में एक सहज स्वभाव बन जाता है।

जब हम बारंबार अभ्यासवश उन्हीं भावनाओं में जाते हैं तो, मस्तिष्क में एक विचित्र प्रक्रिया आरंभ हो जाती है। न्यूरोमनोविज्ञानी रिक हैन्सन ने कहा है, कि मस्तिष्क एक टोफू जैसा ऊतक है जो हमारी खोपड़ी में पाया जाता है। इसके भीतर एक सौ करोड़ न्यूरॉन्स और एक लाख करोड़ सहयोग देने वाले न्यूरोग्लिया पाए जाते हैं जिन्हें सपोर्ट सेल्स कहते हैं। इसके अलावा, कम से कम हज़ार करोड़ न्यूरल कनेक्शन होते हैं।

भले ही हम सचेत हों या नहीं हों, हमारी भावनाएँ और विचार इलेक्ट्रिकल संवेगों की तरह हैं जो न्यूरॉन्स के बीच अद्भुत गति से घूम रहे हैं। मस्तिष्क के प्लास्टिक स्वभाव के कारण, हर विचार या भावना सागर की लहर की तरह प्रवाहित होता है जिसका कोई दीर्घकालीन असर नहीं होता। परंतु जब आप एक ही बात को बार-बार सोचते हैं तो, आप न्यूरल कनेक्शन पर एक गहरा असर डालते हैं जैसे लहरें तटीय रेखा को आकार देती हैं। भले ही आपके माता-पिता या प्रकृति ने आपको जैसा भी दिमाग़ दिया हो, आप अपनी निरंतर सोच और अभ्यस्त भावनाओं के साथ, अपने मस्तिष्क को आकार देते हैं।

कृपया ठहरें। गहरी श्वास भरें। अपने मध्यपट में श्वास लें और अपने पेट को थोड़ा फूलने दें, ताकि वह थोड़ा सा बाहर को निकल आए। फिर पूरी तरह से साँस छोड़ें और अपने फेफड़ों से सारी हवा बाहर निकलने दें। इस तरह कुछ और साँसें लें।

पिछले साल आपने जिस स्थिति को ज़्यादातर अनुभव किया है, उसे पहचानें। अगर यही स्थिति आपके शेष जीवन के लिए मानसिक और भावात्मक आधार बने तो, क्या आप एक ख़ुश या एक नाख़ुश व्यक्ति होंगे ? कृपया सत्य को देखें।

आप अपने बारे में जो भी देखें, उसे बदलने का प्रयास न करें। किसी भी तरह से सकारात्मक बनने की कोशिश अपने-आप में एक पलायन होगी। यह अस्थायी तौर पर आपकी मनःस्थिति में सुधार ला सकती है, पर आप केवल निर्णय द्वारा अपनी अंतरंग स्थिति में परिवर्तन नहीं ला सकते। एक प्रामाणिक परिवर्तन केवल तभी संभव है जब आप धीरे-धीरे अपने मस्तिष्क को निरीक्षण की स्थिति में ले जाएँ।

अपनी वर्तमान स्थिति के बारे में जागरूकता बनाए रखने की कोशिश करें। आप कितनी बार आनंद व शांति की सुंदर स्थितियों की भावनाओं के लिए विरोध प्रकट करते हैं या तनावपूर्ण स्थिति का अनुभव पाते हैं ? इसे केवल पहचानें। कुछ और न करें।

एक आहत बच्चे की प्रतिक्रियाएँ

आपने अपने बारे में जो कुछ भी पता क्यों न लगाया हो, आपके लिए एक अच्छी ख़बर है। ऐसी अंतर्दृष्टि की मदद से आप उन न्यूरल कनेक्शनों को ख़त्म कर सकते हैं, जो एक आहत बच्चे की तनावपूर्ण भावात्मक स्थितियों को पैदा कर सकते हैं।

न्यूरोवैज्ञानिक खोज के अनुसार, आप मस्तिष्क के जिन सर्किटों पर ध्यान नहीं देते, वे धीरे-धीरे नष्ट होने लगते हैं। अच्छी ख़बर यह है, कि मनुष्य के मस्तिष्क में एक सुंदर स्थिति को जन्म देने वाले सर्किट कुछ ही क्षणों में पैदा किए जा सकते हैं। अगर आप उनका परिपोषण करेंगे। आपके पास एक ऐसा मस्तिष्क होगा जो बिना किसी प्रयास के सुंदर स्थितियों का अनुभव पा सकेगा। तो भले ही आपके जीवन में कुछ भी क्यों न हो जाए लेकिन आपका मस्तिष्क सहज रूप से सुंदर स्थितियों को ही अनुभव करेगा।

हम सबके भीतर एक आहत बच्चा होता है। यह बच्चा अपने दर्दनाक अनुभवों को जकड़े हुए हमेशा अतीत में ही जीता है। बचपन और जवानी के पीड़ादायी अनुभवों से चिपका रहता है। यह अपनी निराशा से भरे पलों के बीच यही मानता है कि इसे कोई प्यार नहीं देता, सम्मान नहीं करता और इसका कोई मोल नहीं है।

हम भले ही बड़े हो चुके हों, परंतु यह आहत बच्चा हमारी चैतन्य में दुख स्थिति बनकर जीवित रहता है। समय भले ही हमारे जीवन का रूप-रंग और हालात बदल दे, परंतु क्या समय की धारा इन असुखद दुख स्थितियों को दूर कर सकती है जो अचानक हमारे अंदर प्रकट होती हैं? क्या निराशा के क्षणों में, हम अक्सर आंतरिक रूप से ठीक वैसे ही पेश नहीं आते जैसे बच्चे या युवा करते हैं? क्या हम अपनी पुरानी भावनाओं में वापस नहीं आ जाते?

जैसे हम फ़ेसबुक पर देखते हैं, कि कुछ दोस्त किसी शो का आनंद उठा रहे हैं और उन्होंने हमें अपने साथ नहीं लिया। तब हमारे मन में ठीक वैसी ही भावना आती है, जब हमारे माता-पिता हमें घर छोड़कर बड़े भाई-बहनों को मूवी ले जाया करते थे?

या कल्पना करें, कि आप अपने पिता को लगातार अपनी माँ पर गुस्सा दिखाते हुए देख रहे हैं। उस समय आपको खुद पर बहुत गुस्सा आता था; आपने कसम खाई थी कि किसी दिन अपने पिता को सबक़ सिखाएँगे। अब, जब भी आप दो लोगों को आपस में लड़ते देखते हैं तो, आपके भीतर वही गुस्सा जाग जाता है।

जब हम आहत बच्चे के अधीन होते हैं तो, प्रेम और विश्वास के लिए अपने हृदय के दरवाज़े बंद कर देते हैं। जब तक हम स्वयं को अपने बारे में सोचने के लिए प्रशिक्षित नहीं करते, तब तक यह पहचानना कठिन होगा कि आहत या घायल बच्चा, हमें नियंत्रित कर रहा है। हमारी आहत बच्चे की स्थिति, यह यक़ीन दिला

देती है, कि हमारी दुख स्थिति सहज और तार्किक है और हमारे हालात के हिसाब से यही उचित है।

जबकि हक़ीक़त में, इससे कोई अंतर नहीं पड़ता कि कारण क्या हैं; दुख में जीना मूर्खता है।

परंतु यदि हम अपने अंदर इस आहत बच्चे की पुकार को सुनने लगे तो?

अगर हम इस बच्चे को पीड़ा से मुक्त करने में मदद करें तो?

आहत बच्चे के दो चेहरे

जया का बहुत सुंदर परिवार और सफल करियर था। उसने अपने सारे सपने साकार करते हुए एक अद्भुत जीवन सजाया था। उसकी परवरिश एक निर्दयी और शराब के नशे में चूर रहने वाली माँ ने की।

जब वह छोटी थी तो, हर दिन किसी बुरे सपने से कम नहीं था और कई बार तो, उसे रात को भूखे पेट ही सोना पड़ता था। उसने कई वर्षों तक माँ की हिंसा का जुल्म सहा और अपने दो छोटे भाई-बहनों की रक्षा करती रही। वह इस यातना को समाप्त करना चाहती थी इसलिए वह बारह वर्ष की आयु में घर से भाग गई।

इतने डरावने बचपन के बावजूद, जया ने कभी स्वयं को प्रताड़ित नहीं माना। इसके विपरीत, उसने अपने पर हुए सारे अत्याचारों को सकारात्मक अर्थ देते हुए, अपनी पीड़ा व दुख को ही ताक़त और लाभ में बदल दिया। उसने स्वयं से कहा, कि उसने बचपन में जो भी सहा, उसका एक उद्देश्य था और वह अपनी टीम को प्रेरित करने के लिए, अपनी कहानी सुनाने का कोई अवसर नहीं छोड़ती थी। उसने स्वयं को समझा दिया था, कि ऐसा कुछ नहीं था जो उसे भय और पीड़ा के पिंजरे में क़ैद करके रख सके।

उसने सोचा कि उसने सब कुछ सुलझा दिया था।

हालाँकि, जया का आंतरिक संघर्ष कई दशकों तक भी समाप्त नहीं हुआ। एक बार वह हमारी एकैडमी के रिट्रीट में हिस्सा ले रही थी। आंतरिक यात्रा के ध्यान सत्र के दौरान, उसके भीतर की पीड़ा अकल्पनीय बल के साथ बाहर आ गई। आँखों से आँसू बहने लगे। तब उसे अहसास हुआ कि वह अब तक ग़लत समझती आ रही थी। उसने एक स्वतंत्र और आत्मविश्वास से भरपूर महिला का मुखौटा पहन रखा था, जिसे अपने जीवन में किसी प्यार की आवश्यकता नहीं थी पर यह सब एक नक़ाब था।

जया अपने बचपन की पीड़ा से कभी नहीं उबर सकी। वह केवल यह मानकर अपनी पीड़ा को सांत्वना देती आई थी कि उसे बचपन में जितने भी भय और अमानवीयता का सामना करना पड़ा, उसका कोई न कोई मक़सद था। उसने अपने

अतीत को सशक्त बनाने वाला अर्थ देते हुए, इस कटुता से छुटकारा पाना चाहा पर वह कभी मुक्त नहीं हो सकी। वह बार-बार उस अतीत में लौटती थी। और उन अनुभवों को अर्थ देने के उसके प्रयासों से उसके अतीत को हमेशा जीवित रखा। उसने उसे कभी दफ़नाने के बारे में नहीं सोचा।

जया का सामाजिक स्तर में तरक़्क़ी का प्रयास सराहनीय था, पर वह गुस्से की दुख स्थिति से प्रेरित था। उसे यह साबित करना था कि वह सही और उसकी माँ ग़लत थी।

जब जया ने अपने अतीत की दुख स्थितियों को याद करते हुए आंतरिक यात्रा के दौरान साक्षात किया तो, उसे अहसास हुआ कि उसके बारे में कुछ भी नहीं बदला है। वह बचपन के दर्द से उबर नहीं सकी है। वह उसे स्वयं से छिपा रही है और दुनिया से भी छिपा रही है।

आजीवन जया अपनी एक ऐसी छवि बनाती रही जिसे प्यार की कोई ज़रूरत नहीं थी। वह खुद को एक स्वतंत्र व स्वनिर्मित इंसान मानने लगी थी जो किसी के भी प्यार पर निर्भर नहीं था। उसने स्वयं से कहा कि वह अजेय थी और जीवन की सारी चुनौतियों का सामना अकेले ही कर सकती थी। दरअसल वह प्रायः यही मानती आई थी कि भावुक होना, कमज़ोरी की निशानी है।

जया यह जानकर स्तब्ध हो गई, कि इतना समय बीतने पर भी उसकी आहत हुए 'मैं की भावना' ज्यों की त्यों थी। वह सही मायनों में आज तक जीवन नहीं जी रही थी। अभी भी मन की गहराइयों में आहत बच्चा जीवित था।

अब वह ख़ाली पेट नहीं सोती थी, पर अब भी उसके मन में यही भाव मौजूद था कि कोई उसकी परवाह नहीं करता। उसने अपने उदार स्वभाव से लोगों की मदद की पर जीवन के लिए नाराज़गी से भरा रवैया नहीं बदला। स्वयं को अनुभव करने के तरीक़े में भी कोई बदलाव नहीं आया था। वह अपने हर रिश्ते में वही कटुता और नाराज़गी ले आती जो उसे अपनी माँ के प्रति थी।

जया के लिए अपने जीवन-साथी से नाता जोड़ना भी बहुत कठिन था। वह न तो उससे प्यार कर सकी और न ही उस पर भरोसा कर सकी। उसे यह भरोसा भी नहीं था कि उसका साथी उससे प्यार करता है। उसने उसे प्यार करने की पूरी कोशिश की। उसने बच्चों के लिए, ज़िम्मेदार माँ की भूमिका भी निभाई। वह बच्चों को अच्छे मूल्य और अनुशासन देने को ही प्यार समझती थी। उसने उन्हें पढ़ाई-लिखाई और करियर के लिए भरपूर सहयोग मात्र दिया।

वह अपनी टीम की इज़्ज़त नहीं करती थी और काम के दौरान छोटी से छोटी बात पर बुरी तरह से भड़क जाती। उसके कर्मचारी अक्सर संस्था छोड़कर चले जाते थे।

गहन ध्यान साधन के दौरान उसने यह जाना कि उसे वास्तव में संबंध जोड़ना नहीं आता था। वह पूरी तरह से, अकेली थी और उसे प्यार करना भी नहीं आता था। वह दूसरों में ऐसी सुंदर स्थिति कैसे पोषित कर सकती थी?

जीवन के सत्य को उसके सही रूप में देखते हुए, जया ने अपने जीवन में परिवर्तन का आरंभ किया। आज उसका बचपन उसी तरह रेडियोएक्टिव कचरा बनकर रह गया है, जो दिमाग़ में हानिकारक रेडिएशन उत्सर्जित करने में लगा है। यह आंतरिक शांति रूपी सागर की एक स्मृति बन गई है।

हमारी संस्था के एक और सदस्य एंड्रयू का भी दर्दनाक बचपन था। उसे अपने पिता से इतनी यातना मिली थी कि वह उनसे घृणा करने लगा। परंतु वह इसे स्वीकार नहीं करना चाहता था, क्योंकि उसके मन में यह आदर्श था कि अच्छे लोग कभी अपने माता-पिता से घृणा नहीं कर सकते।

एंड्रयू की परिवर्तनकारी यात्रा के दौरान, जब मैंने उससे पूछा कि क्या वह अपने पिता के साथ परस्पर संबंध जोड़ने के लिए इच्छुक है तो, उसने तुरंत इनकार कर दिया। मैंने उसे यह कहते हुए चिढ़ाया कि अगर यही उसकी इच्छा थी तो, मैं उसे उसके पिता से और अधिक संपूर्णता से घृणा करने में मदद कर सकता था।

एक लंबी और मननशील सैर के दौरान एंड्रयू को अहसास हुआ कि अगर वह वियोजित स्थिति में रहा तो, उसे आजीवन इसी निराशा के साथ जीना होगा। वह पहली बार पिता के बारे में अपनी भावनाओं और गुस्से को स्वीकार कर पाया जिसकी वजह से उसके सारे रिश्ते, यहाँ तक कि अहम रिश्ते भी बिगड़ चुके थे।

उसने अपनी पत्नी के साथ हर छोटी-मोटी बातों को लेकर भी अपने बर्ताव के बारे में सोचा, भले ही वह भोजन परोसने जैसी साधारण बात हो। वह अपनी पत्नी से पूछता, "वह कहाँ जाना चाहती है?" परंतु पत्नी के तमाम उत्तरों पर वह झुँझला जाता।

अगर वह उसे तीन जगह में से चुनाव करने को कहती तो, वह और कोई जगह चुनता। अगर वह कुछ सुझाव देती थी तो, वह कुछ और निर्णय लेता।

अगर वह खुद निर्णय ले लेती तब भी उसे गुस्सा आ जाता।

वह जो भी कहती या करती, उसे लगता कि उसे नियंत्रित किया जा रहा है, उसकी आज़ादी छीनी जा रही है।

एंड्रयू को समझ आया कि वह आज तक स्वयं को आहत करता आया था और अब वह अपने साथ और ऐसा नहीं करना चाहता था। उसकी आहत बच्चे की स्थिति, करियर और पारिवारिक जीवन को तबाह कर रही थी। एंड्रयू ने तय कर लिया, कि वह स्वयं को अपने भीतर जल रही नफ़रत और ठेस से मुक्त कर देगा।

मैंने उसे साफ़ शब्दों में समझा दिया, कि अपने हृदय से आहत को दूर करने का अर्थ यह नहीं था, कि उसे अपने पिता से समझौता करना होगा। आहत से मुक्त होने के बाद वैसा करना उन पर निर्भर था। यदि उसे लगता था, कि उस समझौते के कारण उसकी दिमाग़ी हालत और पीड़ादायक या ख़तरनाक हो सकती थी या उसके परिवार को कोई हानि हो सकती थी तो, समझदारी इसमें ही थी कि वह ऐसा नहीं करे। मैं, क्षमा की जिस यात्रा की बात कर रहा था, उसका अर्थ यह है कि वह अंदर छिपे आहत बच्चे को कुशलता प्रदान करते हुए, खुशहाल बच्चे की सुंदर स्थिति को जाग्रत करे।

क्षमा करने का अर्थ यह नहीं कि आप उस आदमी के सारे ग़लत कामों को सही मान लें, या उसके साथ रहने लगें जिसने आपकी हानि की हो अथवा फिर हानि पहुँचाना जारी रखा हो।

क्षमा करने का अर्थ है, कि आप स्वयं को उन सभी बातों से मुक्त कर लें जो आपको चोट पहुँचा रही हैं।

उस शाम, मेरे साथ किए गहरे ध्यान के दौरान एंड्रयू ने अपने भीतर निराशा, लालसा और पीड़ा की यादों को स्पष्टतः व गहराई से पहचाना। उसे अहसास हुआ, कि उसके भीतर छिपे आहत बच्चे ने दूसरों से मंजूरी पाने के लिए तीन रूप ले लिए थे : कई बार वह लोगों का प्यार जीतने के लिए उन्हें लुभाता था, कई बार मंजूरी पाने के लिए व्यवहार-पटुता दिखाता था और कई बार भावात्मक नाटक के साथ लोगों का ध्यान अपनी ओर खींचना चाहता था। पर हर बार उसके बर्ताव का कारण एक ही रहता था - वह प्रेम और स्वीकृति का भूखा था।

भले ही उसने बहुत सारे मुखौटे पहने हों, परंतु हर मुखौटे के पीछे वही आहत बच्चा था जो चाहता था कि कोई उससे प्यार करे और उसका ध्यान रखे।

संवेदनशील होने की इच्छा ने ही उसे सत्य को जानने की ताक़त दी। वह जीवन भर की कटुता को छोड़ने के प्रतिरोध के पीछे, छिपे सच को देख रहा था। उसने ऐसा मान लिया, कि अगर वह अपनी नाराज़गी या गुस्सा त्याग देगा तो, इसका अर्थ होगा कि वह पिता की ओर से किए गए अन्याय और यातना को उचित ठहरा रहा था। इसका अर्थ था, कि वह बरसों से सही गई यातना व अपमान को उपेक्षित कर दे।

जब उसने पूरे विवेक से अपने प्रतिरोध को परखा तो, उसने अंतिम बाधा को भी लाँघ लिया। उसका गुस्सा और नाराज़गी उसी तरह निकल गए जैसे बादाम के सूखने पर उसे छिलके से निकालना सरल हो जाता है। अपने सत्य को जानने से स्वतंत्रता और क्षमा, उसके लिए सहज रूप में आने लगे।

इसी गहरी शांति के बीच एंड्रयू ने पाया कि उसके पूरे जीवन पर एक पवित्र दिव्य उपस्थिति छा गई थी। उसने जितने लोगों से प्रेम किया, उपेक्षित या नापसंद किया व यहाँ तक, कि उसके पिता भी इस उपस्थिति का एक हिस्सा थे। उसने

बताया कि वह उपस्थिति, एक ऐसे प्रेम की तरह महसूस हुई, जो कारण रहित था पर फिर भी वह मौजूद था। भीतर छिपे आहत बच्चे की कुशलता के बाद, एंड्रयू के ऑटो स्पेयर पार्ट्स के काम में अचानक तरक़्क़ी होने लगी। उसने नए संपर्क बनाने के लिए लोगों तक पहुँचना आरंभ कर दिया। अब, उसके मन में ऐसा करने के लिए कोई हिचक नहीं थी। उसे सदा यही भय रहता था कि संभावित ग्राहक इनकार कर देगा परंतु अब ऐसा नहीं था। अब, उसे ठेस लगने का भय नहीं था। अब उसे सारा संसार मित्रवत लगने लगा था।

हमने जया और एंड्रयू में, दो तरह के जीवन देखे। जया ने, एक ऐसे इंसान का मुखौटा लगा रखा था, जिसने जीवन में सब कुछ पा लिया था। वह यही दिखावा करती थी कि वह पूरी तरह से सफल थी और उसने प्रेम पाने की इच्छा को भी जीत लिया था। वह असंवेदनशीलता और वियोजन की अभ्यस्त हो गई थी। लेकिन ऐसा करना उसे खुद को प्रेम पाने और देने में असमर्थ बना दिया।

एंड्रयू अपने जीवन में प्यार पाना चाहता था, पर वह अपनी दुखदायी स्थिति को मानने को तैयार नहीं था। इसलिए वह अपने ही प्रियजन को अपने से दूर कर देता था।

इन प्रसंगों को ध्यान में रखते हुए, हमें देखना होगा कि हम अपने भीतर छिपे आहत बच्चे को कुशलता कैसे दे सकते हैं।

क्या हम अपने भीतर छिपे आहत बच्चे पर इसलिए ध्यान नहीं देते हैं, क्योंकि हमें लगता है कि एक बच्चे के रूप में हमारे अनुभव इतने बुरे नहीं थे या फिर अतीत को याद रखने से क्या लाभ होगा?

या हम अपनी दुखदायी स्थिति को गर्व मानते हैं क्योंकि हमें लगता है कि हम आज जो भी हैं, इसके कारण ही हैं।

या हम अतीत की दुख देने वाली यादों में खोकर, अपने गुस्से को जायज़ ठहराते हैं क्योंकि यह सही होने का अहसास देता है?

या हम अपनी यादों को तो भुला चुके हैं, पर फिर भी अपने अतीत की भावनाओं को बार-बार जीते रहते हैं।

ऐसे व्यवहार भले ही अलग लग सकते हैं, परंतु हर परिस्थिति में हम आहत बच्चे की स्थिति में जाते रहते हैं।

कृपया ठहरें। तीन सचेत धीमी श्वासें भरें। श्वास लेने की तुलना में श्वास छोड़ने की प्रक्रिया लंबी हो। आप अपने बचपन के अनुभव को किस रूप में लेते हैं – वह तनाव

से भरा था या फिर सुंदर था? अपने अतीत को विभिन्न स्थितियों के रूप में वर्तमान में प्रवाहित होता हुआ देखें।

मन के विकार युक्त जल को शांत करना

हमारा हृदय कोई सीलबंद डिब्बा नहीं है। अगर हम अपने भीतर छिपे आहत बच्चे को ठीक नहीं करेंगे तो, इसकी उदासी और अकेलापन हमारे हर रिश्ते और हर संवाद में प्रवाहित हो जाएगा। यह पीड़ा, पीढ़ी दर पीढ़ी में आगे बढ़ती है क्योंकि माता-पिता अवचेतन रूप से अपने बच्चों को उस आहत को पकड़कर रखना सिखाते हैं।

तो इसकी पकड़ से छुटकारा कैसे पा सकते हैं?

करुणा से।

हम स्वयं से प्रेम व करुणा सहित पूछ सकते हैं : क्या मैं, सचमुच अपने साथ ऐसा करना चाहता हूँ? क्या मैं इस दुख स्थिति में रहना चाहता हूँ?

क्योंकि मैं, *स्वयं* को ही आहत कर रहा हूँ। हो सकता है कि किसी ने दस या बीस साल पहले मेरा दिल दुखाया हो, पर आज मैं *खुद* अपने आप को दुख दे रहा हूँ।

यह निश्चित रूप से कह सकते हैं, कि यह आहत बच्चे की स्थिति आपको जानी-पहचानी या फिर दिलासा देने वाली भी लग सकती है। जब हम उन लोगों की बात करते हैं जिन्होंने हमारा दिल दुखाया तो, हम इस प्रमाणीकरण के आदी भी हो सकते हैं। हम इसी बात में आनंदित हो सकते हैं कि हमने कितना सहा है। परंतु इस सिलसिले के दौरान हम क्या बन रहे हैं?

हम किस स्थिति में जीना चाहते हैं?

यदि हम पूरी ईमानदारी और बहादुरी के साथ स्वयं से यह पूछें, तो हमें अहसास हो सकता है कि अब हम उस दुख देने वाली स्थिति में एक दिन भी, एक घंटा या एक मिनट भी और नहीं जीना चाहते।

भले ही आपको विश्वास न हो कि आप अतीत के दर्द को छोड़ने के लिए तैयार नहीं हो तो, हार मत मानिए। ऐसी दुख स्थिति के बीच अपने साथ कोमलता से पेश आएँ। जब हम तनाव में हों, स्वयं को अकेला महसूस करें या अपने दुख से अलग न होना चाहें, तब भी अपने साथ कठोर बर्ताव न करें।

एक क्षण के लिए कल्पना करें; अगर हम खुशहाल बच्चे की सुंदर स्थिति के प्रति जाग्रत हों तो, क्या होगा?

अगर, हम स्वयं को प्रेम और विश्वास के बीच पुनः जाने दें तो, क्या होगा?

आहत बच्चे की स्थिति ने हमें जितना जकड़ा क्यों न हो, जब हम अपनी आंतरिक स्थिति में पाते हैं कि अतीत वर्तमान को प्रभावित कर रहा है, उसे निष्क्रिय

रूप में देखते हैं तो, आंतरिक उत्तेजना शांत होने लगती है।

कृपया देखें कि अगर आप कीचड़ वाले पानी को ऐसे कुछ समय तक रहने दें तो, कीचड़ स्वयं ही तल में जम जाता है। अगर हम अतीत के घावों को उपेक्षित कर दें या उन्हें सार्थक अर्थ दे दें तो, वे भरते नहीं हैं। हमारे हृदय को आहत से तभी मुक्त कर सकते हैं, जब हम अपनी अंतरंग स्थिति के साक्षी हो सकें।

जब हम ऐसा करते हैं तो, हम शांति की सुंदर स्थिति के प्रति जाग्रत होते हैं। हम जीवन पर भरोसा करने लगते हैं। हमारे चारों ओर, ऊर्जा के क्षेत्र में परिवर्तन आने लगता है और हम ऐश्वर्य को अपनी ओर आकर्षित करने लगते हैं।

खुशहाल बच्चे की स्थिति में, हमें लगता है कि सारा संसार हमारा अपना है। हमें भीतर से प्रेम और अपनेपन का भाव महसूस होता है जो संस्कृति, भाषा और जाति से भी परे होता है। हमें सबके साथ, एक नातेदारी का भाव महसूस होने लगता है। हम सबके मित्र हो जाते हैं।

क्या आपको शेर के उस बच्चे की कहानी याद है जो हमने आपको सुनाई थी? जब हमने पहली बार सुना तो, ऐसा लगा कि इससे उदासीन कहानी पहले कभी नहीं सुनी।

चलिए, अब उसे एक अलग अंत दे देते हैं, एक सुखद अंत।

जब मादा भेड़ ने शेर के बच्चे से कहा कि उसे सपने देखना बंद कर देना चाहिए क्या उसने उसका यक़ीन कर लिया? बेशक उसने किया, वह एक बच्चा था और बच्चे वही मानते हैं, जो उन्हें कहा जाता है।

कुछ साल बीत गए और एक दिन एक बड़ा सा शेर आया और वह उनके झुंड पर हमला करने के बारे में सोचने लगा। उसे देखकर नन्हा शेर भी भेड़ों के साथ मिमियाते हुए भागने लगा। यह देखकर बड़े शेर ने उसे दबोचा और दहाड़ा : "तुम भेड़ की तरह डरकर क्यों मिमिया रहे हो? तुम मुझसे बचकर क्यों भाग रहे हो? तुम तो शेर हो। जागो!"

शेर के बच्चे ने उसकी बात सुनने से पूरी तरह से इनकार कर दिया और उसी तरह काँपता रहा। बड़ा शेर छोटे शेर को पानी के पास घसीटकर ले आया और उसे अपनी परछाईं देखने को कहा। जब छोटे शेर ने पानी में बड़े शेर के साथ अपनी परछाईं देखी तो, उसके भीतर एक अविश्वसनीय शक्ति का स्रोत उमड़ पड़ा। उसे अपने भीतर छिपी हुई शक्ति का अहसास हुआ और उसने ज़ोर से दहाड़ भरी – ऐसी दहाड़ जो सारे जंगल में गूँज उठी। उसी क्षण, जंगल के सारे जानवर शांत हो गए।

आप भी छोटे शेर की तरह हैं। जब आप अपनी सुंदर स्थिति की शक्ति के प्रति जाग्रत होंगे – अपनी चैतन्य की सच्ची शक्ति को जानेंगे – तो आपके जीवन में सब कुछ बदलने लगेगा।

जिस तरह शेर की दहाड़ सुनकर अन्य जानवर शांत हो गए थे, उसी तरह आपके ज्ञानोदय की दहाड़ से आहत कर देने वाला आंतरिक कलह शांत हो जाएगा।

और वह केवल एक आरंभ होगा।

सोल सिंक अभ्यास
आहत बच्चे को कुशलता प्रदान करना

आइए, देखते हैं कि आहत बालक की स्थिति से खुशहाल बच्चे की स्थिति तक जाने के लिए, सोल सिंक अभ्यास को कैसे किया जा सकता है।

इससे पहले कि आप अभ्यास शुरू करें, एक संकल्प लें या प्रार्थना कीजिए कि आप खुद के प्रति करुणा महसूस कर सकें। हो सकता है कि आप अतीत की पीड़ा से मुक्त होने को तैयार न हों तो, कोई बात नहीं। अपने साथ पूरे धैर्य से पेश आएँ जैसे किसी रोते हुए बच्चे के साथ करते हैं, जो मदद के लिए पुकार रहा हो।

फिर आप पृष्ठ 28–29 पर दिए गए एक से पाँच चरणों के अनुसार चलेंगे :

1. आठ सचेत श्वासें भर लें
2. आठ सचेत श्वासें लेकर श्वास छोड़ते समय भिनभिनाहट करें
3. आठ सचेत श्वासें, श्वास लेने व छोड़ने के बीच के ठहराव को देखें
4. आठ सचेत श्वासें, श्वास छोड़ते हुए धीरे से 'अह–हम्' का जाप
5. यह कल्पना करें, कि आपका शरीर प्रकाश में विस्तारित हो रहा है

इस बार छठे चरण में, आपको महसूस होगा कि आपकी आंतरिक स्थिति आहत बच्चे से खुशहाल बालक की ओर जा रही है। ऐसा बच्चा जो प्यार व भरोसा करने और संपर्क साधने के योग्य है।

धीरे से श्वास लें और कल्पना करें कि एक स्वर्णिम ऊर्जा से आपका हृदय भर रहा है। महसूस करें, कि आपके हृदय में प्रेम जाग्रत हो रहा है। महसूस करें, कि अंदर का वह बच्चा मुस्कराते हुए एक खुशहाल बच्चे में बदल रहा है।

खुद पर और जीवन पर मुस्कराएँ। हो सकता है कि आरंभ में आपको ध्यान के दौरान सचेतन भाव से मुस्कराना पड़े परंतु, समय के साथ आनंद की यह सुंदर स्थिति बिना किसी प्रयास के आपमें जाग्रत होने लगेगी।

II

दूसरा परम रहस्य :
अपने आंतरिक सत्य
की खोज करें

दूसरा परम रहस्य : अपने आंतरिक सत्य की खोज करें

प्रीताजी

हममें से प्रत्येक व्यक्ति महानता की आकांक्षा रखता है - एक महान माता-पिता, एक महान जीवन-साथी, एक महान पेशेवर, एक महान खिलाड़ी, एक महान धन सृजनकर्ता या फिर एक महान परिवर्तनकारी इंसान बनना चाहता है। परंतु मेरा यह विश्वास है, कि इससे पहले कि ब्रह्माण्ड हमारे माध्यम से किसी भी तरह की महानता को प्रकट करे, हमारे भीतर सम्पूर्ण रूप से चैतन्य के विकसित होने की आवश्यकता है। और ऐसा प्रामाणिक परिवर्तन तभी संभव है जब हम अपने जीवन को अपने आंतरिक सत्य के साथ जी सकें।

आंतरिक सत्य के बिना सारा आध्यात्मिक विकास केवल एक ख़ूबसूरत आदर्श बनकर रह जाएगा; यह एक अधूरी कविता होगी, जो बिना किसी सार्थक मर्म के शब्दों में कहीं खोकर रह जाएगी।

आइए, राष्ट्रपिता गाँधी तथा उनके गाँधी से महात्मा गाँधी बनने के परिवर्तनकारी क्षण के प्रसंग में, इस रहस्य की तलाश करें। महात्मा यानी महान आत्मा। भारत उन्हें इसी रूप में ही याद करता है, जिन्होंने मनुष्य के इतिहास को प्रभावशाली रूप से बदला। वे अहिंसा के माध्यम से, शोषक वर्ग पर दुर्बलों की विजय का प्रतीक थे।

1893 में, गाँधीजी दक्षिण अफ़्रीका गए ताकि एक युवा वकील के रूप में अपना भाग्य आज़मा सकें। कुछ ही समय बाद, उन्हें एक केस के सिलसिले में डरबन से

प्रिटोरिया की यात्रा करनी पड़ी। उन्होंने पहले दर्ज़े का एक टिकट ख़रीदा था।

जब गोरे टिकट कलेक्टर ने उन्हें, 'काला आदमी' और 'कुली' कहते हुए अपमानित किया और तीसरे दर्ज़े में जाने का आदेश दिया तो, गाँधीजी ने ऐसा करने से मना कर दिया क्योंकि उनके पास पहले दर्ज़े के डिब्बे में यात्रा करने के लिए टिकट था। उस कलेक्टर ने गाड़ी रुकवाई और गाँधीजी को पीटरमार्टिज़बर्ग के छोटे से रेलवे स्टेशन के प्लेटफ़ॉर्म पर धकेल दिया।

आइए, अब इतिहास के तथ्यों से परे जाकर, गाँधीजी की मनः स्थिति के बारे में सोचते हैं, जब वे उस अनजान वीरान स्टेशन पर अकेले बैठे मारे अपमान और सर्दी के काँप रहे थे। अब आप जो पढ़ने जा रहे हैं, वह मेरी और कृष्णाजी की व्याख्या है, कि गाँधीजी के साथ उनके जीवन के सबसे महत्त्वपूर्ण परिवर्तन के पहले अनुभव के दौरान क्या हुआ होगा।

गाँधीजी के सामने कुछ विकल्प मौजूद थे। अपमान के उन क्षणों में पहला विकल्प था कि वे एक वकील के रूप में सफल होने की योजना को त्याग कर, गुस्से में भारत वापस आ जाएँ। दूसरा विकल्प था कि अपना अपमान का घूँट पी लें और दूसरे लोगों की तरह चुपचाप पैसा कमाते रहें, जैसा उनसे पहले बहुत लोग कर चुके थे। तीसरा विकल्प था कि उसी अपमान के साथ दक्षिण अफ़्रीका में रहें और उस टिकट कलेक्टर से बदला लें या फिर अंग्रेज़ी साम्राज्य के प्रति एक गुस्सैल विद्रोही के रूप में खड़े हों।

गाँधीजी ने अपने लिए चौथा विकल्प चुना : अपना ध्यान गुस्से व शर्म की दुखदायी स्थिति की ओर लाते हुए उसे विलीन कर दिया। और उस प्रशांतता की स्थिति से वे अपने से भी परे जाकर, उन असंख्य भारतीयों से जुड़ पाए जो दिन-ब-दिन अत्याचार सह रहे थे।

यह अंग्रेज़ों के लिए उनकी निजी घृणा नहीं, बल्कि अपने लोगों के प्रति गहरी करुणा का भाव था, जिसके कारण उन्होंने दक्षिण अफ़्रीका में हुए अन्याय के ख़िलाफ़ अहिंसक प्रतिरोध आंदोलन का नेतृत्व किया। आंतरिक सत्य की खोज के चौवन वर्ष बाद, महात्मा गाँधी ने 39 करोड़ भारतीयों का नेतृत्व किया और उन्हें हिंसा और रक्तपात के बिना अंग्रेज़ों से आज़ादी दिलवाने में सफल रहे। इस जंग का नेतृत्व एक सुंदर स्थिति से किया गया है।

इस प्रसंग को पढ़ने के बाद, आइए हम दूसरे परम रहस्य की ओर चलते हैं।

संसार में बहुत से लोग सोचते हैं कि महानता पाने के लिए हमें अपनी योजनाएँ बनानी होंगी व उपाय करने होंगे, विपक्षियों की योजनाओं को जानना होगा और उनसे बेहतर बनना होगा।

परंतु यदि यह सब ग़लत हो, तो? यदि महानता के पहले चरण में किसी योजना की आवश्यकता न हो, तो? यदि सच्ची महानता एक ठहराव के साथ, अपने आंतरिक सत्य के प्रति एक गहरा रिश्ता बनाने के साथ शुरू होती हो, तो?

हममें से अनेक लोग अपने अंदर की स्थिति से वियोजित महसूस करते हैं। हम अपनी आंतरिक स्थिति के सच को जानने में एक बुनियादी भूल कर देते हैं अक्सर हम अपने आंतरिक तनाव को तड़प, चिंता को प्रेम, गुस्से को प्रेरणा और भय को समझदारी के रूप में देखने की ग़लती करते हैं।

मैंने कई लोग देखे हैं, जो अपनी आंतरिक स्थिति को सही तरह से पहचानना सीखने के बाद चकित हो जाते हैं। उन्हें यह जानकर आश्चर्य होता है, कि वे तनावपूर्ण भावों को पकड़े हुए थे, जबकि तार्किक रूप से वे जानते हैं कि ऐसा करने में समझदारी नहीं है। वे अपनी अशांत स्थितियों के आदी हो गए क्योंकि उन्हें उससे बाहर आना नहीं आता या उन्हें जीने का दूसरा कोई मार्ग नहीं पता था।

जब हम अपनी भावनाओं से बहुत परे हो जाते हैं तो, हम आसानी से दुखदायी स्थिति को ही प्रेरक या बुद्धिमानी के रूप में लेते हैं। उदाहरण के लिए, हममें से कई लोग तनाव या गुस्से को प्रेरक बल की तरह प्रयोग में लाते हैं। हम अपने आक्रोश या व्याकुलता को, साधन की तरह देखते हैं। जब हम इस स्थिति में हुए लाभों की ओर देखते हैं तो, अपने गुस्से और अशांति पर हमारी निर्भरता और भी आसान हो जाती है। हमें नहीं लगता कि हम इसके बिना भी सफलता पा सकते हैं।

हममें से कई लोगों को चिंता करने की आदत होती है। हमें लगता है कि प्रियजनों की सेहत, भविष्य या सफलता की चिंता करके ही उसके लिए प्रेम जताया जा सकता है। कई परिवारों में माता-पिता बच्चों के लिए इसी तरह प्रेम जताते हैं। और हममें से कई लोग इसी तरह अपने साथी, दोस्तों या बच्चों के लिए प्यार दिखाना सीखते हैं।

परंतु, ये सब चैतन्य की एक ही तरह की दुख स्थितियाँ होती हैं।

फिर भी दूसरे लोगों को उनकी अपनी स्थिति के बजाए, दूसरों की आंतरिक भावात्मक स्थिति पर ध्यान देना सिखाया जाता है। भले ही वे अपनी बेचैनी के लिए बाहरी तौर पर दूसरों को दोषी नहीं ठहराते, परंतु वे अपनी बजाए दूसरों को समझने की पहले कोशिश करते हैं। भले ही यह दृष्टिकोण अच्छा लगे, यदि आप अपने साथ जुड़ने में असमर्थ हैं तो, आप दूसरों के साथ कभी नहीं जुड़ सकेंगे।

जब हम ऐसे चैतन्य से प्रेरित होते हैं तो, क्या होता है? हो सकता है कि, हम सफल तो हों परंतु यह यात्रा इतनी संघर्षमय होती है कि हमें इसकी गहरी क़ीमत अदा करनी पड़ सकती है। हम अपने दुश्मन बना लेते हैं, सेहत को नुक़सान पहुँचाते हैं और जो भी बनाते हैं, उसका आनंद नहीं ले पाते। हम दूसरों को भी आनंद नहीं

लेने देते। अगर हमें लगता है कि तनाव और व्याकुलता प्रेरक हैं तो, हम अपनी टीम और परिवारों को भी अपने साथ तनाव में रखेंगे।

समाज निश्चित रूप से, इस दुख को एक वरदान के रूप में दिखाता है और कहता है कि संघर्ष ही सफलता की कुंजी है। ज़रा सोचें, कि हमें किसी ऐसे नेता या कलाकार के बारे में सोचकर कितना अच्छा लगता है जो सारे दुखों को सहकर ऊँचाई तक पहुँचा हो। परंतु, यदि इस संघर्ष का व्यक्ति की सफलता से कोई लेन-देन न हो, तो? यदि वास्तव में, यह हमारे लीडर्स व बुद्धिमान व्यक्तियों को उनकी सफलताओं का लाभ उठाने से रोकता आया हो, तो? यदि यह दुख से मुक्ति ही उन्हें सही मायनों में महानता की ओर ले गई हो और किसी को इसका अहसास न हो, तो?

तो आंतरिक सत्य क्या है?

आंतरिक सत्य : अंधकार में एक प्रकाश

आंतरिक सत्य एक बयान नहीं है जिसे आप दूसरे को करते हैं। यह ईमानदार बोली की नीति नहीं, उससे कहीं गहरी और शक्तिशाली बात है।

आंतरिक सत्य, एक जागरूकता और उससे कहीं अधिक है। बिना मूल्यांकन करते हुए आपके भीतर जो भी हो रहा है, उसको देखना ही आंतरिक सत्य है। इस दौरान आप दुख के बारे में दो गहरी अंतर्दृष्टियों के बारे में भी विचार कर सकते हैं, जो आपको कृष्णाजी की बिग बीयर लेक वाले प्रसंग में याद होगी। ये अंतर्दृष्टियाँ अंधकार में तेज़ रोशनी का काम करती हैं, आपके भीतरी सत्य को उजागर करते हुए, आपको दुख की जकड़न से आज़ाद करती हैं।

पहली अंतर्दृष्टि के अनुसार, अस्तित्व की केवल दो स्थितियाँ हैं जिनमें आप किसी भी समय रहते हैं - यानी आप सदा दुख या सुंदर स्थिति में होते हैं। इसके अतिरिक्त कोई तीसरी स्थिति नहीं होती।

दूसरी अंतर्दृष्टि यह है कि, दुख की सभी स्थितियाँ स्वयं को सेल्फ़ ओबसेशन अर्थात आत्म-जुनून में बनाए रखती हैं।

हम आपको एक प्रसंग सुनाना चाहते हैं कि, किस तरह हमारे साधकों में से एक ने आंतरिक सत्य के लिए अपनी यात्रा आरंभ की। हमारे जीवनों में अधिकतर आंतरिक सत्य से सामना, महात्मा गाँधी जी की तरह ऐतिहासिक नहीं होता। हालाँकि जब हम दूसरे परम रहस्य के अनुसार चलने लगते हैं तो, हमारे जीवन के प्रत्येक पक्ष में एक अलौकिक स्पर्श आ जाता है।

दो महिलाएँ, क्रिस्टीना और ली, हमारे कैंपस में डिनर कर रही थीं, तभी दुख के विषय में बातचीत होने लगी।

"दुख एक चुनाव है।" क्रिस्टीना ने कहा, जो एक व्यवसायी महिला है और जिन्होंने जीवन में कई चुनौतियों का सामना किया है।

ली एक सामुदायिक लीडर है जिसने अपना पूरा जीवन निर्धनों को समर्थन करते हुए बिता दिया है। उसने यह बात सुनकर कहा, "तुम्हारे लिए वातानुकूलित कमरों में इत्र से महकते अमीरों के साथ बैठकर ऐसी बात करना बहुत आसान है!"

क्रिस्टीना ने अपमानित महसूस किया और वहाँ से चली गई।

जब उस शाम हमारी दोबारा भेंट हुई तो, वह पहले से बेहतर थी, मैंने उससे पूछा कि उसमें क्या बदलाव आया था।

उसने कहा, "मैं - ली और उसके काम को समझती हूँ। जब मैंने उसे समझा तो, मेरा दुख चला गया और मैं बेहतर महसूस करने लगी।"

मैंने कहा, "क्रिस्टीना, तुम्हें आज जाकर यह अहसास हुआ पर अगर आज शाम तुम्हें कोई यह प्रमाण दे कि ली वास्तव में एक घमंडी महिला है? तब तुम्हें कैसा लगेगा? मन में फिर से कटुता और गुस्सा आ जाएगा? तुम्हारे साथ क्या होगा? किसी दूसरे को समझने से, तुम्हें दुख से 'आज़ादी' नहीं मिल सकती। यह तुम्हारे भीतरी सत्य से उत्पन्न होना चाहिए। परेशानी के उस समय तुम जिस स्थिति में थीं, उसकी पहचान से शुरू होती है। जब तुम डाइनिंग हॉल से बाहर गईं तो, उस समय किस स्थिति में थीं?"

उसने कहा, "मैं दुख की स्थिति में थी। पहले मैंने अपमानित और अचंभित महसूस किया। फिर वह गुस्से में बदल गया।"

"अगर तुम उन स्थितियों का अवलोकन करो तो, उन क्षणों में तुम्हारी सोच क्या थी?"

क्रिस्टीना ने उत्तर देने से पहले कुछ क्षण तक सोचा और बोली, "मैं नाराज़ थी, दो महीने पहले जब उसकी बेटी बीमार हुई तो, मैंने ही उसे आर्थिक सहायता प्रदान की थी। फिर भी उसने मुझे इस तरह सबके सामने अपमानित करने का साहस कैसे किया? उसने मेरी भलाई का नाजायज़ फ़ायदा उठाया। वह कितनी कृतघ्न है! मेरे लिए सबक़ है कि ऐसे लोगों से सावधान रहना चाहिए।"

"क्रिस्टीना, क्या तुम एक पल के लिए ठहरकर यह निरीक्षण कर सकती हो - तुमने गुस्सा, अपमान या सदमा, जो भी महसूस किया - तुम्हारे भीतर आत्म-जुनून के कारण तनावपूर्ण स्थिति पैदा हुई? यदि तुम दुख की उस स्थिति में अपने आत्म-जुनून के सत्य को जान सको तो, तुम सहज भाव से अपने दुख से मुक्त हो जाओगी।"

वहीं से क्रिस्टीना की अपने आंतरिक सत्य के ओर यात्रा आरंभ हुई।

किसी दूसरे का नज़रिया समझने में कुछ भी ग़लत नहीं है।

परंतु यह आंतरिक सत्य के समान नहीं है।

यही सेल्फ़-हेल्प अभ्यासों और आंतरिक सत्य के परम रहस्य के बीच सबसे बड़ा अंतर है। जब भी मन में अशांति पैदा हो तो, कुछ भी बदलने की कोशिश न करें। उसके लिए किसी तरह की सफ़ाई न दें और न ही उसकी निंदा करें।

अपने से बाहर जाकर तर्क देने के प्रलोभन से बचें।

याद रखिए स्वयं के बारे में अभ्यस्त जुनूनी स्थितियाँ ही, आपकी आंतरिक स्थिति के लिए ईंधन हैं। बार-बार दुख स्थितियों में जाकर आप वास्तविक समस्याओं का हल नहीं निकाल सकते, बल्कि सिर्फ़ अपने बारे में ही सोच रहे हैं। अगर आप स्वयं को बार-बार ऐसा करते हुए देख सकें तो, सत्य की शक्ति आपके आगे प्रकट होने लगेगी। आपका जीवन, अद्भुत समकालिकताओं के लिए खुलने लगेगा।

सत्य का अर्थ यह नहीं कि आप अपनी भावनाओं को बदलें। आंतरिक जगत विचित्र है और आक्रामकता के आगे नहीं झुकता। आप किसी छल या आक्रामकता से अपने अकेलेपन या व्याकुलता का सामना नहीं कर सकते। आप केवल निष्क्रिय रूप से मन में उठते विचारों को देख सकते हैं। केवल देखने की यह प्रक्रिया ही, आपके जीवन में दुख स्थितियों को मिटा देगी। तनावग्रस्त स्थितियाँ भंग होंगी और उसके स्थान पर शांति, आनंद की सुंदर स्थितियाँ प्रत्यक्ष होती हैं। बस आपको अपनी स्थिति के साथ बिना लड़े या बदलने की कोशिश किए, केवल उसका साक्षी बनना है।

तो जब मन में अच्छी भावनाएँ पैदा हों तो, क्या उन्हें पकड़ने की चेष्टा करनी चाहिए? क्या हमें प्रयास करना चाहिए कि हमारे भीतर अच्छे, नेक और सुखद भावनाएँ ही पैदा हों?

क्या आपने कभी कोई प्राचीन हिंदू मंदिर देखा है? उन्हें प्रार्थनारत अलौकिक देवों, मुनियों व संतों की अनुभवातीत छवियों से सुसज्जित किया जाता है। मंदिर में ऐसे चित्र भी देखने को मिलते हैं जिनमें लोग अपने पशुओं को चरा रहे हैं या माँ अपने बच्चे के बालों को बना रही है। इन सबके साथ, आपको स्त्री और पुरुष की ऐसी छवियाँ भी मिलेंगी जिनमें वे उत्तेजक मुद्राओं में होंगे। इसके अतिरिक्त मोटी तोंद, बाहर की ओर निकले दाँत, गुस्सैल आँखों व क्रूर चेहरों वाले बदसूरत राक्षस भी दिखेंगे।

आपने अपेक्षा नहीं की होगी कि ऐसे पवित्र मंदिर में, इस तरह के चित्र देखने को मिल सकते हैं? आपकी अपेक्षा के अनुसार मंदिर में शुद्ध, अलौकिक और स्वर्गिक छवियाँ ही होनी चाहिए। परंतु एक हिंदू मंदिर में पवित्र और साधारण, वासनामयी व संतुष्ट, गुस्से से भरी व शांत, सबल व दुर्बल छवियाँ दिखाई देती हैं।

क्या आप सोच रहे हैं कि ऐसा क्यों है? ये संरचनाएँ मानव अनुभव की संपूर्णता को प्रकट करती हैं।

आंतरिक सत्य केवल तभी संभव है जब आप केवल सकारात्मक पर ही नहीं, अपने पूरे मन पर शांतिपूर्ण ध्यान केंद्रित कर सकें। आंतरिक सत्य का अभ्यास अपने-आप में ऐसा करुणामयी कृत्य है, जो आप अपने प्रति कर सकते हैं।

भावनाएँ ही आपको बना या बिगाड़ सकती हैं। लेकिन जब आत्म-जुनून से घिरे होते हैं तो, हम अपनी पीड़ा में फँस जाते हैं। हम अपने गुस्से, उदासी या पीड़ा को तब तक बढ़ाते हैं जब तक यह हमारी मूलभूत स्थिति नहीं बन जाता।

आत्म-जुनून एक ऐसा रोग है जो आपकी समझ को संसार के प्रति सीमित कर देता है। इससे ग्रस्त होने के बाद आपकी सोच संकीर्ण हो जाती है। ऐसी स्थिति में आप किसी भी समस्या को समझदारी से कैसे सुलझा सकते हैं?

आइए देखते हैं, क्या होता है जब हम खुद के बारे में चिंता में, तल्लीन होकर दूसरों से नाता जोड़ते हैं।

एकैडमी में कोर्स के पहले दिन, एक सहभागी और उसकी महिला मित्र प्रश्न-उत्तर सत्र में हिस्सा ले रहे थे। उनकी उम्र तीस साल के आसपास रही होगी। उसने कहा, "मैं इस जगह अपने लिए नहीं, अपनी महिला मित्र के लिए आया हूँ। अगर आप इसकी मदद कर सकें तो, हमें बहुत ख़ुशी होगी। मैं बहुत साहसी हूँ। मैं हर भय का सामना कर सकता हूँ। मैं हर तरह के रोमांचक खेलों में भाग लेता हूँ। मैं हर वो चीज़ करता हूँ, जो चुनौतीपूर्ण है। हालाँकि मेरी मित्र बहुत कायर है। उसे रोमांच पसंद नहीं है। क्या आप इसे बदल सकते हैं ताकि हम मिलकर जीवन का आनंद ले सकें?"

कृष्णाजी ने उसके प्रश्न का उत्तर नहीं दिया। वे जानते थे, कि कोर्स समाप्त होने से पहले ही वह व्यक्ति उस प्रश्न का उत्तर जान लेगा। कृष्णाजी ने उससे पूछा, "क्या तुम्हें वास्तव में लगता है कि तुम डर से मुक्त हो? क्या साहसी व डर से मुक्त होना समान है? तुम अपने आंतरिक सत्य पर थोड़ा ध्यान देने का समय क्यों नहीं निकालते क्योंकि यही तुम्हारे रिश्ते को प्रभावित कर रहा है?"

दो दिन के बाद, उसी व्यक्ति ने एकैडमी के एक अध्यापक के साथ अपना अनुभव बाँटा। उसने कहा, "मैं तो सच को देखने के बारे में सोचकर ही डर गया था। यह विचार ही डरावना था।"

फिर उसने इस अंतर्दृष्टि को समझा और अपनी आंतरिक दुनिया को पहचानना आरंभ किया।

उसने कृष्णाजी से कहा, "मैं पिछले तीन वर्षों से यही समझता आ रहा था कि मैं सबसे बड़ा प्रेमी था। मुझे लगता था, कि मैं उसे जितना प्यार करता था, उतना कोई नहीं कर सकता था। पर जब मैंने अपने आंतरिक सत्य को जानना आरंभ किया तो, मुझे यह कहने में घृणा हो रही है कि ज़्यादातर समय तो, मैं आत्म-जुनून

में ही उलझा हुआ था। मेरे लिए उसे प्यार करने का अर्थ यही था कि मैं पूरे जुनून के साथ उसके बारे में सोचता रहूँ और यही इच्छा भी रहती थी कि वह भी ऐसा ही करे। मैं चाहता था कि वह मेरे हर काम की तारीफ़ करे। कोर्स के दौरान प्रश्न का उत्तर देने के बाद भी, मैं उसकी ओर देखता था कि वह मेरे उत्तर को अपनी मंजूरी दे रही है या नहीं। मैं उसकी ओर अपना हाथ बढ़ाता और अगर वह किसी भी वजह से मेरा हाथ न थामती तो, मेरा दिमाग़ घूम जाता। वह मेरे स्पर्श के साथ सहज क्यों नहीं थी? क्या वह मुझे प्यार नहीं करती थी?"

"यह देखना बहुत ही कष्टदायी था कि हमारे रिश्ते में असुरक्षा और अधिकार रूपी दुख स्थितियों के रंग भर गए थे; यह सब मेरे ही बारे में था।" उसने कहा। "मैं उसके बदलाव से बहुत भयभीत हूँ; मैं नहीं चाहता था कि वह एक युवती से महिला बने, मैं चाहता था कि वह हमेशा एक उत्साही युवती बनी रहे। जब भी वह परिपक्वता या शांति के साथ पेश आती तो, मैं डर जाता। जब कभी मुझे उसकी संगत में सुख नहीं मिलता था, तब भी मैं भयभीत महसूस करता। मुझे लगता कि उसके लिए मेरा प्यार घट रहा था। मैं उसे कोई उपहार या फिर कुछ ऐसा ही देकर आश्चर्यचकित करने की कोशिश करता। मैं खुद को और उसे यक़ीन दिलाना चाहता था कि मैं उससे प्यार करता हूँ।"

जैसे-जैसे वह व्यक्ति अपनी आंतरिक सच्चाई देखने लगा तो, उसके रिश्ते में परिवर्तन आ गया। वे दो ज़रूरतमंद और परस्पर चिपके रहने वाले व्यक्ति नहीं थे जो एक-दूसरे के प्रति सदा भावुक रहें। वे दो संपूर्ण व्यक्ति थे जो एक स्नेही परिवार बनाने के लिए एक ही दिशा में देख रहे थे। सात वर्ष बाद भी उनका प्यार बरकरार है।

अगर आप आंतरिक सत्य के परम रहस्य का अभ्यास करते हैं तो, आप स्वयं को वियोग और हानि से बचा सकते हैं। आप कई बड़ी ग़लतियाँ करने से बच सकते हैं। आप अतीत में जीने के व्यसन से स्वयं को आज़ाद कर सकते हैं, जीने का अनुभव और खूबसूरत हो जाएगा। याद रखें, कि आंतरिक सत्य के अभ्यास का अर्थ यह नहीं कि आप में दुख स्थिति नहीं आएगी। लेकिन इस अभ्यास में इतनी शक्ति है कि दुख में उलझे रहने की आदत से आप छुटकारा पा सकते हैं। जिस तरह बहते हुए पानी में इतनी ताक़त होती है कि सागर तक पहुँचने की राह में आने वाली कठोर चट्टान को भी काट देता है।

हम सब अपने भीतर दुख की अभ्यस्त स्थितियाँ पैदा कर लेते हैं... जैसे व्याकुलता और तनाव, गुस्सा, निराशा, ईर्ष्या और उदासीनता। अगर आपने आंतरिक सत्य के परम रहस्य का अभ्यास नहीं किया तो, ये भावनाएँ आपके नियंत्रण से बाहर हो सकती हैं। वे किसी ज़हरीले पौधे की तरह आपके जीवन की सारी सुंदरता को नष्ट कर सकते हैं।

आपको अपने जीवन-साथी से ठेस लग सकती है, आप अपने माता-पिता से नाराज़ हो सकते हैं, अपने भाई-बहनों से संपर्क तोड़ सकते हैं, बच्चों से मायूस हो सकते हैं। यह सामंजस्य टूटने पर हमें दुख होता है। हालाँकि हालात को समझदारी से हल करने की बजाए, हम अपने पर तरस खाते हैं या दूसरों को दोषी ठहराते हैं। हम केवल अपने प्रति हुए अन्याय के अलावा, कुछ और सोच ही नहीं पाते।

अपने ही दुखों के प्रति जुनून में मगन होने के कारण, आपको जीवन की चुनौतियों के हल नहीं मिलते। आप अपने उद्देश्य के सच्चे भाव से जुड़ने में असफल रहते हैं। आप विवाहित क्यों हैं? आपकी संतान क्यों है? माता-पिता आपके जीवन में क्या स्थान रखते हैं? आपका अपने मित्रों से संपर्क का आधार क्या है?

मान लेते हैं, कि हम काम में निराशाजनक स्थिति से घिरे हैं जो वास्तव में हमें परेशान करती है। अगर हम थोड़ा ठहरकर, अपनी व्याकुलता के सत्य को देखें तो, हमारा गुस्सा विलीन हो जाएगा। अगर मन शांत होगा तो, हालात को एक गहरे दृष्टिकोण से देखा जा सकता है जो ऐसे प्रश्नों से प्रकट होता है, जैसे - हमारे काम का उद्देश्य क्या है? हम जो भी करते हैं, उससे दूसरों को कैसे प्रभावित करते हैं? जो लोग हमारे साथ काम करते हैं, वे हमारे लिए क्या मायने रखते हैं?

परंतु हममें से कितने लोग अपने आत्म-जुनून से बाहर आकर ऐसा सोच पाते हैं?

ली और क्रिस्टीना का प्रसंग याद करते हैं। क्रिस्टीना ने कम से कम अपने गुस्से से उबरने का प्रयास तो किया; वह एक तरह से सही रास्ते पर थी। परंतु उसने एक महत्त्वपूर्ण चरण छोड़ दिया : वह अपने ही आंतरिक सत्य को पहचानने में असफल रही। उसने अपने मन में बसे मंदिर में पूरी तरह से प्रवेश नहीं किया - जो इष्ट देवता व राक्षसों, दान देने वाले और चोर, सुंदरता और बदसूरती से भरा था।

जीवन की प्रत्येक परिस्थिति में समस्याएँ बनी रहेंगी और बढ़ेंगी, परंतु यह दूसरों के कारण नहीं, बल्कि आपके अपने कारण होगा - क्योंकि आप अपने-आप में ही इतने व्यस्त रहते हैं। स्व-केंद्रित विचारों के कारण, आपको अपने सामने आने वाली चुनौतियों की सादगी नहीं दिखती। जीवन आपके लिए जटिल होता जाता है।

परंतु इसे इस तरह नहीं होना चाहिए।

यह सब सुनने में विचित्र लग सकता है। हममें से कई लोगों को सिखाया जाता है कि अगर दुख से मुक्त होना है तो, अपनी समस्याओं को हल करना ही होगा। परंतु सच तो इसके विपरीत है : अगर आपको अपनी समस्याओं को हल करना है तो, आपको पहले अपने दुख को मिटाना होगा।

कुछ समय पहले, कृष्णाजी ने एक मित्र डिएगो को, कैंपस में एक विशेष प्रक्रिया के लिए आमंत्रित किया। डिएगो ने लगभग दो साल पहले अपना पुत्र खो दिया था,

जो जानबूझकर नशे की अधिक खुराक लेने की वजह से मर गया। लड़के की आयु उन्नीस वर्ष के लगभग थी, परंतु वह अपने-आप को समाप्त करने का निर्णय लेने से, कई वर्ष पूर्व से अवसादग्रस्त था। वह इस तथ्य को स्वीकार नहीं कर पा रहा था, कि उसके पिता ने दूसरी औरत के लिए उसकी माँ को छोड़ दिया था। वह कभी अपनी सौतेली माँ से अच्छे संबंध नहीं रख सका और कई बार पिता से इसी बात पर बहस हो जाती थी। धीरे-धीरे डिएगो अपने पुत्र के लिए निराश और असंवेदनशील महसूस करने लगा और भावात्मक रूप से, उससे दूर हो गया।

जिस दिन उसके पुत्र की मृत्यु हुई, उससे एक दिन पहले उन्होंने रात का खाना एक साथ खाया था। उस लड़के ने डिएगो से कहा था, "पिताजी, अब आप मुझे दोबारा नहीं देख सकेंगे।"

डिएगो को लगा कि उसका बेटा, उसे बहस के लिए उकसा रहा था। पर अगली सुबह ही उसे अपने बेटे के मरने का समाचार मिल गया।

डिएगो बुरी तरह से बिखर गया, वह स्वयं को माफ़ नहीं कर पा रहा था। वह भयंकर अपराध बोध और अवसाद में चला गया। हमारी एकैडमी में आने से पहले, उसके मन में आत्महत्या के विचार आने लगे थे। अब अपनी पत्नी और तीन छोटे बच्चों से भी कोई परस्पर संबंध नहीं रह गया था। काम में भी कोई रुचि नहीं रही। उसकी नौकरी चली गई। वह तेज़ी से घटती बचत के सहारे ज़िंदगी काट रहा था। सेहत भी बिगड़ने लगी थी। कृष्णाजी को यह सब बताते वक़्त, वह टूट गया और फूट-फूटकर रोने लगा। उसने कहा, कि वह स्वयं को सज़ा देना चाहता था और उसका यही उपाय था कि स्वयं को आजीवन दुख देता रहे। डिएगो चाहता था कि उसकी मौत हो जाए ताकि, वह अपने बेटे से मिलकर माफ़ी माँग सके।

कृष्णाजी ने उसे दुख से मुक्त करने के लिए एक प्रक्रिया तैयार की। इस प्रक्रिया के दौरान, डिएगो ने पाया कि उसका सारा गुस्सा, आहत और अपराध बोध अपने साथ ही जुड़े थे। तब तक, उसे यही विश्वास था कि अपराधबोध में रहना ही, अपने बेटे को प्यार करने का एकमात्र तरीक़ा था। उसने तय कर लिया था कि अब उसके भाग्य में दुख लिखा था।

डिएगो को यह जानकर धक्का लगा कि यह प्रेम नहीं, बल्कि निरर्थक जुनून था। अब वह शांति से, अपने बेटे, पत्नी और तीन बच्चों की यादों से नहीं जुड़ पा रहा था। उसके सारे विचार केवल अपने बारे में ही थे।

"मैं इतना अंधा क्यों था? मैंने उसकी ओर से मिले सारे संकेतों को अनदेखा क्यों किया? मैं इतना स्वार्थी क्यों हो गया? मुझे जीवित और प्रसन्न रहने का कोई अधिकार नहीं है। मैं ही उसकी मौत की वजह हूँ। मैंने एक मासूम बच्चे को मार दिया। मैं ही उसे इस दुनिया में लाया और उसकी ज़िम्मेदारी नहीं उठा सका। यह

मेरी ही भूल है कि आज मेरा बच्चा जीवित नहीं है। मैं स्वयं को कभी क्षमा नहीं कर सकता... ओह, मेरी आँखों पर पर्दा क्यों पड़ा हुआ था?"

पिछले कई महीनों से डिएगो के दिमाग़ में लगातार यही विचार घूमते रहते थे।

जब उसने इस सत्य को पहचान लिया कि यह प्रेम नहीं उसका आत्म-जुनून था - तब सारा अपराध बोध स्वयं ही चला गया। डिएगो ने देखा, कि वह किस तरह परिवार के बाक़ी सदस्यों के साथ वियोजित हो गया था, जो जीवित थे। वह अवचेतन रूप से ही उस ढाँचे को दोहरा रहा था, जो उसने पुत्र के साथ किया था।

जब डिएगो अपने अपराध बोध से मुक्त हुआ तो, उसका मन पूरी तरह से शांत हो गया। उसके दिमाग़ में निरंतर चलने वाला प्रलाप शांत हो गया। कृष्णाजी के साथ ध्यान में उसने अपने बेटे की उपस्थिति महसूस की। उसने असंबंधित और भावात्मक रूप से अनुपस्थित होने के उन सभी क्षणों के लिए अपने पुत्र से क्षमायाचना की। उसे ऐसा लगा मानो उसका पुत्र उसके हृदय में लीन हो गया हो। इस अनुभव के बाद उसने कहा, "मुझे अपने पुत्र से जुड़ने के लिए मरने की आवश्यकता नहीं है। मेरा पुत्र सदा मेरा हिस्सा था और सदा रहेगा।"

खुद के साथ चल रहा युद्ध समाप्त हो गया था।

और अपने पुत्र के साथ संबंध के उस स्थान से, डिएगो ने स्वयं से पूछा, "क्या मैं अपने पुत्र की याद में कुछ कर सकता हूँ? क्या मैं संसार में ऐसा कोई योगदान दे सकता हूँ जिससे मेरे पुत्र को प्रसन्नता हो?"

उसे याद आया कि उसके बेटे के मन में एक डीजे बनने की कितनी गहरी चाह थी। डिएगो ने तय किया, कि वह अपने शहर में टैलेंट सर्च प्रतियोगिता का सालाना आयोजन करेगा, ताकि हुनरबाज़ लोगों को सबके आगे लाकर, उसका प्रचार किया जा सके। यह उसकी ओर से अपने पुत्र के लिए उपहार होगा।

हमने अपने तथा अपने असंख्य साधकों के जीवन में बार-बार देखा, कि जब हम निरंतर स्वयं को दुख से विमुक्त करते हैं तो, क्षितिज पर चमत्कारी रूप से समाधान प्रकट होने लगते हैं। लंबे समय से सामने खड़ी चुनौतियाँ विलीन हो जाती हैं। अवसाद और व्याकुलता की पकड़ ढीली हो जाती है।

यह तो तय है, जब भी हम दुख से मुक्ति पाने के बारे में सोचते हैं, यह अपने-आप में किसी पुरस्कार से कम नहीं है; परंतु यदि इस आज़ादी के साथ ही हम इस पुस्तक में दिए गए चरणों को अपनाकर प्रेम और परस्पर संबंध की सुंदर स्थिति भी विकसित कर लें तो, ब्रह्माण्ड की ओर से आने वाला सहयोग भी किसी अद्भुत वरदान से कम नहीं होगा। और इसलिए मुझे एक ऐसा अभ्यास बाँटना है जो आपको आत्म-जुनून से बाहर लाकर, सौम्यता व शांति की सुंदर स्थिति को पाने में सहायक होगा।

सीरीन माइंड प्रैक्टिस (प्रशांतमय मन की साधना) एक ऐसा अभ्यास है, जिसे दुनिया भर में कई लीडर व साधक और यहाँ तक कि युवा और बच्चे कर रहे हैं। उनका कहना है कि, उन्होंने जब से यह अभ्यास आरंभ किया है उनके आसपास की परिस्थितियाँ चमत्कारी रूप से हल हो रहे हैं और वे अपनी चुनौतियों का इस तरह सामना करते आ रहे हैं, जैसी उन्होंने कभी कल्पना तक नहीं की थी।

यह सीमित स्थितियों को जुनूनी बनने से बचाने के लिए बहुत ही सरल और प्रभावी उपाय है। अगर संघर्ष के दौरान इसका उपयोग किया जाए तो, यह आपको उलझन से स्पष्टता की ओर ले जाता है। यह आपको एक ऐसी शांति की ओर ले जाएगा जहाँ अंतर्दृष्टि जीवन की चुनौतियों के प्रति, स्वयं ही प्रकट होती है।

सीरीन माइंड प्रैक्टिस (प्रशांतमय मन की साधना)

- **पहला चरण** : स्थिर होकर बैठें।
- **दूसरा चरण** : पूरे ध्यान से तीन बार गहरी श्वासें लें।
- **तीसरा चरण** : अब आपके भीतर वर्तमान में चल रही भावना का अवलोकन करें।
- **चौथा चरण** : अपनी सोच के प्रवाह की दिशा का अवलोकन करें : क्या आप अतीत में जा रहे हैं ? क्या आप एक अस्त-व्यस्त भविष्य का अनुमान बार-बार लगा रहे हैं ? या आप वर्तमान में हैं ?
- **पाँचवाँ चरण** : कल्पना करें कि आपकी भवों के बीच एक छोटी ज्योति है और इसे अपनी मस्तिष्क के भीतर जाते हुए देखें। कल्पना करें कि यह उस शून्यता के मध्य तैर रही है।

प्रीताजी के द्वारा निर्देशित किए हुए सीरीन माइंड प्रैक्टिस की ऑडियो गाइड के लिए, निम्न पते पर ऑडियो बुक संस्करण के बारे में जानें : breathingroom.com

इस शक्तिशाली अभ्यास की सबसे अच्छी बात यही है, कि इसे करने में केवल तीन मिनट का समय लगता है - इसका अभ्यास कहीं भी और कभी भी हो सकता है। आप इसे अपने बच्चे या जीवन-साथी से हो रही बहस के दौरान, खुद का निरीक्षण करने के लिए भी कर सकते हैं। मीटिंग के दौरान आपके विचार अस्पष्ट होते ही इसे प्रयोग में ला सकते हैं। यह आपको सुबह के योग अभ्यास या व्यायाम दिनचर्या में

प्रतिरोध से उबरने के लिए भी सहायक हो सकता है। याद रखें, आपको अपने जीवन में पूरे जोश और ऊर्जा के लिए, केवल तीन मिनट के समय की आवश्यकता होगी।

आप जान लेंगे कि, आपने प्रशांतमय मन को पा लिया है। जब आप अतीत या भविष्य की चिंता से मुक्त होकर वर्तमान पर केंद्रित होंगे, तब आप अपने वर्तमान को पूरी शिष्टता व सहजता के साथ स्वीकार करने के लिए प्रस्तुत होंगे।

अपने आंतरिक सत्य तक जाने के लिए प्रस्तुत होते ही, आप दूसरी जीवन यात्रा की ओर चलने को तैयार हैं।

चलिए, आरंभ करें!

∞

दूसरी जीवन यात्रा :
आंतरिक विभाजन को समाप्त करें

प्रीताजी

ज‌ब हमारी बेटी लोका पाँच साल की थी, उसकी अंग्रेज़ी टीचर ने उसे अबीगेल ग्रिफ़िथ की कविता, 'इनसाइड आउटसाइड' पढ़ने के लिए दी थी :

My inside self and my outside self
Are different as can be

भावार्थ : मेरा बाह्य अस्तित्व और मेरा आंतरिक अस्तित्व
उतने ही अलग हैं, जितने हो सकते हैं।

उस कविता में यही बताया गया था, कि वह पात्र अपने शारीरिक रूप-रंग के बारे में बारे अच्छा महसूस नहीं करती थी।

फिर टीचर ने लोका से कहा कि उसी कविता की तरह अपनी एक कविता लिखकर दे।

पच्चीस मिनट बाद भी, लोका उस कविता जैसी कविता नहीं लिख सकी और टीचर ने उसकी कविता मुझे देते हुए कहा, "लोका की कविता उस कविता जैसी नहीं

है; फिर भी आपको ज़रूर पसंद आएगा।" फिर टीचर चली गई।

लोका ने लिखा था :

मैं एक गुंजार करती
मधुमक्खी सी सुंदर हूँ।

मैं जो हूँ, उससे अलग नहीं बनना चाहती।
मैं बहुत ही सुंदर और समझदार हूँ।
भोली और दयालु भी हूँ।

मैं उसे कैसे बदल सकती हूँ
जो पहले से ही अच्छा है?

मैं उन सब से दोस्ती करना चाहती हूँ
जो अच्छे हैं।
मैं तो मैं ही हूँ
और तुम तो तुम ही हो!

टीचर वाली कविता के पात्र की दो आंतरिक आवाज़ें हैं, जबकि लोका के भीतर वह विभाजन नहीं था। जब लोग लोका से मिलते थे तो, वे उसकी सुंदर स्थिति का साक्षी बनते थे - परंतु वह अनुभव केवल उसके बचपन तक सीमित नहीं था। वह आज भी वही आंतरिक स्पष्टता और अस्तित्व की संघर्षहीन स्थिति में रहती है।

शायद बचपन में, हममें से बहुत से लोग भी वैसे ही थे। हम किसी को भी प्यार से दिल से गले लगा लेते थे। हमें कुत्ते से खेलने या किसी फल का स्वाद लेने जैसे सामान्य अनुभव से खुशी मिलती थी। हमने पानी की बूँद में सूर्य की किरणों से बने इंद्रधनुष देखे हैं। मनुष्य जीवन का सामान्य सुख भी हमारी इंद्रियों के लिए विस्मय का कारण था। हम स्वयं को आनंदी, संपूर्ण और संतुष्ट मानते थे।

धीरे-धीरे हमारे मन में विभाजन आने लगा और हम इसी संघर्ष के कारण आत्म-जुनून से ग्रस्त होते चले गए। समाज भी कई तरह से, इस विभाजन को बढ़ावा देता है। हममें से जो लोग टेस्ट के अंक और रैंकिंग के सिस्टम में पढ़े हैं, हमने उसमें तुलना, प्रतियोगिता व मूल्यांकन करना सीखा। हमें सिखाया गया, कि साथी दोस्त नहीं, बल्कि हमारे प्रतियोगी थे।

हम जो जंग लड़ रहे थे, वह केवल दूसरों के ख़िलाफ़ ही नहीं, बल्कि खुद के साथ भी थी। हम अपने मन में एक ऐसे व्यक्ति की छवि बनाने लगे, जिसकी

तरह हम बनना चाहते थे और जब अपनी ही अपेक्षाओं पर ख़रे न उतरते तो, हम निराश हो जाते। हम अवचेतन तौर पर प्रसन्न करने वाले या फिर दूसरों को साबित करने वाले बन गए। हम सदा इसी भय में रहते थे, कि कहीं कोई नाराज़ न हो जाए, इसलिए हम ऐसे काम करते थे जिनसे वे ख़ुश हों। हम अपने दिल को लगी ठेस को याद रखते हुए ऐसे काम करते हैं, ताकि हम उन लोगों को ही ग़लत साबित कर सकें। इस लड़ाई के दौरान हम, इस जीवनशैली के इतना आदी हो गए, कि हमें लगा कि इसके सिवा कोई दूसरा उपाय हो ही नहीं सकता।

परंतु हम परिपूर्णता की सुंदर स्थिति से इतने दूर कैसे हो गए? हमने अपने सुंदर अस्तित्व को कैसे खो दिया? हम ऐसे ख़ुद में ही मग्न रहने वाले स्वार्थी कैसे होते गए?

मैं दुखी क्यों हूँ?

आप किस तरह के इंसान के रूप में हर सुबह उठना चाहते हैं? आप किस इंसान के साथ अपने जीवन का हर क्षण बिताते हैं, यहाँ तक कि सपनों में भी? जब आप अकेले या फिर किसी के साथ होते हैं, तो आपके साथ कौन होते हैं?

आप ख़ुद!

क्या आप अपने उस रूप से प्रेम करते हैं? क्या आप अपने उस रूप की परवाह करते हैं? या फिर, आप अपने इस रूप की निंदा या मूल्यांकन का भाव रखते हैं? क्या आप अपने सच्चे दोस्त हैं?

ज़रा सोचें कि जब आप अपने दोस्त, परिवार के सदस्य और सहकर्मी से नाराज़ होते हैं, तो क्या होता है? आप उन्हें बदलना चाहते हैं। आप उन्हें सलाह देते हैं, कि आप उनका बर्ताव सहन नहीं करेंगे। आप उनके परिवर्तन के लिए प्रार्थना भी कर सकते हैं। यदि वे इनकार करें तो, आप उन्हें स्वयं से दूर कर सकते हैं। आप उनसे मिलने की योजनाएँ कम कर देते हैं और फ़ोन कॉल्स भी कम हो जाते हैं। अगर सब कुछ सहन शक्ति से बाहर हो जाए तो, आप संबंध को पूरी तरह से तोड़ भी सकते हैं।

परंतु यदि वह व्यक्ति, जिससे आप असंतुष्ट हैं, वह आप ही हों तो?

जिसे आप पसंद नहीं करते, वह आप ही हों, तो?

आप जिससे नफ़रत करते हैं, वह आप ही हों, तो?

कृपया यहीं ठहरें। कुछ समय तक श्वास लें और छोड़ें। धीरे से खुद के साथ रिश्ते पर ध्यान देना आरंभ करें। उन क्षणों पर ध्यान करें जब आपने अपने लिए प्रेम और सम्मान की सुंदर स्थिति को अनुभव किया था। गहरी श्वास लें और उन क्षणों का अवलोकन करें।

अब अपने ध्यान को उन पलों पर लाएँ जब अपने प्रति असंतोष या नापसंद की दुख स्थिति में थे। गहरी श्वास लें और उन क्षणों में अपनी स्थिति का अवलोकन करें।

शायद, आपके पास कुछ ऐसे क्षण होंगे जब आपने अपने साथ सुंदर संबंध को महसूस किया होगा। आप जैसे हैं, बस उसी रूप में स्वयं को चाहा होगा।

कुछ ऐसे क्षण भी रहे होंगे, जब मन में पीड़ा या असंतोष था। तब आपने अपने लिए बाहरी समाधान या पलायन चाहे होंगे या उस स्थिति को सामान्य कहकर स्वीकार कर लिया होगा। यह भूलते हुए कि आप स्वयं से संघर्षरत कोई अस्तित्व नहीं, बल्कि एक सुंदर अस्तित्व हैं। आप जंगल में अपनी जान बचाने की चिंता करने वाली भेड़ नहीं, बल्कि आप एक सिंह हैं।

अगर हम अपने साथ एक सुंदर संबंध नहीं रखते, अपनी हर चीज़ के बारे में - हमारे बोलने का तरीक़ा, हमारे चलने का तरीक़ा, हमारी बात, हमारी सोच, सफलता के लिए हमारे प्रयत्न - तब हम एक तरह के आत्म-संदेह से घिर जाएँगे। जब हम इस दुख स्थिति से घिरे हों तो, क्या पा सकते हैं? हमें इसे समाप्त करना ही होगा।

लगातार बढ़ने वाले इस आंतरिक कलह का सामना न करने पर, बहुत से लोग अपने शरीर को बार-बार चोट देने की कोशिश करते हैं। कई लोग नशे और शराब का व्यसन या फिर आत्महत्या करने की कोशिश करते हैं।

अपने बारे में हम क्या महसूस करते हैं, इसे बदलने के लिए सारे बाहरी समाधानों को तलाशने की कोशिशों के बावजूद, ऐसा कोई सुबूत नहीं है कि खुद से लड़ते हुए व्यक्ति को प्रसन्नता मिल गई हो। जो भी हो, अगर आप इसी स्थिति में अपना अधिकतर समय बिताते हैं, तो आपके पास अपने रिश्ते, धन, वैभव व सफलता का आनंद उठाने के लिए कितनी ऊर्जा बचेगी?

जब हम भीतर से शांत नहीं होते, तो और क्या होता है?

क्या आपने कभी बचपन में 'पकड़म-पकड़ाई' खेल खेला है। मैं यह खेल खेलते हुए एक गोल दायरे में खड़ी होकर कहती, "ईनी मीनी माइनी मो, कैच ए टाइगर बाय ए टो!" फिर एक-एक करके बच्चों को निकाला जाता और आख़िर में पीछे भागने वाला बच्चा बचता था।

हम क्या कर रहे थे? हम सीधा चयन करने की बजाए, यह निर्णय भाग्य के भरोसे छोड़ रहे थे। पीछे भागने वाले का चयन करने के लिए, किसी को ज़िम्मेदारी लेने की ज़रूरत नहीं थी।

अगर हम अपने भीतर से सामंजस्य युक्त नहीं होंगे तो, अक्सर बड़े होने पर भी, हम अपने जीवन के महत्त्वपूर्ण निर्णय, इसी तरह से लेते रहेंगे। हम निर्णय नहीं ले पाते क्योंकि हमारी दुख स्थिति, खुद पर और हमारे फ़ैसलों के लिए हमारा विश्वास और सम्मान ले लेती है। हम अपनी नौकरी, साथी या फिर कारोबार में साझेदार खोजने के लिए भी वही खेल खेलते हैं। हम पूरे आत्मविश्वास से कोई फ़ैसला या चुनाव नहीं कर पाते।

भले ही हम चुनाव कर भी लें, पर हमारे भीतर संदेह बना रहता है। कई बार तो किसी रिश्ते में तीन-तीन साल बीतने के बाद भी हमें संदेह रहता है, कि क्या हम सही इंसान से प्यार करते हैं? हमें किसी नौकरी के दस साल बाद भी संदेह रहता है, कि करियर का चुनाव सही था या नहीं? ग्रेजुएशन करने के कई सालों बाद भी यही लगता है, कि क्या सही कोर्स चुना था? जब हम अपने ही भीतर मतभेद करने वाले विचारों व मान्यताओं से घिरे होते हैं, तो भूल जाते हैं कि जीवन वास्तव में कितना सुंदर हो सकता है।

इस भीतरी संघर्ष का सामना नहीं कर पाते हुए, एक के बाद एक समाधानों के पीछे भागने लगते हैं, कुछ ऐसा ढूँढ़ते हैं, जो हमारे भीतर से उठते इन संघर्षकारी विचारों व आवाज़ों को दबा सके। और जब किसी चीज़ से दीर्घकालीन परिवर्तन नहीं मिलता, तो हमें ऐसा लगता है कि दुनिया ने हमें धोखा दिया है।

हम चिल्लाते हैं, 'पर मैं एक अच्छा इंसान हूँ। मैंने कभी किसी का दिल नहीं दुखाया, किसी को नुक़सान नहीं पहुँचाया तो, मैं इतना दुखी क्यों हूँ?'

युद्धरत अस्तित्व की तीन अभिव्यक्तियाँ

प्रसिद्ध भारतीय महाकाव्य *रामायण* में रावण को एक अनूठी दुविधा का सामना करना पड़ा था। वह अन्य दुर्जनों की तरह दुष्ट या मूर्ख नहीं था। रावण एक महान विद्वान था। उसे ग्रंथों का पूरा ज्ञान था, उसने अपने राज्य के लिए महान संपदा अर्जित की थी।

तो सदाचारी माने जाने वाले व्यक्ति के कृत्य उसके भाई, पुत्र और सारे वंश की मृत्यु का कारण कैसे बने? उसने श्रीराम की पत्नी का अपहरण क्यों किया? एक ऐसा दुष्कृत्य जो उसके सारे राज्य को आग की लपटों में स्वाहा करने का कारण बना। ऐसा ज्ञानी व्यक्ति इतना विनाशक कैसे हो गया?

कथा के अनुसार, रावण के दस सिर थे। उसके अनेक सिर विरोधी मूल्यों और जुनूनी इच्छाओं से भरे विचारों के प्रतीक थे, जो उसने मन में फँसाकर रखे थे। जब वह अपने ही संघर्षपूर्ण मूल्य और इच्छाओं से जूझता था, तो उसका ज्ञान उसकी मदद नहीं कर पाता था। वह आदमी, लगातार अपने-आप से लड़ रहा था और उसका वही संघर्ष उसके आसपास के लोगों को भी प्रभावित करने लगा।

जब आप रावण की कहानी पढ़ते हैं, तो आप स्वयं से एक प्रश्न पूछ सकते हैं, जो क्या इस प्राचीन समय की तरह आज भी उतना ही उचित है?

अच्छे लोग बुरे क्यों हो जाते हैं?

क्या हम सभी जीवन में, कहीं न कहीं अपने-आप से यह सवाल नहीं करते हैं? हम अपने भटके हुए भाई, बहन, बेटे या मित्र को देखकर सोचते हैं : *'आख़िर ऐसा क्या हो गया?'* हम जिस लीडर या कलाकार में विश्वास रखते थे, उसे देखकर हैरान होते हैं, *'वे इस तरह पथभ्रष्ट कैसे हो सकते हैं?'*

जब एक व्यक्ति, अपने ही भीतर चल रही संघर्ष में खोया हुआ होता है, तो वह रावण जैसा हो जाता है। वह न केवल आत्म-विनाशक होता है, बल्कि उसके पास दूसरों को नष्ट करने की शक्ति भी आ जाती है। एक आदमी भले सैकड़ों की भीड़ में अच्छी मंशा लिए खड़ा हो, परंतु अगर उसके भीतर निरंतर मूल्यों का संघर्ष चल रहा हो, तो वह सारे संसार में उथल-पुथल मचा देगा।

हमारे भीतर की यह आग आपस में मतभेद रखने वाली इच्छाओं से पैदा हो सकती है, जैसे :

मैं एक निःस्वार्थी माँ बनना चाहती हूँ, पर मुझे अपना करियर छोड़ना पड़ेगा... मैं यह सब नहीं पा सकती।

मुझे वह पदोन्नति चाहिए थी, पर मैं कभी दुनिया घूम नहीं सकूँगी... शायद मुझे कहीं बसना ही होगा।

मुझे एक साथी चाहिए, परंतु मैं अकेले होने की खुशी छोड़ना नहीं चाहता हूँ... मैं दुखी ही रहूँगा।

हमारे भीतर की यह लड़ाई हमारे आदर्शों और हक़ीक़त के अंतर के कारण भी हो सकती है। हम गुणी बनना चाहते हैं, पर अवगुणों की ओर खिंचे चले जाते हैं। हम दयालु और सहनशील होना चाहते हैं, परंतु गुस्सा और असहनशीलता से भर उठते हैं।

परंतु, जब आपके पास स्वयं को इस आंतरिक संघर्ष से बचाने का कोई साधन नहीं दिखता, तो इससे कोई अंतर नहीं पड़ता, कि आप अपने लिए कौन सा रास्ता चुनते हैं। आपका असंतोष, अवसाद की स्थिति, अपने और संसार के लिए नफ़रत के रूप में भी बदल सकता है।

रावण के साथ ठीक यही हुआ। वह जानता था कि, उसे अपनी मतभेद पैदा करने वाली इच्छाएँ नहीं रखनी चाहिए और उसके राज्य का भाग्य अधर में लटका था, परंतु वह स्वयं को रोक नहीं सका।

हममें से कई लोग, रावण की तरह ही आंतरिक दुख में जीवन जीते हैं। परंतु यदि हमारा आंतरिक जगत युद्ध का मैदान है तो, हम प्रसन्नता या आज़ादी की सुंदर स्थितियों को कैसे जान सकते हैं?

भले ही आपको "युद्ध का मैदान" शब्द विचित्र लगे। परंतु निश्चित रूप से हम सभी कभी न कभी स्वयं को असंतुष्ट पाते हैं। हमें लगता है कि हमें सराहने वाला कोई नहीं है। परंतु यही जीवन है।

वाकई ऐसा है?

भले ही जीवन में संघर्षों का स्रोत भौतिक लगे, पर वास्तव में हम ही युद्ध रत अस्तित्व के किसी एक अभिव्यक्ति को स्वीकार करते हुए, स्वयं को विनाशकारी स्थिति में धकेल रहे हैं।

हमारे आंतरिक युद्ध की पहली अभिव्यक्ति "संकोची अस्तित्व" है।

संकोची अस्तित्व

जब एलेक्स बारह या तेरह साल का था, तो उसके साथ बुरा बर्ताव होता था, क्योंकि वह बहुत कमज़ोर और अपने सहपाठियों से कहीं छोटा था। अपने इस अपमान की स्थिति से उबरने के लिए, वह एक जिमनास्ट बना। जब वह कॉलेज तक पहुँचा तो, वह कैंपस के स्मार्ट और सुंदर युवकों में से था : लड़कियाँ उस पर जान छिड़कती थीं।

और उसकी सफलता यहीं नहीं रुकी। उसने अपने कारोबार में भी नाम कमाया, धनवान बना और एक सुंदर युवती से विवाह किया।

परंतु आज भी एलेक्स बहुत आत्म-संकोची और अधूरा महसूस करता है, क्योंकि वह स्वयं को दूसरों के साथ अपनी तुलना करने से रोक नहीं पाता। उसे अक्सर ऐसा महसूस होता है, कि उसकी पत्नी को उसके प्यार की ज़रूरत है भी या नहीं, क्योंकि वह उसके बर्ताव की तुलना उस युवती से करता है, जो उसके जीवन में पहले आई थी।

उसने सोचा था कि अगर वह अपने जीवन के हर क्षेत्र में ऊँचाइयों तक आ गया तो, उसके पास स्वयं को किसी से भी हीन समझने का कारण नहीं रहेगा। उसने बचपन में ही तय कर लिया था कि वह ऐसे मुक़ाम पर होगा, जहाँ लोग उससे अपनी तुलना करेंगे।

परंतु सत्य की आंतरिक यात्रा करने पर उसने जाना कि हक़ीक़त कुछ और ही थी। उसकी सारी सफलता व संपदा भी उसे दूसरों के साथ अपनी तुलना करने की अभ्यस्त जुनूनी आदत से छुटकारा नहीं दिलवा सकी थी।

दुख स्थितियों में, यह उलझाव उसके कारोबार में भी एक विचित्र रूप में दिखाई देने लगा। भले ही उसे किसी सौदे से मुनाफ़ा अच्छा हुआ हो, पर वह उसके लिए काफ़ी नहीं था। उसे यही लगता था कि दूसरे उससे कहीं बेहतर थे। उसे लगता था कि कड़ी मेहनत के बाद ही, उसे सफलता मिल सकती थी। वह सोचता था, कि दूसरे लोग कहीं आसानी से सफल हो रहे हैं।

यह संघर्ष तब दूर हुआ, जब उसके भीतर का असामंजस्य समाप्त हुआ। कृष्णाजी के साथ एक अलौकिक ध्यान के दौरान वह एक सीमित अस्तित्व के भ्रम से उबरा और विस्तारित चैतन्य की स्थिति का अनुभव किया, जिसमें उसे कोई भेद नहीं दिखता था और न ही उसे किसी से तुलना करने की ज़रूरत थी।

जब एलेक्स ने चैतन्य में परिवर्तन का अनुभव किया, तो उसके लिए रचनात्मकता की सुंदर स्थिति और स्पष्ट मन को पाना कहीं अधिक सरल हो गया – उसने यहीं से अपनी सफलताओं को पाना आरंभ किया।

एलेक्स ने जिस संकोची अस्तित्व को अनुभव किया, यह असामान्य नहीं है। कई बार यह दुर्बल आत्म-चैतन्य या आत्म-विश्वास में कमी के रूप में सामने आता है। कई बार, जैसा कि एलेक्स के मामले में हुआ, हमारे संकोची अस्तित्व को बड़ा दिखाने की कोशिश हमें आक्रामक बना सकती है।

परंतु इस सीमित या संकोची अस्तित्व का सच क्या है?

संकोची अस्तित्व को दूसरों के साथ, अपनी तुलना करने या अपने को कम मानने की आदत से ईंधन मिलता है।

हम स्वयं को छोटा और महत्त्वहीन मानने लगते हैं। हम उन लोगों के सामने, खुद को बेहतर नहीं मान पाते जिन्हें हम समझदार, सुंदर और प्रतिभाशाली मानते हैं। हम कल्पना करते हैं कि सामने वाले हमें हीन मानते हैं और हम अपने लिए और अधिक सजग हो जाते हैं।

एक संकोची अस्तित्व अनिश्चितता पैदा करता है और जीवन के आनंदों से दूर कर देता है। हम अपनी मनोकामनाओं को पूरा करने की हिम्मत खो बैठते हैं।

विनाशक अस्तित्व

हमारे आंतरिक युद्ध की दूसरी अभिव्यक्ति 'विनाशक अस्तित्व' है।

अलीशिया और ग्रेग, स्विट्ज़रलैंड से आए दंपत्ति थे। वे पिछले एक दशक से कई तरह की समस्याओं का सामना कर रहे थे, पर अपनी बेटी की वजह से एक

साथ थे। जब उनकी बेटी कॉलेज जाने लगी तो, उन्होंने तय किया कि वे तलाक़ ले लेंगे। दुर्भाग्य से उनकी समस्याओं का यहीं अंत नहीं हुआ।

ग्रेग हमेशा एक विवेकी इंसान रहा था। पर एक बार तलाक़ तय होने के बाद उसके भीतर नफ़रत भर गई। उसने अलीशिया के जीवन को मुश्किल बनाना ही अपना लक्ष्य बना लिया। जब उनका विवाह हुआ तो, वह उस पर हावी रहती थी और वह शांत रहता था। अब मानो इस तलाक़ के बाद उसका सारा दबा हुआ गुस्सा और आक्रोश बाहर निकल आया। वह लगातार अपने टूटे और बिखरे परिवार के लिए पत्नी को दोषी ठहराता।

ग्रेग, शिक्षित और संपन्न था - उसके पास एक शांत जीवन जीने के सारे साधन मौजूद थे, पर प्रतिशोध लेने का भाव उस पर हावी हो गया।

जब हम स्वयं को इस विनाशक अस्तित्व के हवाले कर देते हैं तो, हम भावात्मक तौर पर असंतुलित, अधीर और चंचल हो जाते हैं। एक विनाशक अस्तित्व पूर्णतावाद, अति महत्त्वाकांक्षा और निर्दयता के रूप में सामने आ सकता है या इसमें आप सुख, ख़राब आदतों या काम के प्रति व्यसनी बन जाते हैं।

इस स्थिति में हम दूसरों को अपना प्रतियोगी या दुश्मन मानते हैं। उन पर हावी होना और अपनी ताक़त का प्रदर्शन करना, हमारे लिए हमारे विकास और कल्याण से कहीं महत्त्वपूर्ण हो जाता है। हम दोस्तों और परिवार को अपना दुश्मन मान लेते हैं। हम कठोर और असंवेदनशील हो जाते हैं, हमारे पास अपना कहने वाला कोई नहीं रहता। इस तरह हम अस्वस्थ रिश्ते बना लेते हैं।

विनाशक अस्तित्व में, हम लगातार अपने जीवन की तुलना करते हुए देखते हैं कि हमारे पास क्या है और हमारे पास क्या होना चाहिए।

परंतु हम केवल तुलना नहीं करते - अपने हालात के लिए दूसरों को ज़िम्मेदार भी ठहराते हैं। जीवन एक युद्ध बन जाता है।

निष्क्रिय अस्तित्व

हम अपने आंतरिक युद्ध की तीसरी अभिव्यक्ति को 'निष्क्रिय अस्तित्व' कहते हैं।

बेथ, आजीवन अपने भाई-बहनों से अपनी तुलना करते हुए, स्वयं को हीन मानती रही। वह स्वयं को अपनी बहनों से कम सुंदर मानती थी और पढ़ने की अयोग्यता के कारण वह उनके जैसी पेशेवर सफलता भी हासिल नहीं कर सकी। उसके माता-पिता भी उसे बार-बार आलसी कहते थे जिससे उसका भीतरी संघर्ष और भी गहरा हो गया।

इस तरह वह एक दुष्चक्र से घिर गई : बहुत अधिक खाने लगी, व्यायाम नहीं करती थी और बचा हुआ आत्मविश्वास भी नष्ट हो गया। उसने अपना सारा पैसा

ग़लत निवेशों में लगा दिया। वह उस जीवन की कल्पना करती थी, जिसे वह पाने की हक़दार थी पर उसे पाने में असमर्थ थी।

निष्क्रिय अस्तित्व के लक्षण : ऐसी दशा में व्यक्ति उदासीन, लापरवाह, आलसी और काम को टालने वाला हो जाता है। हमारे भीतर प्रेरणा और प्रोत्साहन का अभाव होता है। हम केवल दिवा स्वप्न देखते हैं। हमारा यह जड़ अस्तित्व किससे प्रेरित होता है? यह हमारे भीतर दूसरों के साथ, अपनी तुलना करने की आदत होती है - जहाँ संकोची अस्तित्व इस तुलना के बाद अपने जीवन को अंतहीन दौड़ मानता है, वहीं निष्क्रिय अस्तित्व किसी भी तरह का प्रयत्न नहीं करते हुए, हार मान लेता है।

हम उम्मीद छोड़ देते हैं, कि हमारे साथ भी कुछ अच्छा हो सकता है।

अगर हम स्वयं को ऐसी किसी भी कहानी में पाते तो, उन्हें झट से बुरी आदतें या ऐसा व्यवहार कहकर नकार सकते थे जिसे ठीक करना बहुत ज़रूरी होता है।

इस संकोची अस्तित्व से मुक्ति पाने के लिए, हम रोमांचक खेलों में भी हिस्सा लेते हैं। हम यह मान लेते हैं कि आत्म-विश्वास में कमी का समाधान एक यशस्वी आत्म-छवि दिखना ही है - परंतु अवचेतन तौर पर वह हमारे आंतरिक विभाजन को बढ़ाने का काम ही करती है।

इस विनाशक अस्तित्व से उबरने के लिए, हम अपने व्यवहार, संस्कृति और भाषा को निखारने का प्रयत्न करते हैं। हम स्वयं का प्रबंधन करने और साधारण बनाने का प्रयत्न करते हैं, परंतु अक्सर एक के बदले दूसरे व्यसन के शिकार हो जाते हैं।

आख़िर में, इस निष्क्रियता से मुक्ति पाने के लिए, हम स्वयं को जिम घसीट ले जाते हैं, शरीर को आरोग्य की ओर ले जाने की कोशिश करते हैं और लीवर साफ़ करते हैं पर अपने चैतन्य पर ध्यान नहीं देते।

क्या ये सब दीर्घकालीन हल हैं? उस सत्य पर ध्यान दिए बिना, सच्चा परिवर्तन कैसे संभव है, कि हम एक गहरे आंतरिक युद्ध के लक्षणों से जूझ रहे हैं?

कृपया यहीं ठहरें। गहरी साँस लें। नापसंदगी, असंतोष या खुद के प्रति घृणा के क्षणों का अवलोकन करें। आपके आंतरिक संघर्ष ने कौन से अस्तित्व का रूप धारण किया है ?

इन अस्तित्वों का अपने जीवन पर प्रभाव का निष्क्रिय निरीक्षण करें।

खोए हुए प्रेम की तलाश

महान मुगल सम्राट अकबर अपने मंत्रियों के साथ बौद्धिक रूप से उत्तेजनापूर्ण चुनौतियों और बहसों में भाग लेने के लिए जाने जाते थे। इस कहानी के अनुसार उन्होंने एक बार अपने मंत्रियों के आगे एक मज़ेदार चुनौती रखी।

उन्होंने उनसे कहा, कि वे राज्य का सबसे बड़ा मूर्ख खोजकर निकालें।

बीरबल एक चतुर मंत्री थे, वे सारा दिन खोजबीन करके, शाम तक ख़ाली हाथ वापस आ रहे थे। जब वे एक मार्ग से निकले तो, उन्होंने एक व्यक्ति को कम रोशनी वाली मशाल के नीचे कुछ खोजते पाया।

बीरबल ने उससे जाकर पूछा कि वह क्या खोज रहा था।

शाही लिबास में खड़े मंत्री को देख, बूढ़े ने सादर बताया, कि वह अपनी खोई हुई चाबी तलाश रहा था। सहानुभूति से भरकर बीरबल उनकी मदद करने लगा। कुछ देर बाद बीरबल ने उससे पूछा, कि उसकी चाबी किस जगह खोई थी। बूढ़े ने एक अंधेरे कोने की ओर संकेत कर दिया जो उस जगह से दूर था।

"अगर चाबी उस जगह खोई थी, तो उसे इस जगह क्यों तलाश रहे हो?"

"क्योंकि यहाँ रोशनी है।"

बीरबल मुस्कराए और पूरे आत्मविश्वास से आगे चल दिए कि उनकी तलाश पूरी हो गई थी। वह सम्राट के पास आए और मूर्ख को उनके सामने पेश कर, अपना पुरस्कार ले लिया।

हम अक्सर सोचते हैं, कि बाहरी समाधानों से भीतरी संघर्ष का अंत क्यों नहीं हो पा रहा? संसार में अस्थायी तौर पर "खुशी" देने वाले साधनों की कमी नहीं है पर जब अगली चुनौती सामने आती है तो, हम फिर से उसी संघर्ष के बवंडर में घिर जाते हैं। स्वयं को संघर्ष, आत्मालोचना और निंदा के बीच पाते हैं।

बीरबल की कहानी के बूढ़े की तरह, हम अपनी समस्याओं को हल नहीं कर पाते क्योंकि हम नहीं जानते कि अपने हल कहाँ से मिलेंगे। यदि हम भीतर देखना भी चाहें, तो हम अपनी दुख स्थिति को तलवार से काटना चाहते हैं। हम स्वयं को अपनी सीमित और दुर्बल क्षमता या आत्म-संदेह के लिए दोषी ठहराते हैं। परंतु यदि वे किसी गहरी चीज़ की अभिव्यक्तियाँ ही हों, तो?

सारे दुख की जड़, अपने जुनूनी अस्तित्व के साथ मोह ही है।

जब हम इस गहरे और जीवन का परिवर्तन करने वाले बोध को लोगों के साथ बाँटते हैं, तो अक्सर कई प्रकार के तत्काल प्रतिरोध सामने आते हैं।

मेरे जीवन-साथी ने धोखा दिया था...

मेरे बच्चे बात नहीं सुनते...

मेरा बॉस मेरे काम का श्रेय ले लेता है...

निश्चित ही, आत्म-जुनून से नाखुशी पैदा होने वाली बात का कोई अपवाद होगा, हम सोच सकते हैं - खासकर जीवन को परिवर्तित करने वाली पुस्तक पढ़ते हुए ऐसा सोचा जा सकता है! जो सबके जाने के बाद, देर तक ठहरता है, जो बच्चों को भोजन देने का ध्यान रखते हुए, नलसाज़ का भुगतान करना नहीं भूलता, जो दाँतों के डॉक्टर से मुलाक़ात का समय लेता है...

इतनी मेहनत करने वाला अच्छा इंसान, अपने ही तनाव की वजह कैसे हो सकता है? ज़रूर कोई भूल हुई है।

इतना निस्वार्थ व्यक्ति कैसे आत्म-जुनूनी हो सकता है?

पहले हमें यह स्पष्ट करना होगा कि स्वार्थपरता और आत्म-जुनून के बीच स्पष्ट अंतर है। हम दूसरों का सम्मान किए बिना काम करने की बात नहीं कर रहे। हमारा कहने का अर्थ है, कि आत्म-जुनून में हम अपने अस्तित्व के साथ आंतरिक व्यस्तता में रहते हैं।

इससे पहले कि हम इस तथ्य को नकारें, हमें स्वयं से पूछना चाहिए : हम कितनी बार मन ही मन दूसरों से अपनी तुलना करते हुए बहस करते हैं और यह सोचते हैं, कि वे हमारे बारे में क्या सोचते हैं? हम कितनी बार फ़ेसबुक पर कुछ नकारात्मक प्रतिक्रिया का अनुमान रखते हुए और किसी के प्रत्युत्तर देने से पहले ही प्रतिक्रिया से भरी राय पोस्ट कर देते हैं?

और कितनी बार, हम अपनी भावनाओं के लिए किसी दूसरे को दोषी बना लेते हैं - जबकि हमारी अपनी सोच लगातार हमारे ही आत्म-जुनून के चारों ओर घूमती है।

हमें यह भूलना नहीं चाहिए कि आत्म-व्यस्तता ही, आंतरिक संघर्ष और सारी अप्रसन्नता की अंकुर भूमि है।

जब तब हम खुद से शांत नहीं होंगे, तब तक हमारी आंतरिक दुनिया संघर्ष की रणभूमि बनी रहेगी :

उस व्यक्ति को मुझसे ज़्यादा प्यार क्यों मिलता है?
मेरा जीवन उसके जीवन जैसा क्यों नहीं हो सकता?
वह कितना आकर्षक और चतुर है, मैं क्यों नहीं?
मैं अमीर घर में क्यों नहीं जन्मा, वह क्यों?
आप लगातार यही गाना जारी रखेंगे, 'मैं ही क्यों?' या 'मैं क्यों नहीं?'

हालाँकि, हमारे आंतरिक संघर्ष का बाहरी परिस्थितियों से कोई लेना-देना नहीं है। आप अपने पिता की तरह, लंबे या कॉलेज के सहपाठी की तरह सफल नहीं है - ये जीवन के तथ्य हैं, ये अच्छे या बुरे नहीं हैं। भले ही, ये तथ्य असुविधा या

कठिनाई पैदा करें, परंतु ऐसी बाहरी समस्याओं के लिए हल सदा मौजूद होते हैं।

अब, हम मनुष्य जीवन की उन चुनौतियों को नहीं नकार रहे हैं, जो अलग-अलग स्तर पर अनुभव करनी पड़ती हैं। हमारे पास, इस शरीर में रहने के लिए बहुत कम समय है। हम सबके पास अच्छी सेहत या स्नेही परिवार नहीं होते। धरती पर बहुत से लोगों का जीवन सरल या आसान नहीं होता।

परंतु जब जीवन की कठिनाइयों पर आत्म-जुनून सवार होता है तो, हमें जीवन में पक्षपात के सिवा कुछ नहीं दिखता। हमारा मन ही हमें अपनी देह, अपने जीवन, अपने संसार को अधूरा और बदसूरत दिखाने लगता है। हम एक तरह के अन्याय की भावना से लड़ने लगते हैं, मानो ब्रह्माण्ड ने जानकर, हमें हर चीज़ से वंचित कर दिया हो। हम शिकायत करते हैं, 'हमें जो दुख दिया गया है, उसमें कैसे हम शांति से रह सकते हैं?'

और आपने ध्यान दिया होगा, ऐसी दुख स्थिति में, हमारे जीवन में समस्याओं और अस्त-व्यस्तता का अंबार लग जाता है।

जब हमारे सिर पर हमारा आत्म-जुनून सवार होता है तो, जीवन की असली समस्याओं पर ध्यान ही नहीं जाता। हम एक ऐसा असुरक्षित मन रच लेते हैं, जो आसानी से अपमान या अनादर की कल्पना कर लेता है जबकि वहाँ कुछ भी ऐसा नहीं होता। हम जो भी हैं, उससे असंतुष्ट हो उठते हैं और हमें क्या होना चाहिए, यही छवि हमें खुद के प्रति जुनूनी बनाए रखती है। मानसिक उत्तरजीविता के प्रयत्न में, हम दूसरों के मापदंड पर ख़रे उतरने और उनका ध्यान जीतने की पूरी कोशिश करते हैं।

हम ऐसे लोग बन जाते हैं, जिन्होंने अनेक मुखौटे लगा रखे हैं, जबकि चैतन्य की सुंदर स्थिति की सच्ची शक्ति हमें उनसे बचाती है।

हम आत्म-स्नेह और आत्म-देखरेख की बातचीत में मग्न हो सकते हैं, परंतु कई बार हम परिकल्पित भँवरों में इस तरह फँस जाते हैं, जिसका हमारी आत्म-चिंता के जुनून से कोई लेना-देना नहीं होता।

और जब हमारा आंतरिक अस्तित्व दुख स्थिति में जख़्मी और घायल होगा तो, ऐसे में हमारी अपनी देखरेख पूरी तरह से कैसे हो सकती है? जब हम सुंदर छुट्टियाँ तो लेते हैं, परंतु लगातार चलने वाले आंतरिक वार्तालाप से मुक्त होने के लिए कोई छुट्टी नहीं लेते, तब हमारा आत्म-प्रेम प्रामाणिक कैसे हो सकता है? ऐसी स्थिति में, हम पूरी तरह से खोकर संपर्क खो देते हैं। जीवन का उत्सव मनाना असंभव हो जाता है।

प्रामाणिक आत्म-प्रेम के लिए, हमें आत्म-जुनून से निकलते हुए सुंदर स्थिति में क़दम रखना होगा।

कैसे?

पीड़ादायी जुनून से सौम्य अवलोकन की ओर आने के द्वारा।

डॉ. डेनियल जे. सीगल, मनोविज्ञान के एक क्लीनिकल प्रोफ़ेसर के अनुसार जब भी हम अवलोकन की स्थिति में आते हैं तो, हमारे मस्तिष्क के भय व क्रोध के केंद्र एमिग्डला से न्यूरल गतिविधि, स्थानांतरित होकर संपर्क की विस्तृत स्थिति तथा बुद्धिमान विचार के मिड-प्रीफ्रंटल क्षेत्र तक आ जाती है।

अगर अवलोकन के बारे में यह एक वैज्ञानिक का बोध है, तो योगियों का यह मानना है कि अवलोकन के फलस्वरूप तीसरा नेत्र सक्रिय होगा, जैसा कि अनेक पूर्वी देवताओं के चित्रों व प्रतिमाओं में दिखाया जाता है।

एक सुंदर स्थिति के लिए हमारी यात्रा सत्य के साथ आरंभ होती है, केवल सत्य ही हमें मुक्त कर सकता है। अगर हम अपने आंतरिक संघर्ष का सत्य देख सकते हैं और यह देख सकते हैं, कि इससे किस तरह हमारे जीवन के अभिप्राय को घेर रखा है, तो हम इसे बिना किसी मूल्यांकन के परिवर्तित कर सकते हैं। उस समय पर, हम शांति की सुंदर स्थिति में होते हैं। अगर हम दूसरों से लगातार होने वाली तुलना और अपनी वियोजित स्थिति को बिना किसी झिझक के, इससे लड़े बिना, स्वीकार लें, तो हमारे भीतर परस्पर संबंध की एक सुंदर स्थिति स्वयं ही उदय होगी।

हम आपको मॉरीन का प्रसंग सुनाना चाहेंगे, वह एक मैडीटेरेनियन महिला थी जिसने पूरे साहस के साथ अपने अस्तित्व को परिवर्तित किया।

जब हमारी भेंट मॉरीन से हुई, तो उसकी आयु चालीस के आरंभिक वर्षों में थी। वह कॉर्पोरेट जगत से थी और बाहरी तौर पर बहुत सख़्त मिजाज़ रखती थी। वह मज़बूत क़द-काठी की थी और बहुत कम मुस्कराती थी। उसके मुख से साधारण बात भी बहुत ही कठोर सुनाई देती थी। परंतु, जब मैं रिट्रीट में सभी साधकों का संपूर्णता की यात्रा के लिए नेतृत्व कर रही थी तो, मॉरीन ने अपने भीतर, एक सच्चा बदलाव का अनुभव किया।

वह आठ या नौ बरस की रही होगी, जब एक अजनबी ने उसका बलात्कार किया था। जब वह जाने लगा, तो उस पर थूककर बोला, "तुम एक भद्दी और बदसूरत लड़की हो।"

इसके बाद उसने कई बरसों तक, अलग-अलग थेरेपिस्ट से अपना इलाज करवाया ताकि अपने रोष और खुद के प्रति अनादर की स्थिति से बाहर आ सके। उसका दो बार विवाह हुआ। उसका पोर्टफ़ोलियो बहुत अच्छा था और वह अपनी क्षमता और कठोरता के लिए जानी जाती थी परंतु उसे वह आदर और मान कभी नहीं मिला जिसकी उसे चाह थी।

जब हम उसे ध्यान की गहरी स्थिति में ले गए, तो उसने पहली बार इस घटना को एक निष्क्रिय साक्षी के रूप में देखा। उस समय कोई युद्धरत अस्तित्व नहीं था जो उससे कहे, 'ऐसा नहीं घटना चाहिए था। मेरे जीवन को ऐसा नहीं होना था।' कोई 'होना चाहिए' या 'नहीं होना चाहिए' नहीं था। वह केवल एक घटना थी। बस उसके जीवन में घटने वाली एक घटना थी। पहली बार उसने अपनी जीवन की हर घटना को अपने आहत अस्तित्व से बाहर आकर देखा व जाना।

जब वह असीम क्षेत्र के ध्यान की गहराई तक पहुँची तो, उसे बहुत ही असाधारण अनुभव हुए। उसे लगा, मानो ब्रह्माण्ड स्वयं उसे गले लगा रहा हो। मानो वह कोई जीवंत प्राणी था, जो उसे गोद में लेकर उसके गहराई तक उसके आहत हिस्से को उपचार देने में मदद करना चाहता हो।

उसने हमसे कहा, कि मानो अब तक उसका दिल कोई टूटा हुआ काँच था और उस अनुभवातीत आलिंगन में वह पहली बार जुड़ने लगे।

उस शक्तिशाली अनुभव ने, चमत्कारी रूप से उसके जीवन की दिशा बदल दी।

जिस अनुभव को परिभाषित करना सदा ही पीड़ादायी रहा था, डरावना लगता था, वही अब उसके जीवन का एक सामान्य क्षण हो गया था, जिसे वह शांति की सुंदर स्थिति से देख सकती थी।

शक्तिशाली तौर पर परिवर्तित अनुभव के साथ, उसने अपने लिए प्रेम व करुणा की नई गहराइयों को महसूस किया। आत्म-जुनून का बल ख़त्म हो गया था। जब उसे पदोन्नति का प्रस्ताव आया तो, उसने पहली बार इनकार कर दिया। उसने तय किया, कि वह आंतरिक यात्रा में निःस्वार्थ रूप से अपने अनुभव को लेते हुए आगे बढ़ेगी।

"मैं इस समय को दूसरों को कुशलता देने में लगाना चाहती हूँ।" उसने कहा

उस दिन से मॉरीन ने, संगठन में अपनी नए कर्मचारियों के लिए मेंटर की भूमिका को नए सिरे से परिभाषित किया। उसने जीवन में जो स्नेह पाया, उसके प्रति उसका मन शांति में था।

हमें मॉरीन की पीड़ा समझने के लिए जीवन में उस प्रकार के सदमे का सामना करने की ज़रूरत नहीं है जो उसने सहन की थी, परंतु हम सबको उन स्मृतियों से आज़ाद हो जाना चाहिए, जो हमें बुरे सपनों की तरह डराती हैं। हमें सामंजस्य स्थिति के लिए जाग्रत होना होगा।

यदि हम सभी, अपने ही अस्तित्व की युद्धरत स्थितियों की प्रकृति देखेंगे तो, हम यह जान जाएँगे कि वे सभी आंतरिक आलोचक हैं, जो हमें चीरकर अलग कर देते हैं, हमारे जीवन से आनंद व शांति की सुंदर स्थिति को छीन लेते हैं। भले ही आपके निजी इतिहास जो भी हों, वे सरल हों अथवा जटिल जब हम इन

युद्धरत अस्तित्वों की जकड़ में जकड़े जाते हैं, तो हम अपने बारे में हर चीज़ की निंदा करने लगते हैं : हमारा रूप, हमारा स्तर, हमारा घर और परिवार, हमारा जीवन आदि। इस आंतरिक विभेद की आदत के मूल में हमारी लगातार चलने वाली टिप्पणियाँ हैं, जो हमारे जीवन के प्रत्येक अनुभव को 'होना चाहिए' और 'नहीं होना चाहिए' में बाँट देती है। यही आदत हमें तुलना करने और आंतरिक संघर्ष करने की प्रेरणा देती रहती है।

जब आप अपने शरीर को देखते हैं, तो उसे वैसे ही नहीं स्वीकारते हैं : आप उसके हर भाग पर इस तरह टिप्पणी करते हैं, कि *यह होना चाहिए* या *यह नहीं होना चाहिए।* जब आप अपने परिवार के सदस्यों के बीच होते हैं, तो आप उपस्थित होने की बजाए, हर सदस्य के बारे में टिप्पणी करते हैं, कि *इसे ऐसा होना चाहिए* या *इसे ऐसे नहीं होना चाहिए।* जब आप घर में प्रवेश करते हैं तो, आप उसका आनंद नहीं उठाते; आप उस पर टिप्पणी करने लगते हैं कि इसे *छोटा* या *बड़ा होना चाहिए था* या *फिर इसे नहीं होना चाहिए था।* जब आप काम पर जाते हैं तो, आपके भीतर काम करने की रचनात्मकता या उद्देश्य नहीं होता; आप हर दिन को इस तरह परख़ते हैं कि *मुझे किसी और जगह होना चाहिए था* या *मुझे इस जगह नहीं होना चाहिए था।*

जब आप जीवन के निरीक्षक के रूप में उभरते हैं तो, सारी टिप्पणियाँ नहीं रहतीं, ये आपसे इसी तरह अलग हो जाती हैं, जैसे पेड़ से सूखे पत्ते झर जाते हैं। ये जागरूकता की नदी में बह जाती हैं। आपके अस्तित्व से शांति व आनंद का गहरा भाव प्रकट होता है। चैतन्य की इस भव्य स्थिति में हर असफलता को भी अपने या किसी दूसरे को दोष दिए बिना ग्रहण किया जाता है। हर पराजय को भी स्वीकार किया जाता है और किसी दूसरे को सफ़ाई देने या किसी की आलोचना करने की आवश्यकता नहीं महसूस होती। आप दूसरों के शब्दों और नज़रिए के माध्यम से अपने-आप या अपने शरीर को नहीं देखते। आप अपने गुस्से, जलन या फिर अकेलेपन के अस्तित्व के साथ सहज होते हैं। आपका कोई हिस्सा ऐसा नहीं होता जिसे आप ग़लत देखते हों। आप अपने-आप से पूरी तरह से सहज होते हैं। चैतन्य की इस स्थिति में, जिससे निरीक्षण का भाव आता है, आपको करुणा व आज़ादी के सही मायने समझ में आते हैं।

जब हम जीवन के अच्छे और बुरे अनुभवों पर लगातार टिप्पणियाँ देंगे, उन्हें अच्छा या बुरा, चाहिए या नहीं चाहिए की श्रेणी में नहीं ठहराते, तो हम गर्व और अपमान, अपराध बोध और पश्चाताप से परे हो जाते हैं। हम चैतन्य के शुद्ध लोक में प्रवेश करते हैं, जहाँ सब कुछ पवित्र है। सब कुछ सिर्फ़ है। आपके जीवन में हर व्यक्ति बस है। जीवन केवल है - इस ब्रह्माण्ड का एक प्रवाह!

और जब हम इस आंतरिक संघर्ष से उबरते हैं तो, हम अपनी हार्दिक तड़प और जीवन के महानतम उद्देश्यों के लिए जाग्रत हो उठते हैं। हम अपने प्रियजन के लिए और अधिक उपस्थित होते हैं और अपने समुदाय और संसार को और अधिक देने योग्य हो पाते हैं। हम सही मायनों में अपने आसपास के लोगों के लिए कुछ करने को प्रेरित होते हैं।

हम 'होना चाहिए' और 'नहीं होना चाहिए' से परे जाकर 'वास्तविकता' पर आ जाते हैं। हम जीवन और खुद से प्यार करने लगते हैं। हम अपने साथ प्रेम में हैं। यह चैतन्य की सुंदर स्थिति है।

कृपया यहीं ठहरें। शांत हो जाएँ। श्वास लेते हुए अपने शरीर को महसूस करें। कोई 'होना चाहिए' या 'नहीं होना चाहिए' नहीं है। केवल आपका शरीर है।

धीरे से श्वास लेते हुए, अपने परिवार को हृदय में धारण करें। उन्हें 'होना चाहिए' या 'नहीं होना चाहिए' नहीं है। यह आपका परिवार है। केवल आपका परिवार है।

गहरी श्वास लें। अपने घर को देखें। उसे 'होना चाहिए' या 'नहीं होना चाहिए' नहीं है। यह आपका घर है। केवल आपका घर है।

अंततः करुणा से अपनी आत्म-आलोचना का निरीक्षण करें। अपने बारे में मूल्यांकन करते समय आक्रोशित नहीं हों। उस पर मुस्कराएँ। उसे 'होना चाहिए' या 'नहीं होना चाहिए' नहीं है। जैसा है वैसा है।

जो भी है, उसका सौम्य अवलोकन ही आपको शांति और आंतरिक संपूर्णता की सुंदर स्थितियों की ओर ले जाता है। जब आपका आपके साथ आंतरिक संघर्ष समाप्त हो जाता है, तब आप एक नया गीत गाते हैं : मेरा जीवन एक सुंदर जीवन है।

सोल सिंक अभ्यास :
युद्धरत अस्तित्व से सुंदर अस्तित्व की ओर

आप एक लक्ष्य के साथ सोल सिंक के अभ्यास को आरंभ कर सकते हैं, जिसमें आप अपने साथ पूरी तरह से शांति और सामंजस्यता के साथ रहना चाहेंगे।

एक बार फिर आपको सोल सिंक ध्यान के पहले, पाँच चरण उसी तरह दोहराने हैं जो आपको पहले बताए गए हैं।

जब आप छठे चरण पर आएँ तो, कल्पना करें कि आप एक सुंदर अस्तित्व हैं। एक ऐसा इंसान जिसका अपने साथ, अपने जीवन, दूसरे व्यक्तियों या आसपास की दुनिया के साथ कोई संघर्ष नहीं है। महसूस करें कि अपने साथ इस तरह शांत भाव से जीना कैसा लगता होगा, ठीक वैसे, जिस भाव में आप इस क्षण में हैं।

III

तीसरा परम रहस्य :
विश्व प्रज्ञ के प्रति जागृत हों

तीसरा परम रहस्य : विश्व प्रज्ञ के प्रति जागृत हों

प्रीताजी

मनुष्य का शरीर प्रकृति के साठ तत्वों के मेल से बना है। वर्तमान में इन तत्वों की क़ीमत केवल 160 डॉलर है।

इन तत्वों में से, केवल छह - ऑक्सीजन व हाइड्रोजन, कार्बन व नाइट्रोजन, कैल्शियम व फ़ास्फ़ोरस शरीर का निन्यानवे प्रतिशत बनाते हैं। यह भी जानने योग्य रोचक तथ्य है, कि केवल छह या साठ तत्वों को एक डिब्बे में डालकर बस मिलाने से हमारा शरीर नहीं बनता। एक अविश्वसनीय और अद्भुत विश्व प्रज्ञ, इन रसायनिक तत्वों को दिल, दिमाग़, रक्त, हड्डियों और डीएनए में बदल रहा है। यह कल्पना भी नहीं की जा सकती, कि किस प्रकार ये साठ तत्व विभिन्न प्रकार की दो सौ कोशिकाओं का निर्माण करते हैं, जिससे मनुष्य का शरीर बनता है!

आप जिस भी सजीव-निर्जीव को देखते हैं; देवदार का पेड़, मशरूम, अमीबा, व्हेल व गेंडा, इन सबके पीछे एक विश्व प्रज्ञ काम कर रहा है।

आपके अनुसार, यह प्रज्ञ शरीर में किस स्थान पर होता है?

इसका उत्तर यही मिलेगा कि यह दिमाग़ में होता है जिसमें सौ बिलियन न्यूरॉन, ट्रिलियन सहायक कोशिकाएँ और अरबों न्यूरल संपर्क हैं।

क्या आपको पता है कि हृदय में भी चालीस हज़ार ऐसे न्यूरॉन पाए जाते हैं जो आपके मस्तिष्क के न्यूरॉन के समान हैं और वे महसूस करने, अंतर्दृष्टि प्राप्त

करने व निर्णय लेने में मदद करते हैं। आपकी आँतों में भी पाँच सौ मिलियन न्यूरॉन हैं। ये दोनों ही अंग अनुभव करने और निर्णय लेने में शामिल हैं।

हम अपनी ओ ऐंड ओ एकैडमी में परिवर्तनशील प्रक्रिया करते हैं। इसमें हमने पाया कि लोग, अक्सर अपनी पुरानी यादों से मुक्त होते हैं, जो उनके मेरुदंड के न्यूरॉन्स के विभिन्न बिंदुओं में जमा होती हैं। और जब वे यह मुक्ति पा लेते हैं तो, वे अपने अतीत को जिस रूप में देखते हैं, वह पूरी तरह से बदल जाता है : उनके कृत्य व शब्द अधिक सकारात्मक हो जाते हैं।

इस प्रकार हमारे पास मस्तिष्क का, हृदय का, आँतों का और मेरुदंड का प्रज्ञ भी है।

हम प्रज्ञ को इनमें से किसी भी एक अंग के साथ सीमित नहीं कर सकते। जिस प्रकार हम मनुष्य के शरीर में, प्रज्ञ को केवल मस्तिष्क तक सीमित नहीं कर सकते, उसी तरह हम प्रज्ञ को केवल उन जीवों तक सीमित नहीं रख सकते जिनके पास दिमाग़ है। जिस प्रकार मस्तिष्क, हृदय, आँतों व मेरुदंड का प्रज्ञ आपस में अलग नहीं, बल्कि एक प्रज्ञ है, वैसे ही अनेक जीवनरूपों के विस्तृत साक्षात ब्रह्माण्ड के पीछे, केवल एक विश्व प्रज्ञ काम कर रहा है।

क्या होगा अगर हम इससे जुड़ सकें?

दरअसल, हम ऐसा कर सकते हैं।

विश्व प्रज्ञ का उपहार

जो व्यक्ति ने वियोजन की भावना या कहीं उलझने जैसा भाव महसूस करता हो, तीसरा परम रहस्य उसके लिए किसी सच्चे उपहार से कम नहीं है। हममें से कई लोगों के पास ये साक्ष्य है कि संसार बहुत ही रूखा है, जिसमें कोई किसी की परवाह नहीं करता – वे यह सोचकर उम्मीद छोड़ देते हैं, कि उनकी आशाओं और सपनों को पूरा करने में सहारा देने वाला कोई नहीं है।

परंतु जीवन को इस तरह अनुभव करने की आवश्यकता नहीं है।

जब आप इस विश्व प्रज्ञ के प्रति जाग्रत होते हैं, तो आप नए प्रकार के विचारों, संयोगों और समकालिकताओं का अनुभव करने लगेंगे, जो आपके जीवन को प्रयासहीन बना देते हैं।

श्रीनिवास रामानुजन, भारत के महान गणितज्ञों में से थे। वे प्रायः संपूर्ण एकत्व भाव के साथ स्पष्टोक्ति करते थे – उन्होंने पाया, कि विश्व प्रज्ञ के एक स्रोत से जटिल और सूक्ष्म गणितीय सूत्र व हल उनके आगे प्रकट हो जाते थे। फिर वे अपनी सामान्य स्थिति में वापस आकर, उसी समय उन सूत्रों व समाधानों के साक्ष्य कहीं

दर्ज़ कर लेते। उनकी मृत्यु के अट्ठानवे वर्षों के बाद, आज ब्लैक होल के व्यवहार को समझने के लिए, उनके सूत्रों का प्रयोग किया जा रहा है।

आप पाएँगे कि जब भी आप सही मायनों में सारी चिंता, भय व जुनून से मुक्त होकर विश्व प्रज्ञ से मदद की याचना करते हैं तो, वह कुछ ही क्षणों में मिल जाती है। यह स्वयं एक सुझाव के रूप में आपके मन में पैदा होती है और शरीर को आरोग्य भी देती है। बाहरी जगत को यह सब संयोग या फिर जीवन की चुनौतियों के लिए चमत्कारी समाधान भी लग सकता है।

इससे हमें एक भारतीय लोककथा की याद आती है। किसी छोटे शहर के सारे जानवरों ने मिलकर निर्णय लिया कि वे जंगल में सैर के लिए जाएँगे। घोड़े, गधे, चूहे, सूअर, चमगादड़ और बिल्लियाँ भी उनके साथ चल दिए।

अचानक कुत्ते को अहसास हुआ कि शहर के टाउन हॉल में रहने वाली छिपकली कहीं नहीं दिख रही थी। वह वापस भागा और जाकर छिपकली से पूछा कि वह उनके साथ जंगल में क्यों नहीं जा रही थी।

छिपकली उस समय टाउन हॉल की छत पर, पेट के बल उल्टी लटकी हुई थी। उसने चिंतित भाव से कहा, "मैंने हॉल की छत को अपने पेट पर टिका रखा है अगर मैं यहाँ से हटी तो, यह छत नीचे गिर जाएगी।"

एक तरह से हम भी इसी छिपकली की तरह हैं। जब हम निरंतर भय और चिंता के बीच जीते हैं तो, हम इसी नादान छिपकली की तरह हो जाते हैं। हमारा भय हमें और विशाल सत्य को देखने ही नहीं देता।

समर्पण के भाव वाली स्थिति में, आप ब्रह्माण्ड से जुड़ते हुए, अपने आगे के रास्ते को और स्पष्ट कर सकते हैं।

हो सकता है कि रात को सोने से ठीक पहले या किसी सपने के दौरान आपको अपनी किसी प्रश्न का उत्तर या समस्या का हल ही मिल जाए। अक्सर सोकर उठने पर स्पष्टता का अहसास होता है – आप किसी दोस्त या सहकर्मी के माध्यम से अपनी समस्या का हल पा सकते हैं। अचानक वह आपके पास आकर बताता है कि उसे पता है कि चुनौती का सामना कैसे करना है।

ईश्वर-मनुष्य का रिश्ता सबसे प्राचीनतम रिश्ता है। हम अकसर अपनी दसवीं या बीसवीं सालगिरह वगैरह मनाने की बात करते हैं। क्या हम इस दस हज़ारवीं या आठ हज़ारवीं सालगिरह को मनाना भूल गए हैं? विश्व चैतन्य या ईश्वर के साथ का रिश्ता, सबसे लंबा टिका रहने वाला है।

आपको हर धरती पर इस अलौकिक रिश्ते से जुड़े संदर्भ मिलेंगे और इतिहास के पन्नों पर भी इसके विवरण मिलते हैं। इन रहस्यों के बीच ही कहीं हक़ीक़त छिपी है।

कुछ सभ्यताओं में, असीम चैतन्य या मूल स्रोत से यह रिश्ता बहुत निजी रहा है और कुछ जगह यह निजी नहीं है। यह एक असीम रिश्ता है जिसे माइकल एंजेलो ने वेटिकन में दिखाया है, अलौकिकता रोज़मर्रा की साधारण चैतन्य में आना चाहती है और साधारण, अलौकिकता तक पहुँचने की आकांक्षा रखता है।

जिस प्रकार प्रकृति ने मस्तिष्क को देखने, सुनने, छूने व महसूस करने की क्षमता दी है, उसी प्रकार हमें उस विश्व प्रज्ञ से संपर्क करने व उसका अनुभव पाने की क्षमता भी दी है। जब हमारे भीतर समर्पण करने की क्षमता आ जाती है, तो हमारे मस्तिष्क के कुछ हिस्से सक्रिय हो जाते हैं और विश्व प्रज्ञ का अनुभव पाना और भी सरल हो जाता है।

हमारे पास एकैडमी के साधकों के असंख्य किस्से हैं, जिन्होंने विश्व प्रज्ञ की शक्ति व कृपा का अनुभव किया है। एक बार ब्रिटेन से एक डॉक्टर आए थे।

पैंतालीस वर्ष की आयु में डॉक्टर ने रूटीन चैकअप करवाया, तो पता चला कि उनके शरीर में कैन्सर के सारे लक्षण मौजूद थे। फिर भी डॉक्टर पता नहीं लगा सके कि कैन्सर किस हिस्से में फैल रहा था। उन्हें अपनी पत्नी और बेटी की चिंता सताने लगी, जो पूरी तरह से उन पर निर्भर थे।

अनेक परीक्षाओं और इलाजों के बाद, वे निराशा की स्थिति से भारत में हमारी एकैडमी में आए। जब वे हमारे साथ थे, तब उन्हें अहसास हुआ कि उनका भय और चिंता हमारी कहानी की छिपकली से मिलता-जुलता था। वे लगातार यही सोचते थे कि आने वाले समय में, उनकी पत्नी और बच्चे उनके बिना अपने-आपको सँभाल नहीं सकेंगे और उनकी असमय मृत्यु ही उनकी पीड़ा का कारण होगी। एकैडमी में सात दिन का समय बिताने के बाद, वे अपने मृत्यु के जुनूनी भय से उबर गए। वे अपने हृदय में विश्व प्रज्ञ के अद्भुत संपर्क के लिए जाग्रत हुए। अब यह केवल एक सोच नहीं था। यह एक खोज बन चुकी थी। जब वे घर गए, तो उन्होंने पाया कि कैन्सर के सारे लक्षण स्वयं ही सामान्य हो गए। अब वे, ओ ऐंड ओ एकैडमी में एक प्रशिक्षक के रूप में कार्यरत हैं, वे दूसरों को एक सुंदर स्थिति प्राप्त करने में मदद कर रहे हैं।

हमारे समुदाय के एक और व्यक्ति ने विश्व प्रज्ञ का अलग प्रकार से अनुभव पाया। वह अठारह वर्ष पूर्व अपनी शिक्षा प्राप्त करने के बाद से, एक जानी-मानी ऑटोमोबाइल कंपनी के लिए काम कर रहा था। जब हम उससे मिले, उससे कुछ वर्ष पूर्व उसे वाइस प्रेजीडेंट बनाकर, कंपनी विभाग प्रमुख के तौर पर भारत भेज दिया गया था। उसे इस पद से घृणा थी, क्योंकि इस वजह से उसे फ्रांस वाले दोस्त छोड़ने पड़े।

भारत में, संयोगवश, उसे हमारे कैंपस में आने का अवसर मिला। वह लगातार यही बात कहता था कि उसे वापस फ्रांस जाना है। धीरे-धीरे उसने ध्यान दिया

कि, उसका यही जुनून ही दुख का कारण बन गया था। जब वह कई प्रक्रियाओं से गुज़रे, तो उसने अपनी व्याकुलता से छुटकारा पा लिया और ब्रह्माण्ड के साथ शांतिपूर्ण संपर्क स्थापित करते हुए, आगे की राह दिखाने के लिए प्रार्थना की। आने वाले दिनों में, वह काम के दौरान असुखद राजनीति को शांतिपूर्वक स्वीकार करने लगा। इसी दौरान वह भारतीय सड़कों के लिए दिए जा रहे योगदान का आनंद लेने लगा। उसने कई लोगों के लिए रोज़गार के अवसर पैदा करते हुए, सड़कों को चालकों के लिए सुरक्षित बनाया। वह अपना दिन सोल सिंक के साथ आरंभ करता और समर्पण की सुंदर स्थिति के बीच ईश्वर के साथ रिश्ता स्थापित करता।

दिन-ब-दिन, उसकी चैतन्य की स्थिरता में नए विचार पैदा होने लगे। वह समस्याओं को हल करते हुए व्यवसाय का विस्तार करने लगा। अचानक उसके लिए फ्रांस की ग्रीन एनर्जी जाने के अनापेक्षित अवसर पैदा हो गए : अब वह इस क्षेत्र में लीडर है। विश्व प्रज्ञ ने उसके लिए द्वार खोल दिए।

क्या आप अपने लिए विश्व प्रज्ञ से संपर्क चाहते हैं?

निम्नलिखित अभ्यास करने की कोशिश कीजिए :

विश्व प्रज्ञ से जुड़ने के चार चरण

- **पहला चरण :** आप जो भी चाहते हों उससे जुड़ें। भय, तनाव और चिंता को छोड़ दें। सीरीन माइंड प्रैक्टिस (प्रशांतमय मन की साधना) आपकी मदद कर सकती है।
- **दूसरा चरण :** हृदय में विश्व प्रज्ञ के लिए स्वयं को जाग्रत करें। अधिकतर लोग एक प्रकार की शक्ति, शांति या प्रेम के रूप में विश्व प्रज्ञ का अनुभव पाते हैं। कई लोगों को हृदय में अलौकिक दृष्टांत होता है या फिर वे इसे अपने इष्ट के रूप में महसूस करते हैं। कुछ लोगों को यह एक विराट उपस्थिति आभास होती है।
- **तीसरा चरण :** जो भी चाहते हों, आनंदपूर्वक माँगें। स्पष्ट व सहज रूप से कहें। ब्रह्माण्ड से इस तरह बात करें जैसे आप किसी सजीव से बात कर रहे हैं।
- **चौथा चरण :** कल्पना करें जैसे कि आपकी इच्छा पूरी हो रही है। अपने हृदय को कृतज्ञता से भर दें।

हमें यह याद रखना चाहिए कि इस प्रक्रिया के लिए आपको किसी भी तरह के मत का अनुयायी होना ज़रूरी नहीं है और न ही इसके लिए किसी प्रकार की उपासना पद्धति का नियमित अभ्यासी होने की आवश्यकता है।

आप जब भी चाहें, इसका अभ्यास कर सकते हैं, या फ़्रांस वाले छात्र की तरह जिसने इसके लिए रात का समय तय किया था।

रात्रिकालीन अभ्यास के चरण

1. धीरे से अपनी आँखें बंद करें। फिर धीरे से श्वास लें व छोड़ें। सचेतन भाव से श्वास लें।
2. जीवन की वह परिस्थिति विशेष अपने आगे लाएँ जिसमें आपको विश्व प्रज्ञ की मदद व सहयोग चाहिए। आपके अनुसार आप अंत में कहाँ पहुँचे हैं ? आपके अनुसार आपने किन क्षेत्र में अपने सारे संसाधन और मानसिक योग्यता को क्षीण कर दिया ताकि आप किसी हल पर आ सकें।
3. निम्नलिखित मंत्र को दोहराएँ : 'मैं अपने छोटे और सीमित अस्तित्व की निराशा को समर्पित करता हूँ और विश्व प्रज्ञ से प्रार्थना करता हूँ, कि वह मेरी समस्याओं को सँभाले।' इसे गहरी भावना और अर्थ के साथ तीन बार दोहराएँ।
4. अपना ध्यान हृदय स्थान पर लाएँ। विश्व प्रज्ञ के इस चैतन्य को किसी भी रूप में प्रकट होने दें जो आपको स्वाभाविक लगे। आप किसी अपार शक्ति, अपार शांति या अपार प्रेम की उपस्थिति अनुभव कर सकते हैं। अपने हृदय में बसे ईश्वर के रूप को अनुभव कर सकते हैं। या आप एक निराकार उपस्थिति को अनुभव कर सकते हैं।
5. इस अनुभव को अपने हृदय क्षेत्र में अभिव्यक्त होने दें और स्वयं को इसमें तल्लीन होने दें।
6. आनंदपूर्वक, इस उपस्थिति को महसूस करें और इस तरह बात करें, मानो आप किसी व्यक्ति से बात कर रहे हों। ब्रह्माण्ड से कहें, कि वह आपकी गहन इच्छा को पूरा करे। पूरी हार्दिकता के साथ अपनी बात कहें और इस तरह पेश आएँ मानो आप किसी ऐसे व्यक्ति से बात कर रहे हैं जिसे आप सबसे विश्वसनीय मानते हैं।
7. अपनी मंशा को प्रकट होता हुआ और स्वयं को उसका आनंद लेते हुए देखें। इस अनुभव के आनंद को महसूस करें।

हम आपको विश्व प्रज्ञ के साथ परस्पर संबंध की शक्ति की कहानी बाँटना चाहते हैं।

एक आरंभिक उदाहरण में, कृष्णाजी ने एकम के बारे में बताया था कि वह एक ऐसा ध्यान केंद्र है, जिसे उन्होंने अपने माता-पिता का स्वप्न पूरा करने के लिए बनाया। एकम वास्तुकला की एक सुंदर संरचना से कहीं अधिक है। यह एक अलौकिक शक्ति केंद्र है, जिसमें लोग निरंतर दिव्य अनुभवों के लिए जागरूक होते हैं ताकि विश्व प्रज्ञ से संपर्क कर सकें।

जूली, एक रोमांस लेखिका है, वह अगस्त 2018 के एकम विश्व शांति उत्सव में नहीं आने वाली थी। उसका जीवन बहुत अच्छा चल रहा था और आध्यात्मिक जीवन के भीतर जाने की कोई गहरी चाह नहीं थी।

परंतु उसने कौतूहलवश आने की योजना बना ही ली।

एकम में पहले दिन, जब उसे गहरी इच्छा पर ध्यान लगाने को कहा गया तो, उसने अपने प्रेमी के बारे में सोचा जो एक रोग से जूझ रहा था।

उसने सोचा, कि मैं उसे पीड़ा से मुक्त करने के लिए कुछ भी कर सकती हूँ। मैं उससे इतना प्रेम करती हूँ कि अगर हमारा रिश्ता उसकी आज़ादी के आड़े आता है, तो मैं उसे मुक्त करना भी सीख लूँगी।

जिस दिन जूली एकम आई, उसके अगले दिन से उसे तीव्र पीड़ा का सामना करना पड़ा, उसे पहले कभी ऐसा दर्द नहीं हुआ था। जब वह इस असुविधा के बीच थी तो, उसे अचानक याद आया कि उसका मित्र भी उसे इसी तरह के दर्द के बारे में बताता था।

अगर जूली घर पर होती, तो दर्द को मिटाने के लिए दवा लेती परंतु उसने ऐसा नहीं किया उसने तय किया वह उस दर्द के साथ रहेगी। वह अपने दोस्त के साथ कई डॉक्टरों के पास गई थी, परंतु पहली बार वह उसके दर्द को अपने भीतर महसूस कर रही थी।

उसे एकम में बहुत सा सहज ज्ञान मिला जिसे वह अपने दोस्त के साथ बाँटना चाहती थी।

परंतु जैसे ही वह घर पहुँची तो, लगा मानो पूरी दुनिया ही पलट गई हो।

जूली और उसके प्रेमी के बीच समस्याएँ खड़ी होने लगीं। मानो जिन किन्हीं समस्याओं को वे पिछले साल से नज़रअंदाज़ करते आए, वे सब कहीं से अचानक सामने आ रही थीं।

उन्होंने अपने "हनीमून की अवधि" के दौरान परस्पर जो भी छिपाया वह अब उनके आगे था और उनके बीच का तनाव और अंतराल बढ़ता गया। यह इतना अधिक हो गया कि भविष्य में एक साथ समय बिताना भी असंभव लगने लगा। ऐसा लगता था कि रिश्ता तोड़ने के सिवा कोई उपाय नहीं रहा।

परंतु, इस मायूसी के बीच भी जूली एकम में हुए अनुभवों को नहीं भूल पाई। उसे वह दर्द भी याद था जो उसने महसूस किया था। वह नहीं चाहती थी, कि कभी किसी को दोबारा उस दर्द से गुज़रना पड़े। वह एकम में करुणा की अलौकिक स्थिति के लिए जाग्रत हुई और इसी स्थिति के दौरान, उसने तय किया कि भले ही उन दोनों के बीच जो भी हो, वह कभी अपने मित्र के साथ निर्दयता से पेश नहीं आएगी।

परंतु, वह अपने साथ कैसे पेश आती थी?

उसने अपनी उस इच्छा के बारे में सोचा जिस पर उसने एकम में अवलोकन किया था - वह अपने मित्र को पीड़ा से मुक्त करना चाहती थी, फिर चाहे उन्हें अलग ही क्यों न होना पड़े।

उसके प्रेमी की अच्छी सेहत का लक्ष्य, ऐसी स्थिति में क्यों आ गया जिसके परिणामस्वरूप उसे खुद दर्द हो? उसे ऐसा क्यों लगा कि उसे ईश्वर के साथ सौदा करना होगा : *अगर आपने मेरे दोस्त की खोई सेहत लौटा दी, तो मैं उस प्रेम का बलिदान कर दूँगी जो मेरे लिए इतना महत्त्वपूर्ण है।*

विश्व प्रज्ञ के बारे में उसका नज़रिया इतना सीमित क्यों था?

मानो बचपन से सुने हुए किस्सों ने उसके मन में यह विश्वास भर दिया था कि प्रेम बलिदान के बिना संभव नहीं होता, रोमांस का अंत केवल निराशा के बीच होता है और कुछ पाने के बदले में ही कुछ देना पड़ता है।

आज, जूली ऐसा नहीं महसूस करती कि उसे प्रेम या दोस्त की सेहत में से किसी एक को चुनना है। इसके लिए विश्व प्रज्ञ के परम रहस्य को धन्यवाद देना होगा, उसे अहसास हो गया कि उसके भीतर सदियों से भरी गई सोच के कारण ही, यह भाव उभरा कि ब्रह्माण्ड भी दंड देता है। उसने यह जाना कि ब्रह्माण्ड कितना स्नेही है और इसके बाद उसने एक ऐसे भविष्य का सपना देखा जिसमें उसके पास प्रेमी का प्रेम *और* सेहत दोनों ही होंगे। परंतु भविष्य के बारे में उसका लक्ष्य ही नहीं बदला था, बल्कि वह अपनी आंतरिक स्थिति और परमात्मा के साथ भी, गहरा संबंध विकसित कर सकी। अब वह असुविधा के बीच स्वयं को "सकारात्मक" बने रहने को नहीं कहती। अब वह एक "उत्तम" साथी बनने की चाह नहीं रखती। अब उसकी प्रसन्नता किसी भी तरह की आशंका के घेरे में नहीं रहती। यह नहीं कह सकते कि उसने कभी भय अनुभव नहीं किया, परंतु जब भी असुरक्षा का भाव उमड़ता, तो जूली तीसरे परम रहस्य का पालन करती। वह विश्व प्रज्ञ से मदद माँगती और उसी के बल पर प्रेम और संपर्क पा लेती जो ताक़त बनकर, राह में आने वाली किसी भी चुनौती का सामना करने में मदद करते।

जूली की तरह, हमारे अनेक छात्र अपने जीवन में उचित सामंजस्यता लाने को व्याकुल हैं। अगली जीवन यात्रा में, आप सीखेंगे कि प्रेम का अनुभव कैसे जगाया

जा सकता है - अस्तित्व की ऐसी स्थिति जो न केवल आपके साथी और प्रियजन के साथ, बल्कि भेंट करने वाले हर व्यक्ति से भी आपके संबंध सहज होंगे। हमें यह भी याद रखना चाहिए, कि ब्रह्माण्ड से जुड़ने की भावना को अपनाने का अर्थ, यह नहीं कि आपको जो प्रिय है उसका "त्याग करना" है। इसका सीधा-सा अर्थ है कि जीवन की समस्याओं के लिए दुखदायी स्थितियों की निराशा से मुक्त हुआ जाए और यह भय न रहे कि परमात्मा दंड देते हैं या फिर हम प्रभु के कृपा के लायक़ नहीं हैं। जिस तरह दुख स्थितियाँ हमारे एक-दूसरे के साथ रिश्ते को वियोजित कर देती हैं, उसी तरह यदि आप दुख में डूबे रहेंगे तो, ईश्वर की शक्ति से नहीं जुड़ सकेंगे। केवल सुंदर स्थिति में ही, आप ईश्वर से आशीर्वाद पा सकते हैं। हमें यह याद रखना है, कि सभी परम रहस्य आपस में जुड़े हुए हैं। एक अद्भुत भाग्य रचने के लिए सबमें निपुण रहना अनिवार्य है।

∞

तीसरी जीवन यात्रा :
एक सहृदय जीवन-साथी बनें

प्रीताजी

अधिकतर लोग अपने लिए उचित जीवन-साथी पाना चाहते हैं। अपने लिए किसी का साथ या रोमांस पाने की इच्छा कोई असामान्य नहीं है।

परंतु हममें से कितने लोग, सच्चे मायनों में खोज पाते हैं कि प्रेम करना क्या है?

जब हम प्रेम और संपर्क की सुंदर स्थिति के साथ जीवन जीते हैं, तो न केवल उचित प्रकार के लोगों को आकर्षित करेंगे, बल्कि उन्हें आजीवन अपने साथ बनाए रखेंगे। प्रेम के प्रति जाग्रत हुए बिना, समय बदलने के साथ उचित व्यक्ति भी हमारे लिए अनुचित हो जाएगा।

इस अंतर्दृष्टि को खोजने के लिए, किसी रोमानी रिश्तों की आवश्यकता नहीं है। हम अपने पिछले या वर्तमान रिश्ते में अपनी भीतरी स्थिति के सत्य को देख सकते हैं ताकि हम फिर से अपने लिए वही सीमित और पीड़ादायक रिश्ते न बना लें।

हम अपने लिए प्रेम की ऐसी स्थिति खोजने जा रहे हैं, जिसमें हर संबंध को परिवर्तित करने की गूढ़ संभावना छिपी हो।

हमारे जीवन का प्यार

हममें से ऐसा कौन होगा, जिसने अपने लिए किसी ऐसे व्यक्ति की खोज नहीं की होगी, जिसकी उपस्थिति में हम पूरी तरह से संवेदनशील हो सकते हैं? किसने अपने लिए ऐसा रिश्ता पाने का सपना नहीं देखा होगा, जिसमें एक ख़ास तरह से होने का कोई दबाव न हो, परंतु एक साथ रहने का रोमांच और एक-दूसरे के प्रति गहरी प्रशंसा का भाव हो? ऐसा कौन है, जो अपने लिए उस प्रेम की चाह न रखता हो, जो आपकी आत्मा को संगीत से भर देता है?

ऐसा प्रेम दो लोगों की एक सी रुचियों, तड़प या पसंद से नहीं बनता। यह तब होता है, जब दो लोग परस्पर संबंध की सुंदर स्थिति के प्रति जाग्रत होते हैं।

परस्पर संबंध क्या है?

जब मैं नौ वर्ष की थी, तो मुझे यह जानकर आश्चर्य हुआ, कि दूसरे मेरी तरह जीवन को अनुभव नहीं करते थे। जहाँ तक मुझे याद है, मैंने हमेशा वही महसूस किया जो मेरे माता, पिता या बहन महसूस करते थे। मैं उसे भी महसूस करती थी जो मेरे अध्यापक और मित्र महसूस करते थे।

ऐसा नहीं कि मैं उनके विचार जानती थी, परंतु मैं उनकी भावनाओं को इस तरह महसूस करती थी मानो मेरे और उनके बीच कोई अलगाव ही न हो। और मैं अपनी इसी स्थिति के साथ उनके साथ पेश आती। नौ वर्ष की आयु तक मेरा यही मानना था कि सभी लोग मेरी तरह ही थे।

परस्पर संबंध ही मेरे अस्तित्व की सहज स्थिति था और अब भी है। मेरे जीवन में कुछ ही लोग ऐसे रहे, जिन्होंने मेरे साथ हार्दिक रिश्ता रखा। मैं आपसे अपनी माँ और कृष्णाजी के बारे में बात करना चाहूँगी।

मेरा बचपन बहुत ही सुरक्षित और खुशहाल था। माता-पिता मेरा और मेरी बड़ी बहन का बहुत ध्यान रखते थे। मैं हमेशा उपहास करती थी कि बचपन में असंतोष का केवल एक ही कारण था : मुझे लगता था कि माँ को मुझसे ज़्यादा मेरी बहन से प्यार था। परंतु मुझे यह भी लगता था कि पिता मुझे अधिक चाहते थे इसलिए यह बराबर हो जाता था!

माँ ने हमारे लिए बहुत त्याग किया। उन्होंने हमारी पढ़ाई पर पूरा ध्यान दिया और यह देखा कि हम अपनी संस्कृति को सीख सकें। उन्होंने हमारा पालन-पोषण करते हुए यह ध्यान रखा कि हम कभी आहत न हों। जब तक मैं कृष्णाजी से नहीं मिली थी, मुझे माँ से प्रेम का महानतम अनुभव मिला।

कृष्णाजी से मेरे विवाह के बाद, इस परस्पर संबंध के प्रति अनुभव और विस्तारित हुआ। वह न केवल मेरी ज़रूरतों का ध्यान रखते हैं, बल्कि मेरे अंतरंग

अस्तित्व से भी जुड़ते हैं। मैं आपको सरल शब्दों में समझाती हूँ, वे मेरी देखरेख उसी तरह करते हैं, जैसे मेरी माँ करती थीं - वे मेरा परिपोषण और सहयोग करते हैं। और मुझे ऐसा महसूस होता है कि वे ऐसे व्यक्ति हैं जो मेरी भावनाओं की परवाह करते हैं।

जब मैं उदास या तनावग्रस्त होती हूँ तो, वे मुझसे मुँह नहीं मोड़ते। वे मेरी अप्रसन्नता की परवाह करते हुए, मुझे उससे बाहर लाने में मदद करते हैं। जब मैं आनंदित होती हूँ तो, वे स्वयं को मेरी ख़ुशी से अलग नहीं करते। वे उसे अपनी ख़ुशी के रूप में उत्सव मनाते हैं।

खुशी की स्थिति में प्रेम करना अलग बात है, परंतु जब आप चिढ़े हुए हों और तब भी कोई आपको स्वीकारे और आपका मूल्यांकन न करे, यह अपने-आप में बहुत बड़ी बात है। कृष्णाजी कभी-कभी कुछ पलों के लिए मुझसे भले ही चिढ़ें, परंतु वे उसी समय यह महसूस कर लेते हैं कि मुझे कैसा लग रहा है। कृष्णाजी ने मुझे जो भी दिया, यह उनमें से सबसे अनमोल उपहार है।

हमारे विवाह को बाईस वर्ष हुए और वे हमेशा से ऐसे ही हैं। उनके आसपास मुझे बहुत सुकून और सहजता महसूस होती है, क्योंकि वे मुझसे किसी तरह ख़ास तरह से पेश आने की उम्मीद नहीं रखते। और यही विश्रांति और परस्पर संबंध मेरी ओर कृष्णाजी से हमारी बेटी तक प्रवाहित होती है।

मैं कहना चाहूँगी, कि यही प्रेम और संवेदनशीलता हमारी पूरी एकैडमी में हमारी स्वाभाविक संस्कृति के रूप में इसी तरह प्रवाहित होता है। अधिकतर साधक इस जगह आकर परिवार के सच्चे अर्थ को समझते हैं। वे बताते हैं, कि यह स्थान उन्हें घर जैसा लगता है; उनमें से कई लोग अपने टीचर द्वारा की जा रही देखभाल से अपनी आंतरिक स्थिति के लिए हृदय को उन्मुक्त कर पाते हैं, जिससे उनके लिए एक सुंदर जीवन जीने की संभावना और भी बढ़ जाती है।

संपर्क की यह सुंदर स्थिति, जो किसी भी तरह की उम्मीद से परे है, वही जीवन का अमृत है। यही वह शांत शक्ति है जो हमें अपनी सारी चुनौतियों को पार करने में मदद करती है। संपर्क की सुंदर स्थिति हम सबके लिए संभव है, यदि हम अपने साथ, अपने अतीत और वर्तमान के साथ खुद को शांति भाव से स्थापित करना सीख लें।

तो हम इसे कैसे जगा सकते हैं?

हमें आत्म-जुनून के कड़े बंधनों को तोड़कर, एक सुंदर स्थिति के साथ जीना चाहिए। हमारे निजी विकास के लिए यह वचनबद्धता अनिवार्य है, ताकि एक आत्मीय संबंध बन सके। यह तभी संभव है जब आप स्वयं को पूरी तरह से स्वीकारें, तब आप सही मायनों में स्वयं को अपनाकर, दूसरों को भी स्वीकार सकते हैं। अगर

आप स्वयं को अतीत के शर्मनाक पलों से मुक्त कर सकें, तो आप दूसरों के साथ भी सहज होने लगेंगे।

जब आप अपने वर्तमान को स्वीकार करेंगे, केवल तभी आप अपने लिए दूसरों के सम्मान को अनुभव कर सकते हैं। जब हम संपूर्ण महसूस करते हैं तभी आप दूसरे को अपनी मौजूदगी का पूरा अहसास देते हुए निरंतर प्रेम कर सकते हैं। ऐसी स्थिति से ही आप ऐसे माता-पिता बन सकते हैं जो अपने बच्चों को एक सुंदर जीवन जीने का मार्गदर्शन देते हैं।

परी कथा का राज़ खोलना

हो सकता है कि आपने भी ग्रिम की परी कथा, 'मेंढक राजकुमार' पढ़ी हो। इसे डिज़्नी ने ओपरा विनफ़्रे से युक्त एनीमेशन मूवी में उतारा और एन सेक्सटन ने इस पर कविता लिखी। माइथोलॉजिस्ट जोसेफ़ कैंपबैल ने इसके संपन्नता के प्रतीक पर विचार किया।

एक अकेली रहने वाली राजकुमारी की सुनहरी गेंद तेज़ी से बहते झरने में जा गिरती है, एक बोलने वाला मेंढक उसकी गेंद लाकर देने का वादा करता है परंतु उसकी शर्त यही है कि राजकुमारी उसे अपने साथ रहने देगी। राजकुमारी को अपना वह दुबला मेंढक दोस्त पसंद नहीं - कम से कम तब तक पसंद तो नहीं आता, जब तक वह एक सुंदर राजकुमार में नहीं बदल जाता।

हमारे संसार में, अक्सर ऐसा लगता है कि हम भी प्रभुत्व या राजसी गौरव के मोह में पड़ गए हैं। तब हमारे भय की सीमा नहीं रहती जब हम उन्हें भयंकर प्राणी के रूप में सामने देखते हैं, जो हमारा कहा एक भी शब्द नहीं समझते।

हममें से अधिकतर लोग जानते हैं कि किसी भी रिश्ते के आरंभिक दिन कितने रोमांचक हो सकते हैं। परंतु जल्दी ही हक़ीक़त सामने आ जाती है और हम अपने साथी को उस रूप में देखते हैं, जैसा वह *वास्तव में* है। जिस तरह बच्चा मिट्टी से खिलौना बनाता है और जब खेल का मज़ा समाप्त होता है, हम उस संबंध को समाप्त कर नई खोज आरंभ कर देते हैं : हमें निश्चित रूप से यही लगता है कि दूसरा व्यक्ति हमारे लिए सही होगा।

यह सब क्या चल रहा है? जिस इंसान से हम बेहद प्रेम करते थे, वही अचानक असंवेदनशील, कष्ट देने वाला और नीरस कैसे हो जाता है? प्रेम के वचन के साथ आरंभ हुआ रिश्ता, निराशा में कैसे बदल जाता है? प्रेम के लिए हमारे सपने, उन बुरे सपनों में क्यों बदल जाते हैं, जिनसे हम तुरंत छुटकारा पाना चाहते हैं?

हमारे रिश्तों में आने वाला यह बदलाव स्पष्ट है। हम अपने-आप से कहते हैं कि यह सब हमारी नहीं, उसकी भूल थी! अगर वह थोड़ा सा भी परवाह करने

वाला, देख-रेख करने वाला, उत्तरदायी व रोमांटिक होता, तो यह रिश्ता बचाया जा सकता था।

क्या हम अक्सर ऐसा ही नहीं सोचते?

हमारे अपने जीवन की परी कथा के रहस्य को खोलने व सुलझाने का समय आ गया है। हमें अपनी सोच के पुराने दायरों को छोड़कर एक गहरे सत्य की ओर चलना चाहिए।

हम आपके साथ अपनी एकैडमी के एक छात्रा की कहानी बाँटना चाहते हैं, जो अपने प्रेमी के साथ अपना नाता तोड़ने के बारे में सोच रही थी।

एक निश्चित व्यस्तता से भरे सप्ताह से मून चिड़चिड़ी थी। उसे योग की कक्षाओं के बीच अध्यापन के अलावा अपने निजी काम भी करने थे। अपने सामने आने वाले इस सप्ताह के लिए उसके मन में इतनी बैचेनी हो गई, कि उसने अपनी कार की गति तेज़ कर दी। उसे यह भी ध्यान नहीं रहा, कि एक वाहन पूरी गति से उसकी ओर आ रहा था। उसने इस टक्कर को बचाना चाहा और फुटपाथ से जा टकराई।

शुक्र है, एयरबैग खुल गए और उसे चोट नहीं आई। वर्षों के योगाभ्यास के कारण शरीर को भी झटका नहीं लगा था।

वहीं दूसरी ओर, कार की हालत ख़राब हो गई। मून जल्दी से पास वाले पुलिस थाने गई और रिपोर्ट लिखवाई। वह पुलिस को अपने माता-पिता का संपर्क जानकारी नहीं देना चाहती थी, क्योंकि वह उनसे सुरक्षित ड्राइविंग पर एक और भाषण नहीं सुनना चाहती थी।

जब किसी परिचित का नाम-पता देने में हकला रही थी, अचानक उसे अपने प्रेमी का जाना-पहचाना स्वर सुनाई दिया। उसने हैरानी और सुकून के साथ मुड़कर देखा तो, वह वहीं गुस्से में खड़ा हुआ था। उसने कहा कि वह अपने किसी ग्राहक से मिलने जा रहा था, जब उसने मून की गाड़ी इतनी बदतर हालत में सड़क के पास खड़ी देखी।

उसने मून को खरी-खरी सुनाई। इसके बाद, वह उसे उसकी लापरवाही और अन्यमनस्कता के लिए डाँटने लगा। पुलिस की सारी कार्यवाही और पूछताछ पूरी करने के दौरान भी, वह मून से नाराज़ ही रहा।

मून, गुस्से और बेबसी के मारे फूट-फूटकर रोने लगी। वह अपने दोस्त की असंवेदनशीलता और दोषबोध से आहत थी। वह वहीं पुलिस थाने में बैठकर सोचने लगी, *अगर वह ज़रूरत के समय में भी मेरे साथ भावात्मक जुड़ाव नहीं रख सकता, तो ऐसे प्रेम का क्या लाभ? मैं ऐसे व्यक्ति के साथ जीवन कैसे जी सकती हूँ? यह मेरे सपनों का राजकुमार नहीं हो सकता।*

उसे यह लगने लगा था कि वह ऐसे आदमी के साथ नहीं जीना चाहती थी जो उसके अनुसार, परवाह शब्द का अर्थ नहीं जानता था। जब वह अपने आँसू पीते हुए, इस रिश्ते को ख़त्म करने के बारे में सोच रही थी, तो अचानक कुछ बदला। एकैडमी के कोर्स में जिस अंतर्दृष्टि ने उसे स्पष्टता दी, वही उसके दिमाग़ में अचानक आ गई।

आपकी दुख स्थिति आपके आत्म-जुनून से और भी बढ़ जाती है।

मानो उसने अपनी डूबती हुई नाव में छेद का पता लगा लिया हो। वह अपने दोस्त को दोष देने की बजाए *अपने आत्म-जुनूनी सोच* को देखने लगी। अब उसे आंतरिक सत्य के दूसरे परम रहस्य की शक्ति का अनुमान हो रहा था।

मून का दोस्त, जिस तरह उसे मदद देने आया, वह उसमें कमी निकाल रही थी। वह उस क्षण में अपने दोस्त से मिलने वाली सहायता के प्रति असंवेदनशील थी। उसके लिए केवल उसकी अपेक्षा ही सबसे बढ़कर थी। वह अपनी उस दुख स्थिति में, उस आदमी से संपर्क ख़त्म करने के बारे में सोच रही थी, जो उसे अपना सहयोग देना चाह रहा था। वह अपनी ही सोच को जानकर हैरान हो उठी, कि कैसे वह अपने गुस्से और मायूसी के कारण कितनी मूर्ख हो गई थी। उस समय उसके भीतर अपने दोस्त के लिए कोई संबंध नहीं था।

जब उसने आँखें बंद कर, स्वयं को दोस्त से जोड़ा, तो वह उसकी भावना को महसूस कर सकती थी। वह भी उन हालात में मून की तरह ही तनावग्रस्त था। वह यही सोचकर परेशान था कि मून के साथ कुछ भी हो सकता था। उसने महसूस किया कि उनके भीतर व्याकुलता का अनुभव अलग नहीं था। केवल उन्हें व्यक्त करने का तरीक़ा अलग था। जब वह अपने दोस्त की भावनाओं से जुड़ी, तो वह उसके सारी अतीत की घटनाओं को भी जान गई और उसे यह समझ आया कि वह उसकी कितनी परवाह करता आया था। अब वह उसे महसूस कर सकती थी। यह एकत्व का अनुभव था।

जब उसने आँखें खोलीं, तो अपने प्रेमी को पुलिस अधिकारी से हाथ मिलाते हुए पाया। उसने नम आँखों से उसे अपनी ओर आते देखा, वह मुस्करा रहा था। मून जानती थी, कि हर बीतते दिन के साथ उनका जीवन और भी सुंदर होने जा रहा था क्योंकि आंतरिक सत्य ने उसके हृदय को परस्पर संबंध के अनुभव से जोड़ दिया था।

कृपया एक क्षण के लिए रुकें। गहरी और धीमी श्वास लें। बीते समय में वापस जाते हुए, संपर्क के उस एक क्षण में जाएँ जिसे आपने अपने जीवन में अनुभव किया हो।

जब आपने दूसरे व्यक्ति के मन को महसूस किया या आपको लगा हो कि दूसरे ने आपको महसूस किया है।

हो सकता है, परस्पर संबंध का यह अनुभव एक आत्मीय संबंध में उद्भव हुआ हो या ना हुआ हो। स्वयं को कुछ क्षणों के लिए उस परस्पर संबंध के अनुभव में मग्न कर दें। अगर आपको याद न आ रहा हो, तो कृपया चिंता न करें। यादें धीरे-धीरे सामने आ जाएँगी। हममें से प्रत्येक ने परस्पर संबंध के इस अनुभव को महसूस किया होगा, वह किसी प्रिय पात्र, अजनबी या पालतू जानवर या कुदरत के साथ हो सकता है।

प्रायः लोग पूछते हैं, किसी संबंध में आरंभिक आकर्षण धूमिल कैसे हो जाता है? शायद प्रकृति को आपकी वंश वृद्धि से ही प्रयोजन है। हमारी न्यूरल कैमिस्ट्री को इस तरह ही तैयार किया गया है, कि आकर्षण और शारीरिक लगाव एक बिंदु तक ही काम आ सकते हैं; उससे परे जाने पर, हमारे अंदर आंतरिक रूप से विकसित होने की योग्यता जाग्रत होनी है।

रिश्ते इसलिए नहीं टूटते कि उनके बीच आकर्षण ख़त्म हो जाता है परंतु हम उस चैतन्य के आदी हो जाते हैं, जो केवल अपने बारे में सोचता है और बड़ी आसानी से वियोजन की स्थिति में आ जाता है। किसी संबंध को आकर्षण से परे, लंबे समय तक बने रहने वाले प्रेम और परस्पर संबंध तक ले जाना तभी संभव है जब हम अपनी चैतन्य में अलगाव से परस्पर संबंध तक परिवर्तन ला सकें। जब हम स्वयं को अपने ही बारे में सोचने की आदत से मुक्त कर लेते हैं तो, हम दूसरों पर केंद्रित होने वाली चैतन्य के लिए जागरूक हो सकते हैं। तब दूसरा व्यक्ति हमारे लिए अजनबी नहीं रह जाता, हम वही महसूस करने लगते हैं, जो दूसरा व्यक्ति महसूस कर रहा है और एक स्वाभाविक प्रतिक्रिया जाग्रत होती है, जो प्रेम है।

हम क्या चाह रहे हैं ?

जब हमारे सबसे अहम रिश्तों की बात आती है तो ऐसा क्या है, जो हम उनसे चाहते हैं?

आराम? स्वीकृति? मौज-मस्ती? इस प्रश्न का उत्तर देने के कई तरीक़े हो सकते हैं, परंतु बुनियादी स्तर पर हमारा दिल, दिमाग़ और शरीर केवल एक ही अनुभव चाहता है - परस्पर संबंध की एक सुंदर स्थिति। परस्पर संबंध ही वह अमृत है जिसके बल पर हमारा मस्तिष्क जीवित है। आत्मा का पोषण करने वाली प्रेम और परस्पर संबंध की सुंदर स्थितियों के अभाव में, हमारे जीवन वीरान हो जाते हैं।

प्रेम के बिना हम रेगिस्तान में भटकने वाले मुसाफ़िरों जैसे हो जाते हैं जो एक सुंदर जीवन की मृग मारीचिका के पीछे भटक रहे हैं। यदि हम परस्पर संबंध की सुंदर स्थिति के प्रति जागरूक नहीं होते तो, लंबे समय तक बने रहने वाले प्रेम को अनुभव नहीं कर सकते। हो सकता है कि शुरुआत में नए मित्र को देखकर लगे कि उसके पास वह सब है, जिसे पाने की हमें उम्मीद है : निश्चित तौर पर यही वह व्यक्ति है जो हमें निखारेगा, जो हमें दिखाएगा कि हम कितने ख़ास हैं, जो हमारे जीवन को फिर से सुंदर बना देगा।

परंतु किसी भी नए रोमांस के साथ, हमारा आरंभिक उत्साह अपने साथ छिपे हुए रूप में, चेतावनी संकेत भी ला सकता है कि हम नए संबंध में अपनी पुरानी दुख स्थिति भी ला रहे हैं। ज्यों ही हनीमून का रोमानी नशा हल्का होता है तो, कुछ ही समय में, नए साथी की ओर से एक लापरवाही से भरा शब्द या कोई कार्य हमारी सारी उम्मीदों पर पानी फेर देते हैं और वह सब सामने आ जाता है, जिसे हमने छिपाना चाहा था। यह पीड़ा ज़ल्दी ही सहनशक्ति से बाहर हो जाती है और नए सिरे से दिल टूटने लगता है।

इससे भी बदतर तो यह होता है, कि हर बार दिल टूटने पर, हमारे भीतर से संवेदना और भरोसा करने की योग्यता घटने लगते हैं। हम अपने ही चुनावों पर अपने-आप से सवाल करने लगते हैं। भले ही हमने आत्म-निर्भरता और आज़ादी का मुखौटा लगा रखा हो, पर इसके नीचे आपको ऐसा इंसान मिलेगा, जो इतनी बुरी तरह से आहत है कि वह दोबारा ऐसी पीड़ा का सामना ही नहीं करना चाहता।

बेशक, हम सभी इंसान किसी भी कठोर रिश्ते को निभाने के लिए अपनी ओर से पूरी कोशिश करते हैं। हमें कोई हमारी ठेस या निराशा के लिए दोषी नहीं ठहरा रहा।

परंतु यदि हम दिल टूटने की इसी स्थिति को एक से दूसरे संबंध में लेकर जाते हैं, तो विचित्र और अनदेखी समस्याओं का सामना करना होगा। अगर हम स्वयं को पिछले रिश्तों की पीड़ा से आज़ाद नहीं करते, तो हो सकता है कि फिर से उन्हीं ढाँचों में घिरें और वही तमाशा और चुनौतियाँ सामने खड़ी हों। पीड़ादायक स्मृतियों को उत्प्रेरित करने वाले कामों या घटनाओं के माध्यम से हम एक ख़तरनाक और विनाशक घेरे में कसते चले जाते हैं।

दो बुनियादें

एक बार किसी बहुराष्ट्रीय कंपनी के व्यस्त सीईओ ने हमसे पूछा था, "मैं उस दूरी को कैसे दूर कर सकता हूँ जो मेरे और मेरे पार्टनर के बीच, मेरी लगातार होने वाली यात्राओं के कारण आ गई है?"

क्या आप लोगों के बीच आने वाली दूरी के पुल को अपनी दिनचर्या में बदलाव या छुट्टियों में समय के फेर-बदल से बदल सकते हैं? या इसके लिए कुछ और गहरी चीज़ होगी?

क्या आपने कभी ईमानदारी से स्वयं से पूछा, कि आप अपने प्रत्येक रिश्ते में क्यों हैं? जब आप अपने साथ रिश्ते के आध्यात्मिक ध्येय की खोज करते हैं तो, आप रिश्तों में उभरने वाले प्रश्नों के उत्तर को जान सकेंगे। आप सही मायनों में जान सकेंगे कि आपको एक दूसरे के साथ कितना समय बिताना चाहिए। आप जान लेंगे कि आपको एक दूसरे के साथ जीवन जीने के लिए क्या करना है। आप एक साथ मिलकर उन चुनौतियों से मुक्त होने का विवेक पा लेंगे जो किसी रिश्ते को लंबे समय तक बनाए रखेंगे।

कृपया यहीं ठहरें। किसी वर्तमान या अतीत के रिश्ते के बारे में सोचें। यह आपका जीवन-साथी या दोस्त हो सकता है। आपके बच्चे या माता-पिता या फिर किसी दोस्त या सहकर्मी के साथ आपका नाता हो सकता है – कोई भी ऐसा रिश्ता, जो सही मायनों में आपके लिए महत्त्व रखता हो।

स्वयं से पूछें : मैंने इस व्यक्ति से रिश्ता क्यों जोड़ा? हमारे रिश्ते का आधार क्या है? हमारा रिश्ता किस तरह की बुनियाद पर टिका है? क्या हमारा रिश्ता सुंदरता, आनंद, पद या केवल हास्य जैसी बुनियाद पर टिका है जो अस्थायी है या इसमें कोई गहराई भी है? क्या मैं इस रिश्ते में इसलिए हूँ कि मुझे अकेलेपन से भय है और मैं अपने लिए सुरक्षा व स्वीकृति की चाह में हूँ। या यह रिश्ता परस्पर संबंध के संपन्न भाव से जुड़ा है?

अपना मूल्यांकन न करें। केवल उस बुनियाद को देखें, जिस पर आपका रिश्ता टिका है।

अगर हमारे रिश्ते केवल बाहरी कारणों की बुनियाद पर होंगे तो, निश्चित रूप से हमें जान लेना चाहिए कि वे नाजुक होंगे और वे हल्का सा झटका आते ही टूट सकते हैं। हर चुनौती के साथ, हमारा दिल डगमगाने लगता है और हमें अपने साथी के चुनाव पर संदेह हो सकता है। आत्मा का पोषण करने वाली, परस्पर संबंध की सुंदर स्थिति के अभाव में, हमें महसूस हो सकता है मानो हम अपने साथी के लिए अपनी सुंदरता, युवावस्था, धन या समय को नष्ट कर रहे हैं।

यहाँ तक कि हममें से वे लोग, जिन्होंने अपने लिए कभी भौतिक सुख-सुविधा की चाह नहीं रखी, वे रिश्तों की बात आने पर निर्धनता की आंतरिक स्थिति को

अनुभव कर सकते हैं। परंतु ऐसे रिश्तों में भावनाओं की कोई गहराई या शांति नहीं होती। आप हमेशा दूसरे को तौलते रहते हैं और आपको लगता है कि वह भी आपके साथ यही कर रहा है। पद में बदलाव आते ही तड़प भी ख़त्म हो जाती है या फिर आपका स्नेह दूसरे व्यक्ति के लिए चला जाता है, जिसके पास वह सब कुछ है, जो आप पाना चाहते हैं। इस तरह के रिश्तों में अधिकतर लोग निरीक्षण करते रह जाते हैं।

क्या हम कह रहे हैं कि हमें धन और सुंदरता का आनंद नहीं लेना चाहिए? या सुख का उपयोग नहीं करना चाहिए? नहीं। पर अगर ये सभी रिश्तों की बुनियाद बन जाते हैं और इन रिश्तों में विकास का ध्येय नहीं रहता, तो हमारे भाग्य में अप्रसन्नता ही सुनिश्चित है।

कई बार, हम नए रिश्ते इसलिए बनाते हैं क्योंकि पिछले रिश्ते के आहत को हम पकड़े रहते हैं या फिर हम अकेला व ऊबा हुआ महसूस कर रहे हैं। नए रिश्ते शायद कुछ समय के लिए अकेलेपन और नीरसता को दूर कर सकता है परंतु कुछ ही समय में नए रिश्ते में भी आपके अस्तित्व की वही स्थिति उभरने लगेगी। आप अपनी अप्रसन्नता मिटाने के लिए किसी रिश्ते में प्रवेश नहीं कर सकते; आप केवल अपने अस्तित्व की संपूर्णता बाँटने के लिए ही, इसमें प्रवेश कर सकते हैं।

कृपया यहीं रुकें। किसी ऐसे व्यक्ति के बारे में सोचें जिससे आपने प्रेम किया हो या उसकी परवाह की हो। उस व्यक्ति की छवि का हृदय में ध्यान करते हुए, गहरी श्वास लें। कुछ क्षणों के लिए आँखें बंद रखें; अपने भीतर से जो भी भाव उमड़ रहा हो, उन्हें अनुभव करें चाहे वह परस्पर संबंध, उत्साह, शांति व आनंद की सुंदर स्थिति हो या फिर अकेलेपन, ठेस, नीरसता और उदासीनता की तनावपूर्ण स्थिति हो। अपनी आंतरिक स्थिति को पहचानने के बाद शांति से मुस्कराएँ।

पुस्तक में, हमने आपके साथ आध्यात्मिक ध्येय का पहला परम रहस्य बाँटा है। यह रहस्य केवल व्यक्तियों के लिए नहीं; जब आप ऐसी मज़बूत बुनियाद पर रिश्ते बनाते हैं, तो वे भी निखर उठते हैं।

एक रिश्ता सारी निराशाओं को पार करने, चुनौतियों का सामना करने और फलने-फूलने में तभी सफल हो पाता है जब दोनों साथी अस्तित्व की परस्पर आंतरिक स्थिति के लिए एक ध्येय रखते हैं। आध्यात्मिक ध्येय के ज्ञान ने अनेक विवाह और मित्रताओं को बचाया है, माता-पिता और बच्चों के दिलों को राहत पहुँचाई है और कई संगठनों में सहयोग की सच्ची संस्कृति पैदा की है।

अगर रिश्ते आध्यात्मिक ध्येय पर न टिके हों, तो दो छायाएँ, हम पर छा जाती हैं, जो अलगाव और विभाजन पैदा करती हैं - वे हैं आघात और नीरसता की छाया।

अब हमें इन छायाओं से मुक्त होकर आध्यात्मिक ध्येय के प्रकाश में उभरना होगा। हमारे साथ सत्य, स्वतंत्रता और परस्पर संबंध की इस यात्रा में बने रहें।

आघात की छाया

एक प्राचीन भारतीय लोकगाथा उस लंबी छाया को प्रकट करती है, जो हमारे जीवन को अभिशप्त कर देती है।

एक बार की बात है, चार मित्र जंगल से निकल रहे थे। वे विविध कलाओं और विज्ञानों में निपुण थे। जल्दी ही, उन्हें हड्डियों का एक ढेर दिखाई दिया।

पहले मित्र ने सबसे कहा, "देखो, मैं अपनी विद्या के बल पर, इन हड्डियों का कंकाल तैयार कर सकता हूँ।"

दूसरे मित्र ने कहा, "ज़रा ठहरो, हम नहीं जानते कि उससे क्या उभरकर सामने आएगा।"

उसने किसी की नहीं सुनी और देखते ही देखते बड़े से जानवर का कंकाल बना दिया।

तीसरे मित्र ने कहा, "देखो, मैं अपनी विद्या के बल पर इन हड्डियों पर मांस चढ़ा सकता हूँ।"

दूसरे मित्र ने फिर से कहा, "ज़रा ठहरो, हम नहीं जानते कि उससे क्या उभरकर सामने आएगा।"

पर तीसरे ने भी बात नहीं सुनी और देखते ही देखते उनके सामने एक मृत शेर पड़ा था।

अब चौथे मित्र की बारी थी। उसने कहा, "देखो, मैं अपनी विद्या के बल पर इस मृत शव में जान डाल सकता हूँ।"

दूसरे मित्र ने फिर से अपनी चेतावनी दोहराई, पर कोई सुनने को तैयार नहीं था और जब उसने यह देखा, तो वह भागकर बड़े से पेड़ पर चढ़ गया ताकि अपनी जान बचा सके। ज्यों ही चौथे मित्र ने कंकाल में जान डाली, शेर झट से उछलकर खड़ा हो गया और उसने एक ही क्षण में उन तीनों विद्वान मूर्खों को जान से मार दिया!

यह आघात, इसी तरह अलगाव की विनाशक आंतरिक स्थितियों में प्रकट होता है। जब भी दिल को ठेस लगती है तो, उस पर ध्यान न देकर, उसे भंग नहीं करते हैं। इसीलिए हमारी व्याकुल आंतरिक स्थिति हमें और हमारे रिश्तों को नष्ट कर देती है।

आपके साथ ऐसा कितनी बार हुआ होगा, कि आप किसी प्रियजन के साथ सुंदर शाम बिता रहे हों और अचानक आप पर ख़राब मूड हावी हो जाए? या हो सकता है, कि आपको अपनी नाराज़गी की *सटीक* वजह पता हो, आपके जीवन-साथी ने एक बार फिर से वही किया हो, जिसे देखकर आपको बहुत गुस्सा आता है :

उसने फिर से बहुत ज़्यादा टिप दे दी...

वह बहुत देर तक काम करती है...

वह तुम्हारी बेटी को बेकार वीडियो गेम खेलने देता है...

वह रात में भी सोशल मीडिया में व्यस्त रहती है...

भले ही आपकी उत्तेजना की वजह कोई भी हो, अगर आप अपने जीवन-साथी के साथ नहीं जुड़ पा रहे हैं, तो इसका मतलब है कि आपको और गहराई में ध्यान देना होगा।

आपका अत्यधिक आत्म-जुनून ही, परस्पर संबंध के मार्ग में रुकावट है।

हो सकता है, कि किसी छोटी सी असहमति या ग़लतफ़हमी के कारण किसी प्रियजन से लड़ाई हुई हो। परंतु, जब तक हम अस्तित्व की आंतरिक स्थितियों पर ध्यान नहीं देते, तब छोटी सी ठेस भी ऐसे भावात्मक जुनून में बदल सकती है, जो परस्पर संबंध में जुड़ना असंभव कर देती है।

वियोजन के तीन स्तर

वियोजन की स्थिति को किसी तेज़ी से फैलने वाले पौधे की जड़ों के तंत्र की तरह समझें। आँखों को एक छोटा-सा फूल या फिर पत्तियों का झुंड दिखता है, परंतु इसकी जड़ें इतनी मज़बूत और गठी हुई हैं कि उनमें आपके पूरे बाग का दम घोंटने की क्षमता है।

पहला स्तर : आहत या ठेस

अधिकतर ठेस छोटी बातों से शुरू होती है : आपके साथी ने कोई अनावश्यक बात कह दी। आपको लगा कि आपके रुख़ की परवाह नहीं है और या आपकी कोशिशों पर कोई मान्यता नहीं देता। परंतु, यदि हम यहीं रुककर उस पर निष्क्रिय ध्यान न दें, तो यही ठेस अगले स्तर तक पहुँच जाती है।

जब आपका मन शिकायत देने के मूड में आता है - 'वह बड़ी लापरवाह है,' 'यह हमेशा ताने मारता है!' - पहचान लें, कि आपने ठेस के इस दूसरे स्तर में नीचे गिरने की तैयारी आरंभ कर दी है।

हममें से अधिकतर को इस तरह की ठेस का अनुभव और समझ है पर बहुत कम लोग जानते हैं, कि इससे छुटकारा पाने के लिए क्या करना होगा। जब दिल को ठेस लगती है, तो हमें पता नहीं होता कि क्या करना चाहिए। हम या तो दुख स्थिति में डूब जाते हैं या इसे नज़रअंदाज़ कर देते हैं। परंतु इससे कोई अंतर नहीं पड़ता, कि आप अपनी ठेस को किस हद तक छिपाने की कोशिश करते हैं।

हमें ठहरकर, इसके ऊपर ध्यान देना चाहिए, इसका निरीक्षण करना चाहिए अन्यथा हम भी हड्डियों के ढेर को कंकाल में बदल देंगे।

दूसरा स्तर : मूल्यांकन

अगर हमने रुककर, ठेस लगने की स्थिति को समाप्त या विलीन नहीं किया तो, यह वियोजन की अगली स्थिति, मूल्यांकन तक आ जाएगी।

अब आप अपने प्रियजन के ख़िलाफ़ निष्कर्ष देने आरंभ कर देते हैं : आप उसे मूल्यांकन की नज़र से देख रहे हैं।

मेरी जीवन-साथी बड़ी गुस्सैल है। इसे किसी की क़द्र नहीं है।

मेरा जीवन-साथी मूर्ख व अयोग्य है, यह दिया हुआ वचन नहीं निभा सकता। यह तो डरपोक खरगोश है और हमेशा यही रहेगा।

आपने कई चेहरों वाले व्यक्ति को अपने आगे एक पर्चे में बदल दिया है। इस स्तर में हम अक्सर अपने मतभेदों पर केंद्रित होते हैं, हम अक्सर प्रेम के अलग-अलग ढाँचों को अपना समझ लेते हैं। उदाहरण के लिए, हम सोच सकते हैं कि हम अपने जीवन-साथी से कितने ज़्यादा रोमानी या आकर्षक हैं। हमारा परिवार कितना विनम्र और उदार है। हम इस रिश्ते को बचाने के लिए कितना कुछ कर रहे हैं। आंतरिक तौर पर, हम स्वयं को साबित करना चाहते हैं कि हम दूसरे से अलग और श्रेष्ठ हैं।

जब हम आंतरिक रूप से तुलना में जकड़े हुए होते हैं तो, ऐसे में परस्पर रूप से कैसे जुड़ सकते हैं?

जब हम इस तरह मूल्यांकन करने लगते हैं तो, चीज़ें और बदतर होने लगती हैं। जब जीवन-साथी एक-दूसरे का मूल्यांकन करते हैं तो, वे सुनना बंद कर देते हैं। आपसी सम्मान कहीं खो जाता है। जो पहले प्यारा और मनमोहक लगता था - उनकी छोटी-छोटी भूलें, बेहूदे गीत या आपके लिए रखे गए प्यारे नाम - अब उन बातों से चिढ़ होने लगती है। कई बार आपकी यह स्थिति ऐसे असंवेदनशील व्यवहार, शब्द व निर्णयों में बदल जाती है कि आपसी सम्मान और विश्वास टूटने लगता है। आप दोनों ही आख़िर में दिल की टूटन, मायूसी और अकेलापन महसूस करते हैं।

ठेस की छाया और घनी व शक्तिशाली हो जाती है। आपने उस कंकाल पर मांस और खाल को चढ़ा दिया है।

तीसरा स्तर : घृणा, विरुचि

जो भी ठेस लगने के साथ आरंभ हुआ था, वह जल्दी ही मूल्यांकन करने में बदल जाएगा। यह वियोजन के तीसरे स्तर को सामने लाने के लिए उपयुक्त आधार बन जाती है – घृणा।

इस स्तर में आप, अपने जीवन-साथी की उपस्थिति से कष्टदायक और चिड़चिड़े हो जाते हैं और पीड़ा से भर जाते हैं। आप दूसरे के रवैए, बर्ताव या कामों को सहन नहीं कर पाते।

इस स्थिति में आपके दिमाग़ का रसायन, इतना सक्रिय होता है, कि आप अपने जीवन-साथी को केवल नकारात्मक नज़रिए से ही देखते हैं और यही नकारात्मकता बढ़ती चली जाती है। आपको अच्छाई दिखनी बंद हो जाती है। दूसरे के बारे में आपका अनुभव विकृत हो जाता है। यह एक-दूसरे के लिए पूरी तरह से सम्मान खोने की स्थिति है।

इस स्थिति में, आपस में एक-दूसरे से जुड़ाव की सोच से भी दिल को ठेस लगती है। आपके निर्णय और काम न केवल असंवेदनशील होते हैं, बल्कि उनका उद्देश्य भी पीड़ा देना होता है।

इस स्थिति में क्या कर सकते हैं?

अगर आप दूसरे लोगों की तरह हैं, तो आपकी प्रतिक्रिया कुछ ऐसी होगी :

मेरे दिल को ठेस लगी। मैं निराश हूँ। मैं किसी लायक़ नहीं। मैं अकेला हूँ। मुझे एक कॉफ़ी, डबल मार्टिनी या फिर चॉकलेट चिप कुकी की ज़रूरत है!

डोपामाइन को बढ़ाने वाले इस पलायन से भले ही कुछ समय के लिए राहत मिले पर कड़वाहट फिर से वापस आ जाएगी। जब तक आप अपनी निराशा, गुस्से, बेचैनी जैसी दुख स्थितियों को दूर करने के लिए कुछ नहीं करते, तब तक आप आनंद, आभार व परस्पर संबंध की स्थिति का अनुभव नहीं पा सकते। आप अपने टूटे हुए दिल को सँभालने में इतना उलझ जाते हैं, कि आपके पास प्रेम की सुंदर स्थिति में वापस आने के लिए ऊर्जा ही नहीं रहती। आपने कंकाल में प्राण भर दिए हैं।

इस समय पर, हम स्वयं को सबसे रोमांटिक छुट्टी पर आए हुए मानते हैं, परंतु अकेलेपन की पीड़ादायी स्थिति बनी रहेगी। आहत की छायाओं ने प्रेम की भावनाओं को घेरा हुआ है। हम इन्हीं संबंधों में बने रह सकते हैं या फिर नए जीवन-साथी की खोज कर सकते हैं। अक्सर, हम हमेशा टिके रहने वाले प्रेम की संभावना के लिए आस और भरोसा खो देते हैं और अस्थायी व दैहिक आकर्षण में

उलझे रिश्तों से बँध जाते हैं। परंतु जब तक हम भीतर से एक पीड़ादायक ख़ालीपन महसूस करते रहेंगे, हमारे अंदर अवेचतन रूप से कुछ यथार्थ को पाने की आशा बनी रहेगी।

हमारे अनुसार, वियोजन के विभिन्न स्तरों को समझने से आपके भीतर अपनी आंतरिक स्थिति के प्रति जागरूकता आ सकती है। आप घृणा के पथ पर बहुत आगे बढ़ने से बच सकते हैं। याद रखें, किसी भी स्तर में, आपके पास परस्पर संबंध को चुनने की शक्ति है।

परस्पर संबंध का जीवन जीने का सबसे महत्त्वपूर्ण रहस्य यह है, कि आपके भीतर मानसिक ठेस से उबरने का विवेक और योग्यता होनी चाहिए। बेहतर से बेहतर रिश्तों में भी निराशा आ सकती है। कारण चाहे जो भी हो, परस्पर संबंध से भरा संतुष्ट जीवन और लंबे समय तक बना रहने वाला प्रेम पाने के लिए, इस आहत स्थिति को समाप्त करना होगा।

ग्रामीण भारत में, ग्रामीण लोग, घरों में चोरी करने आने वाले शरारती मुस्टंडे बंदरों को पकड़ने के लिए आसान और चतुर उपाय अपनाते हैं। वे एक पेड़ की छोटी खोखल में ख़ुशबूदार और रसीला मीठा पदार्थ रख देते हैं। बंदर उत्साहित होकर खोखल में हाथ सिकोड़कर डाल तो देते हैं परंतु मीठा पदार्थ मुट्ठी में लेने के बाद, हाथ को बाहर निकालना मुश्किल हो जाता है। बंदर उस मिठाई को भी छोड़ना नहीं चाहता और वहीं फँस जाता है। इस तरह, वे आसानी से उन्हें पकड़कर जंगलों में, रिहायशी इलाक़े से दूर छोड़ आते हैं।

ठेस और निराशा को पकड़े रहना कुछ इसी प्रकार है। भले ही हम अपनी दुख स्थिति से जुड़े रहने के लिए कितनी भी सफ़ाई क्यों न दें, हममें से प्रत्येक को यह अवश्य पूछना चाहिए : अपने आहत को पकड़ना या रिश्तों का परिपोषण - इनमें से क्या ज़्यादा महत्त्वपूर्ण है?

नीरसता की छाया

मैं आपके साथ एक युगल दंपत्ति की कहानी बाँटना चाहती हूँ, जो पूर्व से, ओ ऐंड ओ एकैडमी में आए थे। प्रशासन उनके स्वागत की प्रतीक्षा में था, परंतु वे नहीं आए। अंततः एक फ़ैकल्टी के पास फ़ोन आया कि वे एयरपोर्ट से कैंपस आने वाली टैक्सी में थे और उसी दौरान उनके बीच, जीवन की सबसे बदतर लड़ाई हो गई।

वे एक-दूसरे पर चिल्ला रहे थे। एक गुस्से में था, दूसरा रो रहा था और उन्होंने वापस जाने का निर्णय ले लिया। फ़ैकल्टी ने शांति से उनकी बात सुनी और सुझाव दिया कि वे प्रेम की तलाश में ही घर से निकले हैं, उन्हें कम से कम एक

बार मौक़ा तो देना चाहिए। और इस तरह वे यात्रा पूरी कर, कैंपस में आ गए।

यहाँ हालात की हक़ीक़त सामने आई। डोरिस, क्लार्क से निरंतर प्रेम की चाह रखती थी और पूरी तरह से उपेक्षित महसूस करती; नतीजन वह मन ही मन आहत हो रही थी। वहीं दूसरी ओर, क्लार्क के मन में इस रिश्ते के लिए संदेह थे। पिछले कुछ महीनों के दौरान, उसके मन में बार-बार यही बात आ रही थी कि शायद वह डोरिस के लिए उपयुक्त साथी नहीं था - शायद उसमें ही कोई कमी थी इसलिए वह भीतर से असंतुष्ट था।

क्लार्क अपने बिज़नेस में भी बुरे दौर से गुज़र रहा था। निरंतर होने वाली हानियों के तनाव के कारण उसका वज़न काफ़ी बढ़ गया था और वह तेज़ी से गंजा हो रहा था। वह हर चीज़ के बारे में हीन महसूस करने लगा था - उसका शरीर, व्यावसायिक रिकॉर्ड और प्रेम करने की अयोग्यता पर।

जब तक क्लार्क और डोरिस अपनी प्रक्रियाओं के चौथे चरण तक आए, वे दोनों ही इतने शांत हो गए थे कि अपने आंतरिक सत्य का अवलोकन कर सकें। क्लार्क को अहसास हुआ, कि उसकी असली परेशानी डोरिस नहीं थी। वह इस विषय में पूरी तरह से सचेत हो गया, कि उसकी लड़ाई अपने साथ ही थी। अपनी ही समस्याओं में खोया हुआ होने की वजह से, वह डोरिस से दूर हो गया था। उसे अहसास हो गया, कि वह मायूसी और हीन भावना के भँवर में डूब रहा था और यही स्थिति उनके बीच खाई बन रही थी।

कृष्णाजी और मेरे साथ लिमिटलेस फ़ील्ड (असीमित क्षेत्र) का ध्यान करते हुए, वह संपूर्णता की स्थिति के प्रति जाग्रत हुआ। उसने अपने चैतन्य के माध्यम से विश्व प्रज्ञ की शक्ति को अनुभव किया। जब यह अलौकिक अनुभव उसके भीतर प्रकट होने लगा तब वह निःसंदेह जान गया था कि जीवन सुंदर हो जाएगा और भाग्य बदलते देर नहीं लगेगी। उसी विशालता के बीच, उसकी स्वयं के साथ संघर्ष की पकड़ ढीली हो गई। वह सही मायनों में जाग्रत होने के बाद, डोरिस की सुंदरता को देखने लगा। मानो वह उसे बहुत लंबे समय बाद देख रहा था।

वहीं दूसरी ओर, इस प्रक्रिया में डोरिस को अहसास हुआ कि, वह वियोजन की स्थिति में से थी - वह सही मायनों में प्यार करना नहीं जानती थी। उसने अपनी किशोरवास्था से ही प्रेम की लालसा को ही प्रेम समझा। इसी प्रक्रिया में, वह आत्म-जुनून के सत्य को भी जान सकी। उसके चैतन्य में विनम्रता का भाव प्रकट हुआ और उसने स्वयं को उस पीड़ा के लिए क्षमा कर दिया, जो उसने अपने-आप और क्लार्क को दी थी।

इस प्रक्रिया के बाद, क्लार्क और डोरिस ने एक-दूसरे के बीच एक प्यार भरा जीवन-साथी और सच्चा दोस्त पा लिया। उनका संबंध, एक-दूसरे के लिए गहरी प्रशंसा के बीच खुलकर प्रकट होने लगा।

हम भले ही, क्लार्क व डोरिस की तरह कष्ट के उस साए से घिरे न हों, परंतु जब हम परस्पर संबंध की सुंदर स्थिति में नहीं रहते, तो हमारे रिश्तों में एक अधूरापन महसूस होने लगता है। हमें वह संतुष्टि क्यों नहीं मिल रही, जिसकी हमें तलाश है?

कई बार दंपत्ति के बीच कोई समस्या भी नहीं आती। यह जीवन और इसकी चुनौतियों के रूप में प्रकट होती है। इन चुनौतियों से पार करने में असहाय होकर, हम एक अजीब सी चिंता, चिड़चिड़ापन या व्याकुलता से घिरे रहते हैं। दुख की इन्हीं स्थितियों के बीच, हम पूरी आक्रामकता के साथ उन समस्याओं को हल करने लगते हैं जिनमें से अधिकतर काल्पनिक, अस्तित्वहीन या फिर बढ़ा-चढ़ाकर पेश की गई होती हैं। हमला करने को तैयार होकर, हम सदा आत्म-रक्षा के लिए तत्पर रहते हैं। हम सबके लिए कल्याण करने वाली और प्रसन्नता देने वाली असली परिस्थितियों का सामना करने के अयोग्य हो जाते हैं।

हमारी आंतरिक स्थिति, हमें चिंतित और क्लांत बना देती है। हमारे इंद्रियों के अनुभव शिथिल हो जाते हैं। हम एक वृध्द मन बना लेते हैं, जिसमें ताज़गी नहीं रहती। एक-दूसरे को मिलकर किसी उत्साह या आनंद का अनुभव नहीं होता। रिश्ते में एक तरह की नीरसता आ जाती है - शायद आपको थोड़ी सुरक्षा और दिलासा भले ही मिले, परंतु आपके भीतर से ख़ालीपन की गूँज उठती रहती है। हम एक-दूसरे से बंधे हुए रहते हैं, ऐसा इसलिए नहीं कि हमारे बीच लगाव है, बल्कि अकेले रहने के डर की वजह से होता है।

इससे हमें एक पुरानी चीनी कथा याद आती है। एक ऐसा आदमी था जिसे अपनी ही छाया से डर लगता था और वह अपने ही पैरों की आवाज़ सुनकर भयभीत रहता था।

एक दिन जब वह टहल रहा था तो, बादल छँट गए थे और धूप से लंबी छाया बन रही थी। वह घबरा गया और अपनी छाया से बचकर भागने के लिए तेज़ दौड़ने लगा। यह कोई पूछने की बात नहीं कि वह कितना तेज़ दौड़ा, लेकिन न तो वह छाया से दूर हो सका और न ही उसके क़दम थमे। वह तब तक भागता रहा, जब तक थकान के मारे उसकी जान नहीं निकल गई।

अगर वह आदमी थोड़ा ठहरकर किसी पेड़ की छाया में बैठ जाता, तो उसके पैरों की आहट आनी बंद हो जाती और छाया भी ओझल हो जाता।

जब हम दूसरी छाया - नीरसता की छाया को अपने पर हावी होते देखते हैं, तो उससे बचने के लिए जिम जाते हैं, मनोरंजन करते हैं, काम के पीछे पड़ जाते हैं, बहुत ज़्यादा शराब पीने लगते हैं, ख़रीदारी करने लगते हैं या फिर बहुत बोलने लगते हैं - जो इंसान लगातार बोलता चला जाता हो, वह अपने जीवन की निराशा से उबरने की कोशिश में है।

कई बार अपने अजीब से भीतरी ख़ालीपन से उबरने की कोशिश में, हम ऐसे रिश्तों से घिर जाते हैं जो हमारे भीतर तत्काल डोपामाइन के स्तर को बढ़ा देते हैं। यदि हम थोड़ा ठहरकर, उस साए से भागे बिना, उसका निरीक्षण कर लेते, तो हम प्रकाश की ओर आ जाएँगे और परस्पर संबंध की सुंदर स्थिति में उभरेंगे।

कृपया रुकें। मुझे आपसे एक प्रश्न पूछना है। इस पर गहराई से विचार करें। अगर आपका जीवन एक फ़िल्म होता, तो आपके जीवन की फ़िल्म का केंद्रीय तत्व क्या होता ? क्या यह आपके बारे में है ?

क्या आप मूवी के हर क़िरदार का यह उद्देश्य यही समझते हैं, कि उन्हें आपको निखारना चाहिए ? या फिर आप स्वयं को ऐसी भूमिका में देखते हैं, जो हर किरदार के जीवन को निखारते हुए, जीवन की इस मूवी को और बेहतर बना रहा है ?

आत्म-जुनून की भूलभुलैया

जब अपने-आप में ही मग्न रहना हमारे अस्तित्व की एक आदत बन जाती है, तो हमारे मन को सदा अतीत या भविष्य में भटकने की प्रवृत्ति हो जाती है। आधा घंटा पहले, एक वर्ष या एक दशक पूर्व क्या हुआ था, हम उन्हीं यादों की गलियों में खो जाते हैं। हम भविष्य की संभावित काल्पनिक पीड़ादायी गलियों में भी भटक सकते हैं।

प्राचीन क्रेटन पौराणिक कथाओं में, दासों को भूलभुलैया में फिकवा दिया जाता था जिससे वे कभी बाहर नहीं आ पाते थे। उसी भूलभुलैया की गहराइयों में, मीनोटॉर नामक एक विशाल दैत्य रहता था, जिसका धड़ इंसानों जैसा और बैल जैसा सिर था। इन दासों को यही दैत्य निगल जाया करता था।

जब हम आदतन अतीत और भविष्य में जीने लगते हैं, तो हम भी इसी अंतहीन भूलभुलैया में उलझ जाते हैं और अपनी ही पश्चाताप और व्याकुलता की दुख स्थितियों के हाथों निगले जाते हैं।

हम ऐसी कड़वाहट से भरे व्यक्ति बन जाते हैं, जो एक-दूसरे के लिए उपस्थित नहीं हो सकते। हम उन्हीं यादों में खोए रहते हैं, कि वह रिश्ता क्या था या उसे क्या होना चाहिए था।

जो भी निराशा सामने आए, उससे पार करने के लिए, हम निरंतर उत्तेजक और सुख देने वाले साधनों की तलाश करते हैं। परंतु सुख की तलाश करने वाला मन बहुत जल्दी उससे ऊब भी जाता है, क्योंकि यह अधिक से अधिक नए अनुभवों की खोज में रहता है।

दिल को आघात लगने या नीरसता की स्थिति दोनों ही आत्म-जुनूनी हैं। इन दोनों स्थितियों में आपको अपने सिवा किसी दूसरे से मतलब नहीं होता। ये वियोजन की स्थिति है जिनमें दूसरा वास्तविक रूप से आपके लिए कोई मायने ही नहीं रखता।

हमें अहसास हो रहा है, कि इन जीवन यात्राओं को पढ़ते हुए, आपके भीतर भी आपके जीवन के अहम रिश्तों के बारे में कुछ असहज लगने वाले सच उजागर हो रहे होंगे। इस यात्रा पर निकले बहुत से लोग, यह देखकर हैरान हो जाते हैं कि उनके रिश्ते कितने अस्थिर बुनियाद पर टिके हैं। दूसरों को भय होता है, कि यदि जीवन-साथी के साथ गहन परस्पर संबंध हुआ तो, वे बाक़ी सभी बातों को सही तरह से देखने व सँभालने से बहुत दूर हो जाएँगे।

वे हमसे पूछते हैं : अगर हमारे रिश्ते इतनी खोखली बुनियाद पर टिके हैं तो, क्या उन्हें बचाया जा सकता है? क्या और अधिक गहरे बंधन के लिए कोई मार्ग अपना सकते हैं? और यदि हमारा अपने जीवन-साथी के साथ पहले ही गहरा आध्यात्मिक संपर्क है तो, हम इस ज्योत को जीवित कैसे रख सकते हैं?

आध्यात्मिक ध्येय का प्रकाश

हम इस दुखदायी आंतरिक जड़ता से कैसे मुक्त हो सकते हैं?

केवल दुख का मुक़ाबला करने से कुछ नहीं होगा। केवल रिश्तों में आई विरक्ति का प्रबंधन करने से कुछ नहीं होगा। केवल स्वयं को ठेस और असुरक्षा के ध्यान भंग करने से कुछ नहीं होगा।

हम परस्पर संबंध को कैसे पा सकते हैं? इन दो दुःस्वप्नों से जाग्रत कैसे हो सकते हैं? उत्तर है : अपने रिश्तों के लिए एक आध्यात्मिक ध्येय की मदद लेते हुए ऐसा करना संभव है।

चलिए, हम कुछ क्षणों के लिए पहले परम रहस्य की ओर वापस जाते हैं। एक आध्यात्मिक ध्येय परस्पर संबंध साधने में शक्तिशाली भूमिका निभा सकता है। लोगों के पास अपने कारोबार, करियर और सेहत के लिए आध्यात्मिक ध्येय होते हैं। याद रखें, हम "आध्यात्मिक ध्येय" को परिभाषित करते हुए, इसे आंतरिक स्थिति का ध्येय कहते हैं, जो हमारे हर काम और सृजन में झलकता है।

आपके लिए एक विचारणीय प्रश्न है : क्या आप मात्र एक जीवन-साथी, दोस्त या लीडर बनना चाहते हैं - *या आप एक खुशहाल* और परिपूर्ण साथी, दोस्त या लीडर बनना चाहते हैं?

यह एक गंभीर प्रश्न है और हमारे लिए बहुत गहराई से महत्त्व रखता है। क्योंकि, यदि यह आध्यात्मिक ध्येय नहीं है, तो आप अपने हर काम में तनाव ले

आएँगे। यहाँ तक कि सबसे बेहतरीन रिश्तों और सफलताओं के बाद भी आपको कोई ख़ुशी नहीं मिलेगी।

अस्तित्व की केवल दो स्थितियाँ हैं, जिनमें हम जी सकते हैं : तनावपूर्ण स्थिति और सुंदर स्थिति। याद रखें, अगर आप सुंदर स्थिति में नहीं हैं तो सहज भाव से आप तनावपूर्ण स्थिति में ही होंगे।

आपके अपने रिश्तों के लिए सबसे महत्त्वपूर्ण निर्णय यह नहीं होगा कि आप अपनी पहली या पच्चीसवीं सालगिरह किस जगह मनाएँगे, किसे-किसे बुलाया जाएगा या फिर आप उस दिन क्या करेंगे। सबसे महत्त्वपूर्ण प्रश्न : आप उस दिन या फिर उस दिन के आने तक और उसके बाद वाले दिनों में, एक-दूसरे के साथ किस स्थिति में संपर्क रखेंगे?

क्या आप असंबंधित स्थिति के साथ जीने को राजी हैं? या आपके लिए प्रेम, आनंद, करुणा व परस्पर आभार की सुंदर स्थिति के साथ जीना, अनिवार्य हो गया है? क्या आपके पास उस प्रेम का ध्येय है, जो आप अपने प्रियजन के लिए अनुभव करना चाहते हैं? क्या आपके पास उस आनंद का ध्येय है, जो आप एक दूसरे के लिए, रोज़मर्रा के जीवन में लाना चाहते हैं।

क्या आप विशेषण को भी संज्ञा की तरह महत्त्वपूर्ण बना सकते हैं? क्या आप केवल एक जीवन-साथी बनना चाहते हैं या एक स्नेही जीवन-साथी, परस्पर संबंध से जुड़ा और खुशहाल साथी बनने के लिए प्रयत्न करना चाहते हैं?

एक आध्यात्मिक ध्येय का अर्थ है, कि आप एक सुंदर स्थिति में रहते हुए उन लोगों के आंतरिक अनुभवों से जुड़ें, जो आपके लिए बहुत महत्त्व रखते हैं।

एक आध्यात्मिक ध्येय स्वयं से यह पूछने पर आरंभ होता है :

मैं किस स्थिति में जीना चाहता हूँ?

मैं अपने प्रियजन को किस स्थिति में रहता देखना चाहता हूँ?

मैं अपने प्रिय की आंतरिक स्थिति को प्रभावित करते हुए, इसे और सुंदर कैसे बना सकता हूँ?

हम स्वयं से, ये प्रश्न जितने साहस या ईमानदारी से पूछने लगते हैं, हमारे लिए एक दिन, घंटा, या एक साल भी ठेस, मूल्यांकन, विरक्ति जैसी दुख स्थिति में रहने को जायज़ ठहराना उतना ही कठिन होता जाता है। किसी भी तरह के वियोजन में रहना, हम स्वीकार नहीं कर पाते। अगर ऐसा करना असंभव लगता है, तो हम आपसे वादा करते हैं कि यह संभव होगा। जब हम स्वयं से परस्पर संबंध की सुंदर स्थिति में रहने का वादा करते हैं तो, नीरसता और अलगाव कहीं विलीन हो जाते हैं और ज़िंदगी तरोताज़ा हो उठती है।

परंतु इसके लिए हमें प्रेम और परस्पर संबंध की धारणाओं पर दोबारा सोचने की आवश्यकता है। आधुनिक समाज ने परस्पर संबंध को जिस तरह समझा है, उसमें बुनियादी रूप से ग़लतफ़हमी शामिल है। हमारी संस्कृति ने इसे बढ़ावा दिया है। नतीजन, हममें से बहुत से लोग वह पाने के लिए तरसते हैं, जिसका हमने वास्तव में कभी अनुभव नहीं पाया।

परस्पर संबंध की सुंदर स्थिति का मतलब यह नहीं, कि आप पूरे जुनून से दूसरे की उम्मीदों पर ख़रे उतरने की कोशिश करें। इसका मतलब यह भी नहीं, कि आपको यांत्रिक रूप से दूसरे की इच्छाओं को अपनी मर्ज़ी के ऊपर रखना होगा। इसका मतलब यह योजना बनाना नहीं, कि देने से ही मिलेगा। परस्पर संबंध समर्पण या योजना भी नहीं; यह अस्तित्व की एक स्थिति है।

परस्पर संबंध पर आधारित रिश्ते का अर्थ यह नहीं, कि उसमें असहमति नहीं होगी। इसका मतलब यह भी नहीं कि आप और आपका जीवन-साथी कभी परेशान, भयभीत, अकेले या नाराज़ नहीं होंगे।

इसका मतलब है, कि आप अलगाव की स्थिति आते ही, उसे समाप्त कर देंगे और आपके भीतर परस्पर संबंध की सुंदर स्थिति जाग्रत होगी।

परस्पर संबंध की सुंदर स्थिति में, संपर्क रखना ही आनंद है, जीना ही आनंददायक अनुभव है। जब हम अपने जीवन में इस तरह के प्रेम को न्यौता देते हैं तो, हम स्वयं को दूसरे से अलग नहीं पाते। हम बेशक अलग लोग होते हैं, लेकिन हम आपस में गहरा संबंध रखते हैं। दूसरे का दर्द आप पर असर डालता है। दूसरे की ख़ुशी आपको प्रसन्नता देती है। आप एक दूसरे को ख़ुशी व संपूर्ण उपस्थिति देते हैं।

हम आपको याद दिला दें, प्रेम व परस्पर संबंध केवल रोमांटिक साथियों में ही नहीं पाया जाता। यह अस्तित्व की एक सुंदर स्थिति है, जिसे आप एक दोस्त, बच्चे, पोते-पोती, ग्राहक या फिर किसी अजनबी के साथ भी महसूस कर सकते हैं।

सुनील, कृष्णाजी के साथ निजी रूप से सलाह लेने के लिए हमारे कैंपस में आए। उसने हमें आने के बाद कहा, “मैं बहुत ही स्नेही व्यक्ति हूँ। एक स्नेही पुत्र। मेरे माता-पिता भी मेरे घर के पास ही रहते हैं।”

परंतु, गहराई से विचार करने पर उसे अहसास हुआ कि उसके काम भले ही ज़िम्मेदारी और देखरेख से भरे थे, परंतु उसकी स्थिति असंबंधता है। वह अपने पिता की बात, दस मिनट से अधिक समय तक नहीं सुन सकता था। उसका दिमाग़ घूम जाता था।

जब सुनील युवावस्था में था तो, उसने स्कूल छोड़कर, मुंबई में काम करने का निर्णय लिया। उसके पिता यह सुनकर चौंक गए और उस पर स्कूल में ही रहने

का दबाव बनाया; हालाँकि उन्होंने हार मान ली और शर्त रखी कि सुनील को हर महीना अपनी आधी तनख़्वाह घर भेजनी होगी।

मुंबई का अनुभव सुनील के लिए कष्टदायी था। उसे बहुत कठोरता का सामना करना पड़ा; माहौल अच्छा नहीं था। वह पिता को लगभग हर रोज़ कॉल करके कहता, कि वह घर वापस आना चाहता है, परंतु उसके पिता उसे वहीं रुकने को कहते। अगले छह महीने तक सुनील ने घर आने के लिए विनती करना जारी रखी, और अंततः पिता के इनकार से नाराज़ होकर, उसने पूछना ही बंद कर दिया और उसी तरह पैसा भेजता रहा।

जब सुनील का इक्कीसवाँ जन्मदिन आया, तो पिता ने उसे उपहार दिया, "मैंने पिछले बरसों में तुम्हारे भेजे हुए पैसे निवेश कर दिए थे।"

सुनील ने उनका दिया चेक मेज़ पर फेंक दिया और बोला, "मुझे इसकी आवश्यकता नहीं है। मैं, इससे दस गुना ज़्यादा कमा सकता हूँ।"

सुनील कभी स्वयं को इस दर्द से आज़ाद नहीं कर सका, कि ज़रूरत के समय माता-पिता ने उसका साथ नहीं दिया। उसी आहत मानसिक स्थिति के साथ, उसे अपने पिता को अपनी सफलता दिखाने का जुनून सवार हो गया। उसने माता-पिता को आर्थिक सहायता देने का निर्णय लिया, परंतु वह इस तरह से उन्हें जताना चाहता था, "मैं बुरा नहीं हूँ।"

जब उसने ऐसी लड़की से शादी की जिसको वह चाहता था, तो उसने उस रिश्ते को भी 'जीतने' के ही नज़रिए से देखा। वह बहुत ही सहनशील औरत थी लेकिन बेटी के जन्म के बाद वह अपना धीरज खो बैठी और उसके स्वभाव में बदलाव आ गया।

उसने एक दिन कहा, "तुम्हारी आवारागर्दी बहुत हुई। मैं चाहती हूँ, कि तुम कुछ समय घर भी रहो, ताकि बच्ची की देखरेख में हाथ बँटा सको।"

सुनील को लगा कि उसकी पत्नी उसे नियंत्रित करने की कोशिश कर रही थी। उसने साफ़ इनकार कर दिया। उनके बीच तलाक़ हो गया और वे अलग-अलग रहने लगे। तब से, वह पिता के रूप में फ़र्ज़ निभाने की कोशिश कर रहा था। वह कुछ महीनों में उससे मिलने जाता, पर यह सब कर्तव्य के निभाने से अधिक नहीं था।

उसके रिश्तों के बारे में सबसे बड़ा सच तो सामने आना बाक़ी था।

हमारे कोर्स के एक भाग, मिस्टिक लिमिटलेस फ़ील्ड मेडिटेशन (यौगिक असीमित क्षेत्र ध्यान साधना) में स्थिरता की गहरी स्थिति के बाद उसे गलियारे में एक भागता हुआ केंकड़ा दिखाई दिया।

उसका दिल और दिमाग़ करुणा व प्रेम से भर गया। उसे अपने भीतर से अपनेपन का भाव उमड़ता महसूस हुआ। उसे लगा कि वह पेड़ों, सागर की मछलियों

और बाग में खिलखिलाते बच्चों की हँसी से भी जुड़ा हुआ था। उसका हृदय प्रेम के लिए जाग उठा।

उसने सोचा, *हे ईश्वर! तो इस तरह किसी को प्रेम करते हैं। किसी चीज़ को महसूस करने या प्रेम करने का यह अर्थ होता है।*

इस स्थिति ने उसे परिवर्तित कर दिया। अनुभव की गहनता तो कुछ दिन बाद घट गई, परंतु वह हमेशा के लिए बदल गया था। उसने तय किया कि वह अपना कुछ समय उस शहर में बिताएगा जहाँ उसकी आठ वर्षीय बेटी, माँ के साथ रहती थी, ताकि हर महीने में एक सप्ताह उसके साथ बिता सके।

पहले दिन बेटी का बर्ताव, हमेशा की तरह संकोच से भरा था।

पर इस बार सुनील को परस्पर संबंध साधना आता था। वह बेटी की सोच और इच्छाओं से जुड़ने लगा और उनके बीच स्नेह का भाव विकसित हो गया। उसने बेटी से स्कूल की छोटी-छोटी बातें और किस्से सुने और कुछ ही घंटों में बच्ची उससे इतना घुलमिल गई, जितना पहले कभी नहीं मिली थी।

जब उसने हमें अपने परिवर्तित रिश्ते के बारे में बताया तो उसने कहा, "मेरी छाती दुख रही है। जब भी उसे स्कूल से लेने जाता हूँ तो, मुझे देखते ही दूर से ही भागते हुए आती है और मुझ पर छलाँग लगा देती है।"

उसे, एक जीवन-संगिनी भी मिली जिसे लगता था कि उसे बड़े भाग्य से ऐसा साथी मिला था। काम के दौरान, तिमाही लाभों पर चर्चा के साथ-साथ, उसने कर्मचारियों की प्रसन्नता बढ़ाने के लिए भी अपना ध्यान केंद्रित किया।

सुनील की कहानी एक ऐसे इंसान का उत्कृष्ट उदाहरण है, जो प्रेम के लिए जाग्रत हुआ - जो अब किसी को भी प्रेम करने में सक्षम है। सत्य की इस यात्रा के लिए, आपके भीतर तड़प और साहस होना चाहिए। यह तत्काल सुख की चाह में भटकने वाले प्रेमियों के लिए नहीं है। यह मार्ग उनके लिए है, जो अपने चैतन्य में परिवर्तन लाना चाहते हैं।

हमें ध्यान देना चाहिए, कि इस यात्रा में जाने वाले हर इंसान ने अपने वर्तमान साझेदारी के बीच ही नहीं रहना चाहा। हाँ, यह सच है कि एक सुंदर स्थिति के साथ जीते हुए, आप अपने आसपास के लोगों पर प्रभाव डाल सकेंगे। आपके संबंध सहज भाव से सामंजस्यपूर्ण व खुशहाल होंगे। आप अपने जीवन में दयालु व स्नेही व्यक्तियों को आकर्षित करेंगे।

परंतु आंतरिक सत्य के लिए इस वचनबद्धता ने, कई लोगों को इस तथ्य को मानने में भी सहायता की है, कि अब वे अपने जीवन-साथी से एक अलग रास्ते पर हैं। एक सुंदर स्थिति में रहने का अर्थ नहीं, कि आप खुशी रहित या ख़तरनाक परिस्थितियों के बीच रहें। यह भीतर से आंतरिक स्थिरता विकसित करने के बारे में

है, ताकि आप परस्पर संबंध व प्रेम के साथ निर्णय ले सकें।

यदि, आपको यह सुनने में डरावना लगता है, तो हिम्मत रखें; प्रेम व संपर्क साधने का यह स्थान हर वह व्यक्ति पा सकता है, जो आंतरिक सत्य के दूसरे परम रहस्य की यात्रा करने का साहस रखता हो।

कृपया कुछ क्षण ठहरें और अपनी जागरूकता को हृदय स्थान पर लाएँ। महसूस करें कि आप श्वास को हृदय की ओर निर्देशित कर रहे हैं। कुछ देर तक इसी तरह श्वास लें। कृपया कुछ समय एकांत में बिताएँ। टहलें या अकेले बैठें। ध्यान करें कि सारी भावात्मक ठेस से मुक्त होकर आप किस मानसिक स्थिति को पा सकते हैं।

कल्पना करें कि अगर आप अपने जीवन-साथी की आँखों में पहली बार देखते, तो क्या महसूस करते। महसूस करें कि आप रोज़ सुबह चेहरे पर मुस्कान और अपनों के लिए पूरी तरह से उपस्थिति के साथ उठ रहे हैं क्योंकि अब आप अपने बैचेन करने वाले विचारों से मुक्त हैं। सुंदर स्थिति के साथ जीने की इस तड़प को अपने भीतर गहराई तक जाने दें।

मनुष्य होने का सार

क्या आपने कभी सोचा कि मनुष्य होने का क्या अर्थ है? क्या यह केवल उत्तरजीविता के लिए है? कोई महत्त्वाकांक्षा पूरी करने, प्रजनन करने, बूढ़ा होने और मोक्ष पाने के लिए है?

सही मायनों में जीवित होना क्या होता है? हमारे पास चैतन्य की असाधारण स्थितियों को अनुभव करने व दूसरों के साथ और हर योजना के साथ संपर्क साधने की असीम क्षमता है। इस जीवन के प्रति विस्मय से भर सकते हैं।

यही मानवीय चैतन्य की क्षमता है : संपर्क रखना और प्रेम करना, दूसरे के साथ एक होना। असीम प्रेम तथा संपूर्ण एकत्व भाव पाने का अनुभव मनुष्य को ही मिल सकता है। यही मनुष्य जीवन, मनुष्य देह और मनुष्य मस्तिष्क की क्षमता और उद्देश्य है।

परस्पर संबंध की स्थिति के साथ जीने का अर्थ है, कि आप संबंध के प्रति आत्म-अवशोषण से परे हट गए हैं। यह प्रामाणिक परिवर्तन है। और तभी आप सही मायनों में जीवंत हैं। दूसरे की प्रसन्नता व उदासी के प्रति, आपकी उपस्थिति ही, आपकी ओर से उनके लिए अनुपम उपहार हो सकती है।

जब आपके जीवन-साथी को यह महसूस होता है, कि आप उसे महसूस करने लगे हैं तो, वहीं से रिश्ते ठीक होने लगते हैं। तब इस बात से भी फ़र्क़ नहीं पड़ता कि आपने बीते हुए कल में, एक-दूसरे का कितना दिल दुखाया था। परस्पर संबंध की सुंदर स्थिति के साथ, दूरी समाप्त हो जाती है। जब आप यही उपस्थिति अपने बच्चे, मित्र, माता-पिता, भाई-बहन के साथ भी लाते हैं, तो यही एक जुड़े हुए परिवार का सार है।

जब आप साथ काम करने वालों के प्रति आध्यात्मिक ध्येय रखते हैं, तो आपको ऐसा लगता है, कि आप उनसे अलग नहीं हैं। शोषित करने व होने का भय नहीं रहता, आप किसी पर हावी नहीं होना चाहते और न ही किसी के अधीन होने का भय सताता है। न तो आप व्यर्थ की बातों में पड़ते हैं और न ही विराग हो जाते हैं। आप सहज अनुभव करते हैं। आप दूसरों की परेशानी, इच्छाएँ व निराशाएँ स्वीकार किए जाने की चाह भी महसूस करते हैं। परस्पर संबंध की इस सुंदर स्थिति से, आपसी सहयोग व समर्थन की नई संस्कृति संभव हो पाती है।

एक आध्यात्मिक ध्येय के साथ, धरती के साथ भी नया जुड़ाव पैदा होता है। अब आपके लिए धरती केवल माटी का टुकड़ा नहीं रह जाती, जिसे आप मनचाहे तरीक़े से रौंद सकते हैं। आप धरती का भाग हैं और धरती आपका भाग है। जीवन के प्रत्येक रूप के लिए, करुणा पैदा होती है। और यह आध्यात्मिक ध्येय आपकी सोच, रिश्ते और काम करने के तरीक़े को पूरी तरह से बदल देगा। यह वास्तव में एक सुंदर जीवन है।

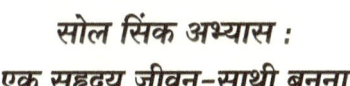

सोल सिंक अभ्यास :
एक सहृदय जीवन-साथी बनना

यदि, आप जीवन में प्रेम की स्थिति का स्वागत करना चाहें तो, कई रूपों में सोल सिंक अभ्यास को अपनाया जा सकता है। हो सकता है, कि आप ईश्वर के आगे यह इच्छा रखना चाहें, कि वह आपके लिए अधिक दृढ़ और स्नेही रिश्ते पैदा कर दे।

आप किसी जीवन-साथी के साथ भी यह संकल्प लेते हुए सोल सिंक अभ्यास कर सकते हैं, हर सुबह, दिन के आरंभ में या रात को सोने से पहले।

इसके बाद पहले पाँच चरणों को कर सकते हैं :

1. आठ सचेत श्वासें

2. आठ सचेत श्वासें, श्वास छोड़ते हुए भिनभिनाहट की ध्वनि

3. आठ सचेत श्वासें, श्वास लेने व छोड़ने के अंतराल का अवलोकन

4. आठ सचेत श्वासें और मन ही मन 'अहम्' का जाप

5. कल्पना करें कि आपका शरीर प्रकाश में विस्तारित हो रहा है

इस बार, छठे चरण में, अनुभव करें कि आपका हृदय परस्पर संबंध की सुंदर स्थिति के लिए जाग्रत हो रहा है, जिसमें आप अपने प्रियजन के साथ ऐसा महसूस कर सकते हैं, मानो आप दोनों के बीच कोई सीमा नहीं है। दूसरे के प्रति गहरे प्रेम को हृदय से उमड़ते हुए महसूस करें, जो दूसरे को कुशलता देते हुए, उसे प्रेम की सुंदर स्थिति से भरपूर बना रहा है।

IV

चौथा परम रहस्य :
आध्यात्मिक योग्य कृत्य का
अभ्यास करें

∞

चौथा परम रहस्य : आध्यात्मिक योग्य कृत्य का अभ्यास करें

कृष्णाजी

हम कठिन चुनौतियों से घबराए हुए बिना उन्हें कैसे पार कर सकते हैं? हम इस विषय में बात कर चुके हैं, कि किस तरह विश्व प्रज्ञ का परम रहस्य संकट के समय में हमारा सहायक हो सकता है। परंतु, आपको जीवन की चुनौतियों का हल देना ही हमारा लक्ष्य नहीं है। हम आपके साथ यह ज्ञान भी बाँटना चाहते हैं, कि आप इस प्रक्रिया में अपना आंतरिक परिवर्तन कैसे कर सकते हैं।

इस चौथे व अंतिम परम रहस्य में जीवन के संपूर्ण सार को प्रभावित करने की क्षमता है।

यह आध्यात्मिक योग्य कृत्य की शक्ति है।

जब मैं सोलह वर्षीय हाई स्कूल छात्र था, तब मुझे आदत थी, कि घर से साइकिल पर स्कूल जाते समय, अपने दोस्तों से पहले, छोटे से छोटे रास्तों से, तेज़ी से जाकर रेस जीतने की कोशिश करता था। एक दिन, जब मैं एक अनजान सड़क से गुज़र रहा था, तो अचानक मेरे साथ छोटी-सी दुर्घटना हो गई। मैं एक अधेड़ प्रवासी कारीगर महिला से जा टकराया, जो उसी समय सड़क पार कर रही थी। हम दोनों ही सड़क पर गिरे। प्रायः भारत में ऐसी घटना होते ही, अच्छी-ख़ासी भीड़ जमा हो जाती है। आमतौर पर वे निर्धन का ही पक्ष लेते हैं। इससे कोई फ़र्क नहीं पड़ता कि भूल किसकी थी। इस जगह तो मैं ही ग़लत था और लोग जमा होने लगे। मुझे

चोट लगी थी और मैं भयभीत था। वह महिला झट से उठी और लोगों से कहा कि वे वहाँ से चले जाएँ और अपने काम से मतलब रखें। फिर वह मेरे पास आई और उठने में मदद की। उसने मेरी साइकिल खड़ी करवाई और पास ही अपनी छोटी सी झोपड़ी में ले गई। उसने मेरे घाव धोकर पूछा, कि क्या मैं स्कूल जाने की हालत में था। मुझे बहुत सारा प्यार और आशीर्वाद देने के बाद उसने मुझे कहा, कि मुझे पढ़-लिखकर बड़ा आदमी बनना है, संसार का भला करना है।

मैं यह सुनकर हैरान रह गया। उस क्षण में उसके लिए न्याय का आदर्श महत्त्वपूर्ण नहीं था। उसने यह देखा, कि कहीं भीड़ मुझे हानि न पहुँचाए। जब मैं उसे धन्यवाद देते हुए, साइकिल पर स्कूल पहुँचा, तो यही सोच रहा था : यह एक अजनबी पर इतना स्नेह कैसे जता सकती है? उसने किसी तरह के इंसाफ़ के लिए, नैतिकता के भाव या फिर नियम-क़ानून के हिसाब से क़दम नहीं उठाया। उसे सिर्फ़ मेरी भलाई की चिंता थी।

इस घटना का मुझ पर गहरा असर हुआ। वह पहली बार थी जब मैंने कृत्य की प्रकृति पर विचार करना आरंभ किया।

किसी भी परिस्थिति में उचित कृत्य क्या हो सकता है? हर छोटे व बड़े हालात में यही प्रश्न पैदा होता है, है न? हम कैसे जान सकते हैं, कि हम जो भी कर रहे हैं, वह उचित है या अनुचित? क्या इसे जानने का कोई सूत्र है?

हम आध्यात्मिक योग्य कृत्य के परम रहस्य के लिए "सूत्र" शब्द का प्रयोग नहीं करते, क्योंकि हमें भय है कि कहीं आपके मन में यह सोच न आ जाए कि यह सख़्त और कठोर है। जिस महिला ने मुझे गुस्सैल भीड़ से बचाया, वह किसी किताब में दिए निर्देशों का पालन नहीं कर रही थी; उसके भीतर से ही मेरी देखरेख करने का भाव सहज रूप से पैदा हुआ था।

परंतु हमारे कितने कार्य ऐसे होते हैं? सच तो यह है, कि हम कई ऐसे अच्छे लोगों से भी मिले हैं, जिन्हें क़दम उठाने में संघर्ष करना पड़ता है। दस सिर वाले रावण को ही लें, जिसके विषय में हम पहले चर्चा कर चुके हैं। उसके पास "करना चाहिए" या "नहीं करना चाहिए" से जुड़े इतने विचार व इच्छाएँ थीं, कि छोटे से छोटा क़दम उठाना भी, भारी जान पड़ता था।

आज एकैडमी में, मैं और प्रीताजी "आध्यात्मिक योग्य कृत्य" को ब्रह्माण्ड से संवाद के रूप में परिभाषित करते हैं। हम अपनी स्थिति के द्वारा निरंतर चैतन्य के इस असीम विस्तार को जानकारी भेज रहे हैं। जब भी हम सुंदर स्थिति में होते हैं, जिसका सार परस्पर संबंध है, तब हम एकत्व के उस विस्तार के साथ पूरी तरह से संरेखण में होते हैं।

हम आपके साथ सही कृत्य के कुछ निश्चित सिद्धांत बाँटना चाहेंगे, जो इस स्रोत से शक्ति प्राप्त करने में सहायक होंगे। हम, इन नियमों पर आधारित कर्मों

को आध्यात्मिक योग्य कृत्य कहते हैं। और अगर ब्रह्माण्ड आध्यात्मिक योग्य कृत्य के परिणामवश समाधान प्रस्तुत करता है तो, निश्चित रूप से घटनाओं का अनपेक्षित क्रम इस तरह सामने आएगा, कि वह आपके जीवन को महानता की ओर ले जाएगा।

व्यावहारिक तौर पर, जब हम जीवन के प्रवाह को नियंत्रित करने की चेष्टा नहीं करते, उस समय वास्तव में आध्यात्मिक योग्य कृत्य पूरे होते हैं। और हम जीवन को चैतन्य की शक्तिशाली स्थिति से प्रत्युत्तर देते हैं।

चलिए, आध्यात्मिक योग्य कृत्य के तीन मूल सिद्धांतों को देखेंगे। वे जीवन का कोई भी छोटे या बड़े महत्त्वपूर्ण निर्णय लेते समय उपयोगी हो सकते हैं। परंतु यह याद रहे कि नियमों को कट्टर नियमों के रूप में नहीं, बल्कि प्रेरणा के रूप में लें। आप एक सुंदर स्थिति को विकसित करने के लिए जितना समय देंगे, आध्यात्मिक योग्य कृत्य का परम रहस्य उतना ही सहज हो उठेगा।

पहला सिद्धांत : *आध्यात्मिक योग्य कृत्य आंतरिक संघर्ष में नहीं, बल्कि उसकी समाप्ति के बाद उत्पन्न होता है।*

प्रायः हम गुस्से या अकेलेपन के बीच किसी रिश्ते का आरंभ या अंत करने का निर्णय ले बैठते हैं। कई बार असुरक्षा या निराशा में होकर, अपनी नौकरी छोड़ देते हैं। मंदी के भय के बावजूद कुछ बेचने या ख़रीदने का निर्णय ले लेते हैं। एक अविवेकी स्थिति से विवेकी निर्णय कैसे लिया जा सकता है?

दुख की सभी स्थितियों में प्रज्ञा का हरण होता है। वे हमारे यथार्थ के अभिप्राय को बदल देती हैं। क्या आपने ध्यान दिया, कि गुस्सा या निराशा के कारण हम काम को जल्दबाजी में करने लगते हैं। चिंता, उद्वेग या अकेलेपन के कारण निष्क्रियता छा जाती है और कुछ ऐसे निर्णय ले बैठते हैं, जिनके लिए हमें बाद में पछताना पड़ता है?

कुछ लोग मानसिक संघर्ष की इसी स्थिति में कई घंटे, सप्ताह, महीने और यहाँ तक कि वर्षों बिता देते हैं, मानो वे हथेली पर गर्म आलू लिए हुए तड़प रहे हों। हम अक्सर अपने संपन्नता के भाव की जगह मायूसी या निराशा से अपने निर्णय लेते हैं। अपने भार को एक से दूसरे हाथ पर तब तक डालते रहते हैं, जब तक हमारे लिए उसे सँभालना असंभव नहीं हो जाता।

आध्यात्मिक योग्य कृत्यों की राह पर चलने का आरंभ तभी होगा, जब हम थोड़ा ठहरकर सीरीन माइंड प्रैक्टिस (प्रशांतमय मन की साधना) द्वारा अपनी दुख स्थिति को विलीन कर देंगे। जब आपका तनाव मिट जाएगा, तभी आपके लिए स्पष्टतः देखना और अंतर्दृष्टि प्राप्त करना सरल हो सकता है।

हमारे यूथ चैरिटी फ़ाउंडेशन की ओर से आयोजित एक कोर्स में, एक युवक ने इसका बहुत अच्छी तरह से प्रदर्शन किया। लगभग इक्कीस बरस के उस लड़के

को जीवन के हर पहलू से घृणा थी। उसकी घृणा की सूची में निरंतर कुछ नए चीज़ें जुड़ती चली जाती थीं। उसे एक कॉल सेंटर के माध्यम से, अचार बेचने की नौकरी मिली। उसे अपनी नौकरी में सब कुछ नफ़रत भरा लगता था। उसके कानों पर लगे हैडसैट्स और उसकी कुछ बेचने की मंशा जानकर लोगों की ओर से मिली प्रतिक्रिया आदि सब बातें बहुत बुरी लगती थीं। उसे अपने नाममात्र के वेतन से भी घृणा थी। पर वह अपना काम नहीं छोड़ सकता था, क्योंकि घर में चार पैसे भी कमा कर देने थे। वह अपने बूढ़े पिता के भाषण और ताने नहीं सुनना चाहता था।

वह एक ऐसे शहर में गुमनाम अस्तित्व के साथ जीते हुए थक गया था, जहाँ वह किसी के लिए कोई मायने नहीं रखता था। वह अपने गाँव नहीं लौट सकता था, क्योंकि पिता का सामना करने की हिम्मत नहीं थी। उसके पिता एक कुम्हार थे, जो सारे गाँव के लिए मटके बनाकर घर चलाते थे। उस गाँव में उनके काम की ज़रूरत थी इसलिए उन्होंने कभी अपने हुनर को निखारने के बारे में नहीं सोचा। उसकी माँ एक घरेलू महिला थीं, जो अपने परिवार के लिए खाना पकाने के साथ-साथ एक अमीर आदमी के खेत में काम भी करती थी। उसे अपने ग़रीबी से घिरे घर से सख़्त नफ़रत थी। उसे लगता था, कि ना तो उसके पास जाने के लिए कोई जगह है और ना ही करने के लिए कोई सार्थक काम है।

एक बार उसने अचार बेचने से जुड़ी कॉल के दौरान, हमारे एक स्वयंसेवक से बात की। उनके बीच लंबी बातचीत हुई और उसे हमारी एकैडमी में युवाओं के कोर्स में आने का निमंत्रण दिया गया। उस कोर्स में हिस्सा लेने के द्वारा उसे अहसास हुआ, कि वह आत्म-घृणा के बीच अपना जीवन बर्बाद कर रहा था। एक गहरी प्रक्रिया से गुज़रने के बाद, वह अपने और अपने पिता के प्रति घृणा के भाव से उबर सका।

जब वह अगली छुट्टी के दौरान अपने घर गया, तो वह अपनी माँ के साथ रसोई में चुपचाप जाकर बैठ गया, जो खाना बना रही थी। उसने जीवन में पहली बार स्वयं को उनसे जुड़ा हुआ महसूस किया। उसने परिवार के लिए रात का खाना तैयार करने में मदद की। उसे लगा कि घर के छोटे-मोटे काम करने में भी उसे वैसा आनंद मिला, जो कई बरसों से नहीं मिला था। अगले कुछ दिनों के दौरान उसने घर में माँ के साथ खाना बनाने में मदद की। उसने घर के खाने का भरपूर स्वाद लिया। उसने कहा कि भोजन की सुगंध और स्वाद से उसकी स्वादेंद्रियाँ जाग उठीं। उसके दिल में एक नया जोश भर गया था। उसने पूरी स्पष्टता और साहस के साथ कॉल सेंटर की नौकरी छोड़ दी और अपने गाँव वापस आ गया। उसने अपनी माँ और गाँव की अन्य महिलाओं की मदद से, अपने देसी व्यंजनों की विधियाँ और उन्हें पकाने के गुर सीखे। आज वह हमारे एक कैंपस में मास्टर शेफ़ के रूप में काम कर रहा है। वह सहभागियों की पाककला संबंधी ज़रूरतों को पूरा करने में

जी-जान लगा देता है और उन्हें घर जैसे भोजन का स्वाद देता है। वह एक सुंदर मानसिक स्थिति वाला रसोइया है। और उसकी यही स्थिति, उसके हाथ से बने हर खाने में स्वाद बनकर झलकती है।

अगर आप अपनी दुख स्थिति से बाहर आकर, जीवन के निर्णय लेते हैं तो, आपके लिए कई आश्चर्यजनक अवसर और संपन्नता आने लगते हैं।

अब हम आध्यात्मिक योग्य कृत्य के दूसरे सिद्धांत को देखते हैं।

दूसरा सिद्धांत : *आध्यात्मिक योग्य कृत्य, सुंदर स्थिति में रहते हुए किया जा सकता है।*

एक सुंदर स्थिति से, आप सहज रूप से अपने साथ-साथ दूसरों की भलाई पर भी पूरा ध्यान देते हैं। जब आप एक सुंदर स्थिति में होते हैं तो, आप सभी संबंधित लोगों के अनुभवों से जुड़ने लगते हैं।

आध्यात्मिक योग्य कृत्य का अर्थ यह नहीं, कि आप किसी दूसरे के लिए अपने भलाई का बलिदान कर दें। क्योंकि हम अक्सर जीवन में अपने बलिदानों के लिए कड़वाहट और पछतावा महसूस करते हैं। हमने जिनके लिए त्याग किया हो, हम उनसे कृतज्ञता की आस करते हैं। जब हमें लगता है, कि हमें पर्याप्त रूप से आदर नहीं मिला तो, हम वियोजन की दुख स्थिति में चले जाते हैं, जो हमारे लिए समस्याओं का एक और दौर चालू कर देती है।

आध्यात्मिक योग्य कृत्य का अर्थ यह भी नहीं, कि आप अपने आसपास के लोगों की भलाई को भी नज़रअंदाज़ कर दें। सही कृत्य परस्पर संबंध की सुंदर स्थिति से जन्म लेता है, जिसमें आपको दूसरों की भलाई को नज़रअंदाज़ करना असंभव है। जटिल परिस्थितियों में, जहाँ अधिक लोगों की भावनाओं को ठेस पहुँचने की संभावना हो, तो आप ऐसे कृत्य करते हैं, जो आपके अनुसार कम से कम हानि पहुँचाएँगे।

तीसरा सिद्धांत : *आध्यात्मिक योग्य कृत्य, आदर्शों से प्रेरित नहीं होते।*

हम सबके कुछ महत्त्वपूर्ण आदर्श व विचार होते हैं, जो हमारे जीवन को आकार देते हैं। परंतु, जब हम अपने आदर्शों को अपनी पहचान के साथ इतना केंद्रित कर लेते हैं, तो वे हमारे प्रत्येक कृत्य को परिभाषित करने लगते हैं, जिससे हम विशेष परिस्थितियों को नज़रअंदाज़ कर देते हैं? जब हम अपनी समझदारी का इस्तेमाल किए बिना, केवल पहले किए गए कृत्य की ही नक़ल कर रहे हों तो, ऐसी स्थिति में आध्यात्मिक योग्य कृत्य, कैसे उत्पन्न हो सकता है? मौजूदा हालात में अपनी जागरूकता और सजगता का प्रयोग किए बिना, उचित कृत्य कैसे किया जा सकता है?

एक ही आदर्श सभी परिस्थितियों में मार्गदर्शक कैसे बन सकता है?

जब हम प्रेरणा की तलाश में होते हैं, तो हम दूसरे लोगों की जीवनी पढ़कर उम्मीद करते हैं, कि हमें अपनी चुनौतियों का हल मिल जाएगा। बदक़िस्मती से, इसी राह में अक्सर हम पर एक जुनून सवार हो जाता है।

एक आदर्श को चुनने के बाद, हम अक्सर अपने-आप को भूल जाते हैं और उनके जैसा बनने के बारे में सोचने लगते हैं। उनकी तरह ही लोकप्रिय, रोमानी या फिर निपुण बनने का सपना ही हमारी नई समस्या हो जाती है। हमारा आदर्श हमारा जुनून बन जाता है - वही हमारे दुख का स्रोत बनता है।

हम स्वयं को किसी और के जीवन को जीने की कोशिश करता हुआ पाते हैं। *किसी* आदर्श के पीछे चलना, भले ही वह "अच्छा" ही क्यों न हो - वह आपको वर्तमान की ज़रूरत से दूर ले जाता है। आदर्श से प्रेरित कृत्य, पहले से तय व यांत्रिक होते हैं। यहाँ तक कि उदार व विनीत प्रतिक्रिया भी किसी की आदत बन सकते हैं। अपनी व दूसरों की सही मायनों में देखरेख करने के स्थान पर, आदर्श के पीछे चलना ही, अधिक महत्त्वपूर्ण हो जाता है। भले ही आपका आदर्श कितना भी अच्छा या नेक क्यों न हो, जब आप आपका अपना कार्य केवल उस जुनून के अनुसार करते हैं, तो आप असंवेदनशील और कठोर हो जाते हैं।

महान दार्शनिक विद्वान तथा शाही सलाहकार कन्फ़्यूशियस के बारे में सुनाए जाने वाले प्रसंग पर विचार करें। कन्फ़्यूशियस का शासन तंत्र परिभाषित नियमों, नीतियों व क़ानूनों पर आधारित है। हर चीज़ पहले से तय थी - यह भी तय था कि मित्र, माता-पिता या अध्यापक से बात करते समय कौन सी भाषा का प्रयोग होगा क्योंकि कन्फ़्यूशियस का मानना था, कि उससे ही व्यवस्था, सद्गुण व निष्ठा लाई जा सकती है। नतीजतन, सभी जानते थे, कि किन कामों के लिए पुरस्कार मिल सकता था और किन कार्यों को दंडित किया जा सकता था।

एक बार एक घोड़ा चोरी हुआ और कन्फ़्यूशियस को इसके बारे में बताया गया। उन्होंने चोर को पकड़ने के लिए सभा बुलाई। चोर पकड़ने वाले के लिए पुरस्कार तथा चोर के लिए दंड तय किया गया। कुछ ही दिन बाद, एक युवक कन्फ़्यूशियस के पास आया और ऐलान किया कि उसे पता था कि चोर कौन था।

"कैसे?" कन्फ़्यूशियस ने पूछा।

"क्योंकि वे मेरे पिता हैं।" युवक ने उत्तर दिया।

"उस व्यक्ति का पता करो और उसे जेल की सलाखों के पीछे डाल दो।" फिर कन्फ़्यूशियस ने आगे कुछ कहने से पहले उस युवक से पूछा, कि उसके पिता ने पड़ोसी का घोड़ा क्यों चुराया था। वह बोला, "मैं भूखा मर रहा था। मेरा परिवार भूखा मर रहा था। हमारे पास खाने को कुछ नहीं था। हमारा पेट भरने के लिए पिता ने घोड़ा चुराया।"

"पर वे तुम्हारे पिता हैं। तुमने उनकी शिकायत क्यों की?"

युवक ने कहा, "क्योंकि मैं ईमानदार बनना चाहता था। मुझे तो सच ही बोलना था।" कन्फ़्यूशियस ने उसी समय अपना निर्णय बदल दिया। उन्होंने कहा, "पिता को छोड़ दो और इस लड़के को तीन दिन के लिए जेल में डाल दो।"

यह कहानी लोगों के दिमाग़ में कई प्रश्न और प्रतिक्रियाएँ पैदा करती है। अगर आप भी भ्रमित हैं तो, यह अच्छा है। यह कहानी इसलिए ही रची गई है, ताकि आप अपने जीवन को और निकट से देख सकें।

पुत्र ने जो किया, वह नैतिक रूप से सही कृत्य था। उसने सच बोलते हुए क़ानून का पालन किया। परंतु उसकी ईमानदारी केवल एक आदर्श बनकर रह गई - वह आदर्श उसके लिए उस आदमी से भी अहम था, जो उसका पेट भरने की कोशिश कर रहा था। वह आदमी ईमानदार बनने और दिखने के नाम पर सब कुछ बलिदान करने को तैयार था। अपने आदर्श के प्रति जुनून ने उसे ही संवेदनाहीन और सहानुभूति रहित बना दिया था।

शायद, कन्फ़्यूशियस को लगा कि उस बूढ़े की तुलना में ऐसे हृदयहीन व्यक्ति का सड़कों पर घूमना मुख्य रूप से इतनी कम उम्र वाले से कहीं अधिक ख़तरनाक था, जिसने अपने परिवार का पेट भरने के लिए मात्र चोरी की।

हम आशा करते हैं, आप देख सकते हैं कि, यह अंतिम परम रहस्य कितना शक्तिशाली हो सकता है। आध्यात्मिक योग्य कृत्य को निर्णय-निर्धारण के लिए चरण-दर-चरण पद्धति नहीं माना जा सकता। अन्य परम रहस्यों की तरह, यह आंतरिक संघर्ष को विलीन करने, आत्म-जुनून से बाहर आने तथा अपूर्व समझदारी के साथ जीवन के लिए प्रत्युत्तर देने से संबंध रखता है।

सही कृत्य करने के लिए आप अपनी सेहत, खुशी व संपदा का बलिदान नहीं करते हैं। आप मूल्यों व प्रसन्नता की क़द्र करते हैं। योग्य कृत्य, आपसे शुरू होता है और दूसरों के जीवन को भी प्रभावित करता है। यह प्रायः जीवन में महान कृत्य करने की ओर एक पहला क़दम है।

अपने आध्यात्मिक ध्येय के आधार पर, आप एक सुंदर जीवन जीते हैं।

अपने आंतरिक सत्य के अभ्यास के आधार पर, अपने दुखों को विलीन कर, एक सुंदर स्थिति के लिए जाग्रत होते हैं।

अपनी सुंदर स्थिति के आधार पर, आप आध्यात्मिक योग्य कृत्य करते हैं, जो आपको व्यक्तिगत और सामूहिक अद्‌भुत भाग्य की ओर ले जाते हैं।

ईश्वर से आप जितना जुड़ पाते हैं, उसके आधार पर आपका जीवन चमत्कारी क्षेत्र में प्रवेश करता है।

चौथी जीवन यात्रा : सचेत ऐश्वर्य सृष्टिकर्ता बनें

कृष्णाजी

कल्पना करें कि आप एक अलसाई दोपहरी में अपनी मनपसंद धुन की सीटी बजाते हुए जंगल में जा रहे हैं। अचानक एक पक्षी की तीखी आवाज़ आपको चौंका देती है। आपका ध्यान कनखियों से थोड़ी दूरी पर दिख रही, लंबी घास के बीच हो रही हलचल पर जाता है।

आप जानते हैं कि आप ख़तरे में हैं। आप पर नज़र रखी जा रही है। एक बाघ आप पर झपटने की तैयारी में है। आप भागते हैं पर बाघ आपका पीछा करता है। कुछ ही क्षणों में, आपके सामने एक गहरी और बड़ी-सी खाई आ जाती है। अगर आपको बाघ से अपनी जान बचानी है तो, उस खाई में छलाँग लगानी ही होगी। आप उस असमतल और चट्टानी खाई में पत्थरों पर लुढ़कते हुए चोटिल होते हैं और अचानक नीचे नज़र जाती है तो, पानी में एक बड़ा सा मगरमच्छ मुँह खोले बैठा दिखाई देता है।

आप डरकर उस खाई की दीवारों से चिपकने की कोशिश करते हैं और कुछ असफल प्रयासों के बाद आपके हाथ एक जंगली अंगूरों की बेल आ जाती है, आपके पैर, जबड़ा खोले हुए मगरमच्छ से कुछ फुट की दूरी पर हवा में लटक रहे हैं। आप ऊपर दिख रहे बाघ और नीचे दिखाई दे रहे मगरमच्छ के बीच किसी तरह अपने प्राणों की रक्षा कर रहे हैं। तभी आपको दो चूहे दिखाई देते हैं उनमें से एक सफ़ेद और एक काला है। वे उस लता को कुतरने लगते हैं, जिसे आपने अपनी जान बचाने

के लिए थामा हुआ था। इसी भयभीत स्थिति में आपको ऐसा लगता है कि आपके सिर पर कुछ टपक रहा है। आप सिर उठाकर देखते हैं, कि आपसे बहुत ऊँचाई पर एक शहद का छत्ता है। आप अपने लिए, उस एक मीठे पल की इच्छा के साथ, जीभ बाहर निकाल देते हैं, ताकि शहद की अगली बूँद आपकी जीभ पर टपके।

सबसे पहले तो, हम आपसे क्षमा चाहते हैं, कि हमने आपको कल्पना की ऐसी भयानक यात्रा पर चलने को कहा! परंतु हमारे साथ सहन करें, क्योंकि हम आपको इसका उद्देश्य भी बताने जा रहे हैं। यह प्राचीन प्रसंग आपके चैतन्य को ऐश्वर्य के बारे में नए तरीक़े से सोचने के लिए सहायक होगा।

यह कहानी उस दृश्य का वर्णन करती है, जिसके अनुसार हममें से अधिकतर लोग अपने जीवन का अनुभव करते हैं। बाघ वह भयानक स्थिति है, जो तब सामने आती है जब हमारा आत्म-जुनून नियंत्रण में होता है : ऐसी भयानक स्थिति जहाँ हम दूसरों के लिए मायने नहीं रखते। हम इसे नोबॉडी स्टेट (अनामिका स्थिति) कहते हैं।

वह खाई धन के सृजन के लिए अवचेतन, आक्रामक व महत्त्वाकांक्षी कार्य में हमारी छलाँग है। उस खाई में लुढ़कना ऐसा लग सकता है, मानो हम अनामिका स्थिति से बाहर आ रहे हैं, परंतु यह यात्रा आनंद या उद्देश्य से नहीं, बल्कि भय से की जा रही है।

मगरमच्छ आर्थिक समस्याओं का अंतहीन जाल है, जो आपके आत्म-जुनून और साधारण जीवन का नतीजा है, जो खाई में नीचे आपकी प्रतीक्षा कर रहा है।

आप जिस लता पर झूल रहे हैं, वह आपकी उम्मीद है।

लता को कुतरने वाले काले और सफ़ेद चूहे दिन और रात हैं, जिनके साथ आपकी आशा घटती जाती है।

और अंत में, शहद उन सुख के क्षणों को दर्शाती है, जिन्हें हम सारी असुरक्षा व कलह के बीच पाना चाहते हैं।

कोई व्यक्ति ऐसी दशा से अपना बचाव कैसे कर सकता है?

हम सब जानते हैं, कि अधिकतर लोग कौन सा पथ चुनते हैं। जैसे ही बाघ को देखते हैं, हम भी वही करते हैं जो प्रसंग के पात्र ने किया। हम सीधे खाई की ओर भागते हैं, हालाँकि यह गड्ढा कई तरह के वेशों में सामने आ सकता है। यह वह काम है, जो हमारे माता-पिता हमसे करवाना चाहते हैं। उद्योग जो सम्मान देने का वादा करता है जिसे हमने कभी युवावस्था में नहीं पाया। कोई ऐसा पद जो हमें हमारे भाई-बहनों से अधिक संपन्न बना देगा। ऐसा स्तर जिसके कारण हमें किसी पार्टी में नीचा ना दिखाया जाए।

ऐसा पथ जो उपलब्धि और आर्थिक सफलता देने जैसा लगे, परंतु अगर अपने भीतरी ख़ालीपन की दुख स्थिति को भरने के लिए इनमें से कोई भी काम चुनते हैं

तो, तनाव और उद्वेग के कारण हमारे आसपास ऊर्जा का नकारात्मक घेरा बन जाएगा, जो पहले से भी कहीं अधिक कोलाहल का कारण बनेगा और हमारे भीतर साधारण होने का भाव गहरा होता चला जाएगा। जब हम चैतन्य की ऐसी हीन स्थिति में जीते हैं तो, जीवन के हर दूसरे पहलू को ठेस पहुंचाते हैं। यह निश्चित तौर पर, आर्थिक संपन्नता का पथ नहीं है। यह वह स्थिति नहीं है, जिससे सचेत भाव से आर्थिक समृद्धि का सृजन किया जा सके।

परंतु, इससे बड़ा एक पथ है। चैतन्य की एक और स्थिति है।

अनामिका स्थिति में जीवन

एक सफल आर्किटेक्चर फ़र्म का मालिक व सीईओ, माइक आज भी उस क्षण को याद करता है, जब उसने यह निर्णय लिया था, कि उस दिन के बाद कोई उसे हीन नज़र से नहीं देखेगा। जब ऐसा हुआ, उस समय वह एक किशोर था, परंतु जिस लड़की से प्रेम करता था, उसने एक अमीर लड़के के लिए उससे धोखा किया। यह शर्मिंदगी लंबे समय तक उसके साथ बनी रही।

अपनी पहचान पाने के लिए उसकी यह छलाँग, बहुत कड़ी और पीड़ादायक थी पर ऐसा करने पर भी उसे वह ख़ुशी नहीं मिली, जिसे पाने की उसने उम्मीद की थी। प्रयत्न करने के कई कटुता से भरे वर्षों के बाद, वह घमंडी हो गया। अपने भीतर के अधूरेपन को भरने के लिए, वह अपना अधिकतर समय दूसरों को यह बताने में ही बिताने लगा, कि वह कितना महान आदमी था।

जब माइक की आयु पैंतालीस वर्ष के लगभग थी तो, अपनी ईर्ष्या के चलते, अपने क्षेत्र में प्रतियोगी की प्रगति को सहन नहीं कर सका। उसने उसे नीचा दिखाने के लिए, कुछ धूर्तता से भरी तरकीबें बनाईं। पर उसकी योजना ने बड़े पैमाने पर पलटवार किया। कुछ ऐसी घटनाएँ घटीं, जिन्होंने मीडिया के आगे उसकी छवि को पूरी तरह से नष्ट कर दिया। उसने अपनी कंपनी खो दी, उसके ग्राहक दूसरी फ़र्मों में चले गए। उसके कर्मचारियों ने उसे छोड़कर, अपने काम चालू कर लिए।

जब माइक ने पिछले दो दशकों के काम पर ध्यान दिया तो, वह जानता था कि वह उस खाई में बहुत गहराई तक गिर गया। अब परिस्थितयों से भागना बंद करने का समय आ गया था।

माइक हमारे चार दिवसीय कोर्स में प्रवेश नहीं लेना चाहता था। वह केवल इसलिए आया, क्योंकि उसकी बेटी ने आग्रह किया था!

हालाँकि दूसरे ही दिन, उसने अपने भीतर झाँकना आरंभ किया और उसे अहसास हुआ कि उसने जिन्हें हमेशा अपना ध्यान व प्रेरणा माना, वे वास्तव में उसके व्यसन थे। उसकी ओर से धन व सफलता पाने के सारे व्यर्थ प्रयत्न केवल

इसलिए थे, कि अपने भीतर के उस ख़ालीपन को भर सके, जिसे उसने अपनी किशोरावस्था में महसूस किया था।

उसने अपने इस अधूरेपन के भाव पर कभी ध्यान नहीं दिया, इसलिए वह बीतते समय के साथ बढ़ता चला गया। उस भावना को शांत कराने का एक मार्ग सूझा और वह है कि उसके क्षेत्र में जो भी लोग हों, उसे किसी तरह उनसे बड़ा बनना था। नतीजतन वह आक्रामकता और निर्दयता की बुनियाद पर खड़ी सफलता के लिए दौड़ता गया।

उसे अहसास हुआ, कि अपने भीतर से वह अब भी एक सफल अधिकारी के रूप में महत्त्वहीन और अधूरा ही मानता था, जैसा उसे अपनी किशोर अवस्था में लगा था। इससे कोई अंतर नहीं पड़ा था, कि उसके अधीन कितने लोग काम करते थे या उद्योग में उसका कितना नाम था। जैसे ही उसे लगता, कि कोई उससे ज़्यादा बड़ा हो रहा था, तो वह उसी क्षण अपने-आप को साधारण मान बैठता। वह अब भी दुखी है।

कोर्स के अंतिम दिन, लिमिटलेस फ़ील्ड मेडिटेशन (असीम क्षेत्र ध्यान) में मेरे साथ की गई अलौकिक यात्रा के दौरान, वह एक स्तब्धकारी भय से घिर गया : उसे भय होने लगा कि वह एक अज्ञात इंसान की तरह मरेगा। अपनी सोच को बदलने की कोशिश के बावजूद, उसके मन से यह भय नहीं जा रहा था।

जब उसने इस बोध के लिए, आत्मसमर्पण किया कि उसका जीवन वाकई किसी के लिए महत्त्व नहीं रखता था, तब उसने इस सत्य को जाना : उसने अपनी उपस्थिति से किसी के जीवन को संपन्न नहीं बनाया।

गहरे ध्यान के दौरान, उसने एक उद्देश्यहीन अस्तित्व की पीड़ा को उभरने दिया। एक क्षण में उसकी नाभि के आसपास तेज़ ताप उठा। उसे लगा, मानो एक अग्नि, हृदय और पेट से असंतोष के उस भाव को निगल रही थी। लगभग एक घंटे बाद, उसे गहरी मीठी नींद आ गई।

विमान में माइक की यात्रा जीवन की समीक्षा थी। उसने देखा, कि उसकी अनामिका स्थिति से धन का सृजन करना व्यर्थ था। उसकी एक भी भौतिक सफलता उसे संपूर्णता का अहसास नहीं दिला सकी थी।

उसकी प्रामाणिक परिवर्तन की प्रक्रिया आरंभ हो गई थी। एक नया जीवन सामने था, परंतु अभी उसे बहुत सारे निर्णय लेने थे। क्या वह रिटायर होकर किसी रुचि को अपनाएगा या फिर नया करियर आरंभ करेगा? क्या वह पुराने पेशे को ही जारी रखेगा? क्या वह उसी शहर में करियर का आरंभ करेगा या नई जगह जाएगा? वह अकेला काम करेगा या दूसरे लोगों के साथ करेगा? वह कहाँ से शुरुआत करेगा?

हम जल्दी ही उसकी यात्रा पर वापस आएँगे।

"उत्तम अस्तित्व" की पीड़ा

जिस तरह माइक अनामिका स्थिति में था, उस स्थिति में हमारे लिए धन सृजन करने के प्रयत्न किसी मुर्गी की उड़ान से अधिक नहीं होते। वे सीमित और थका देने वाले होते हैं। यह अनामिका स्थिति हमें तीन अलग रास्तों पर ले जाती है :

1. हम मनचाही संपदा पाने में असफल रहते हैं, क्योंकि हम प्रज्ञ की न्यून स्थिति में काम कर रहे हैं।
2. भले ही हम कुछ सफलता पा लें, परंतु हमारी यह उपलब्धि बहुत पीड़ादायक और कठोर होगी, हमारे पास परिपूर्णता और उत्साहित होने की भी शक्ति नहीं रहती।
3. हमारी दुख स्थिति ऐसी समस्याएँ पैदा करती रहेगी, कि हमने जो भी कमाया होगा, वही दाँव पर लग जाएगा।

अगर आपको इनमें से हर एक परिदृश्य किसी अंत जैसा लग रहा हो, तो अपने मन को थोड़ा शांत करें। अनामिका स्थिति हम पर ऐसा नियंत्रण रखती है, उसकी भी एक वजह है - जब हम एक बार इसके बारे में जागरूक होते हैं तो, यह अपनी ताक़त खोने लगती है।

परंतु, सोचने वाली बात यह भी है, कि यह इतनी ताक़तवर कैसे हुई?

याद रखें, हमारा मन केवल उस सूचना के परिणाम से काम नहीं करता, जिसे हम सचेतन रूप से इसमें भरण करते हैं। इसमें हमारे दादा-दादी, माता-पिता, अध्यापक, मित्रों, हाईस्कूल की प्रेमिकाओं व साथियों की आकांक्षा, धारणा, भय व इच्छा आदि भी, शामिल होते हैं - इसके अलावा उन लोगों के मत भी शामिल हैं, जिन्हें हम शायद बहुत अधिक पसंद भी नहीं करते!

सूचना का यह सामूहिक प्रवाह, हमारे अंदर एक उत्तम अस्तित्व की छवि गढ़ता है। दुर्भाग्य से, यह उत्तम अस्तित्व, भावात्मक तौर पर सद्गुणी, बौद्धिक तौर पर समझदार, शारीरिक तौर पर आकर्षक और आर्थिक रूप से संपन्न होता है। ज़रा स्टीव जॉब, ओपरा विनफ्रे, गीगी हैडिड और वारेन बफे को एक ही व्यक्ति में ढालने के बारे में सोचें - हाँ, इसमें दलाई लामा को थोड़ा सा शामिल करना न भूलें! अगर आप ध्यान से देखें तो, यह थोड़ी-बहुत आपके आदर्श अस्तित्व की छवि है।

भले ही हम स्वयं को सचेत रूप से संसार का सबसे प्रशंसनीय, सफल या आकर्षक व्यक्ति के रूप में नहीं बनाएँ तो, हमें पहले ही दिन से संदेश दिए जाने लगते हैं कि अच्छा, खुश और सफल होने का क्या अर्थ होता है। स्वाभाविक तौर पर, हमें "कैसा व्यक्ति होना चाहिए," इसका विचार जीवन के आरंभिक वर्षों में ही

दे दिया जाता है और जब हमारे परिवार, मित्र व अध्यापक आदि हमें मूल्यांकन करने लगते हैं तो, यह और अधिक जटिल होता जाता है।

हमें अहसास भी नहीं होता और यह उत्तम अस्तित्व ही, इस बात का आंतरिक मापदंड हो जाता है कि हमें *क्या होना चाहिए।* हम लगातार अपनी हक़ीक़त के साथ इस आदर्श को मापते रहते हैं और जब-जब हम इससे कम पड़ जाते हैं तो, हमें अपने जीवन के लिए निराशा होने लगती है। हम ख़ाली महसूस करते हैं और अपने लक्ष्यों का निराशा से पीछा करते हैं।

क्या आपको इन सारी बातों से ऐसा लग रहा है कि हम आपको और अधिक "उचित" बनने, अपनी अपेक्षाओं को घटाने या एक संतोषप्रद जीवन पाने के लिए इच्छाओं का त्याग करने के लिए कह रहे हैं?

तो यह हमारा तत्वज्ञान नहीं है। उचित या अनुचित के लिए क्या मापदंड हो सकता है?

हम समझौतों से भरे निम्न जीवन जीने में भी यक़ीन नहीं रखते। हम यह भी नहीं मानते कि आपको अपनी इच्छाओं का त्याग करना चाहिए। हमारे लिए, वह स्थिति कहीं अधिक महत्त्व रखती है, जिससे हम अपनी इच्छाओं को पूरा करते हैं, फिर चाहे वे छोटी हों या बड़ीं।

तो जब अनामिका स्थिति घेर ले, तो हमें क्या करना है? और क्या होगा अगर यह सब हमने कभी जाना है?

चलिए, हम आपको बताते हैं कि किसी ने अनामिका स्थिति में जन्म नहीं लिया है।

इससे पहले कि, हम उत्तम अस्तित्व की भ्रम और अनामिका स्थिति की हक़ीक़त के मनोवैज्ञानिक अंतराल का अनुभव करें, हम अस्तित्व की सुंदर स्थिति में थे। जब हम बच्चे थे तो, अपने वर्तमान अनुभव के सिवा कुछ भी बनने या करने के बारे में नहीं सोचते थे। हम अपने अस्तित्व के साथ एक थे, भले ही वह गुस्सा, आनंद, ईर्ष्या, ऊब या फिर चुलबुला ही क्यों न हो।

अस्तित्व की इस स्थिति में हम पूरी तरह से, पूरी अटलता से अपने साथ थे। मासूमियत की यह सुंदर स्थिति अपने-आप में किसी स्वर्ग से कम नहीं थी। अप्रसन्नता हमारे लिए उसी तरह थी, जिस तरह पानी की बूँद देह से फिसल जाती है।

भले ही हमारी त्वचा या आँखों का जो भी वर्ण हो, हमें अपने से कोई शिकायत नहीं थी। भले ही हमें अंग्रेज़ी वर्णमाला या गिनती आती हों या नहीं, हम सदा शांत स्थिति में रहते थे। हम चीज़ों को अपने तरीक़े से, अपने ही समय के अनुसार सीखते थे। हर प्रयास अपने-आप में एक अनोखा रचनात्मक कार्य था।

जैसे-जैसे हम बड़े होने लगे तो, हमारे इस शांत आंतरिक भाव का स्थान कुछ ऐसे मापदंडों ने ले लिया, जो तय करते थे कि हम कभी संतुष्ट नहीं होंगे। हम अपने उत्तम अस्तित्व से जितना दूर होते गए, उतना ही पीड़ादायी अनामिका स्थिति में डूबते चले गए। जब भी जीवन हमें ठेस देता, यह अनामिका स्थिति उतनी ही शक्तिशाली हो जाती।

जब माता-पिता हमारी तुलना भाई-बहन से करते तो, हमारे भीतर महत्त्वहीन होने का भय जाग जाता। जब कोई अध्यापक दूसरे बच्चे से अच्छा बर्ताव करता है, तो हममें कुछ नहीं होने का बोध गहरा हो जाता। जब हमारा प्रेम हमें नहीं मिलता, मनपसंद नौकरी नहीं मिलती, तो कुछ नहीं होने का भय हमें खा जाता।

बहुत से लोगों ने तो यश और मान पाने के बाद भी, इस अनामिका स्थिति का अनुभव किया। परंतु, यदि वे इसी स्थिति में रहे, तो कोई पुरस्कार या सम्मान भी आनंद नहीं दे सकेगा। कृपया इसे जानें : इस अनामिका की स्थिति में हम धन का सृजन नहीं करते, हम केवल अपनी आदतवश मायूसी के गड्ढे को गहरा करते चले जाते हैं।

कृपया ठहरें। हमें एक क्षण के लिए पूरी सच्चाई जानने के लिए यह देखना होगा कि अनामिका की स्थिति कई रूपों में ऐश्वर्य का अनुभव पाने की योग्यता को सीमित कर सकती है। अनामिका स्थिति आपको निराशा में कैसे धकेल रही है? याद रखें, अगर आप चाहते हैं, कि विश्व प्रज्ञ आपको समस्याओं का हल करने में मदद करे, तो आपको सीरीन माइंड प्रैक्टिस करते हुए अपने मोह व खुदगर्जी के स्वभाव को छोड़ना होगा। हालात को एक विस्तृत नज़रिए से देखिए। देखिए कि आप अपने परिवार, संगठन व परिवेश पर कितना प्रभाव डाल सकते हैं। ध्यान के दौरान अंतर्दृष्टि या प्रेरणा के रूप में समाधान मिलेंगे या फिर किसी अनपेक्षित रूप में भी सामने आ सकते हैं।

एक सचेत लीडर के रूप में स्वयं से पूछें : ऐसी कौन सी स्थिति है जो मेरी सफलता को सशक्त कर रही है? क्या मैं आगे बढ़ने के लिए तुलना और अपने कम होने के भय को ईंधन की तरह प्रयोग में ला रहा हूँ? या मैं एक परिवर्तन लाने के लिए गहन आनंद व तड़प की स्थिति से प्रेरित हूँ।

उत्तेजित मन का उपचार

हम सभी अपने शरीर में सूजन का अनुभव करते हैं। जब कोई हानिकारक तत्व हमला करना चाहता है तो, उसे हटाने के लिए जैविक प्रतिक्रिया पैदा होती है। जब

भी ऐसा कुछ होता है तो, शरीर उस पीड़ा और उन लक्षणों से बचाव की स्थिति में आ जाता है, ताकि स्वयं को उपचार प्रदान कर सके।

कई बार ऐसी सूजन से शरीर का समत्व बिगड़ता है और शरीर में सूजन बढ़ जाती है। लंबे समय तक चलने वाली, निम्न स्तर की सूजन का ख़तरा यह है कि इसकी शांत प्रकृति में विनाशक शक्ति छिपी है। दरअसल, तनाव से पैदा होने वाली सूजन लंबे समय तक बनी रह सकती है और इस दौरान यह कोशिकाओं की मृत्यु की प्रक्रिया को तेज़ करती रहेगी। शरीर में युद्ध की यही स्थिति मधुमेह, अल्ज़ाइमर, मेनिनजाइटिस, कैन्सर या कोरोनरी हृदय रोगों के रूप में प्रकट होगी। इसलिए आज सूजन संबंधी रोगों के उपचार के लिए, कई तरह की मेडिकल खोजें की जा रही हैं।

जिस तरह शरीर में सूजन की स्थिति, लंबे समय तक बनी रह सकती है, ऐसा ही हमारे अस्तित्व के साथ हो सकता है। जो भी भावनाओं को आहत करने की सामान्य प्रतिक्रिया के रूप में आरंभ हुआ हो, वह दिल और दिमाग़ का रोग बन सकता है। और जब एक बार मन में उत्तेजना आरंभ हो जाए, तो वह कई वर्षों तक हमारे जीवन को अनिर्धारिता से बिगाड़ सकती है।

भले ही, हम अतीत के दुख से उबरने का दावा करें – हमारे जीवन को ऐसा बना दिया गया है जैसा बचपन में कभी नहीं था – परंतु, यदि हमें स्वयं का उपचार करना है, तो इस अनामिका स्थिति के भय का सामना करना ही होगा। इसी तरह एक सुंदर जीवन जीते हुए ऐश्वर्य का स्वागत किया जा सकता है। कैसे?

अनामिका स्थिति का एक लक्षण यह है, कि यह प्रायः धन से गहन रिश्ते के तौर पर हाथों में हाथ डालकर चलती है। लोग इस स्थिति में धन के साथ एक विचित्र सा संबंध रखते हैं। वे धन के लिए बहुत गहरा जुनून या फिर अरुचि रखते हैं या फिर इनके बीच झूलते रहते हैं।

आइए, पहले धन के प्रति जुनून के बारे में बात करें। हम सभी जानते हैं, कि शरीर में संक्रमण होने का पक्का लक्षण बुखार है। कई बार अनामिका स्थिति के दौरान भी यही होता है।

एक तरह के भ्रम के बीच, हम धन व स्तर के मद में चूर हो जाते हैं। यह बुखार होने पर कुछ भी स्पष्ट तौर पर नहीं दिखता। हम भविष्य के प्रति, मतिभ्रम में आ जाते हैं। काश! मेरे पास और अधिक पैसा होता। मेरे पास सब कुछ मनचाहा आ जाता : प्रेम, खुशियाँ और शक्ति। भले ही, हमारे पास कुछ कमी हो, पर ऐसी सोच से जोश और ऊर्जा मिलते हैं, परंतु लंबे समय तक ऐसा करते रहने से कुछ भी प्राप्त करना, कठिन होने लगता है। हमारी यही सोच और जुनून हमें असफलता के भय की ओर ले जाते हैं और हम अपनी चुनौतियों और समस्याओं के लिए रचनात्मक हल तलाशने के योग्य नहीं रहते।

मेई, इकेबाना कला सिखाने वाली एक टीचर थी। उसे हमेशा यही भय सताता था, कि उसके पास बुढ़ापे के लिए भरपूर पैसा नहीं होगा। हालाँकि, उसने कई वर्ष तक इसी जुनून और गणना में समय लगाया था कि उसके पास बैंक में कितना पैसा होगा – और वह *कितना ज़्यादा* कमा सकती थी। परंतु, चाहे वह कितना भी काम करे, कितना भी पैसा क्यों न कमाए, उसके मन को संतुष्टि नहीं मिलती थी और न ही वह सुरक्षित अनुभव करती। वह अक्सर अवसाद के बीच, एक लंबा समय बिताती।

जब उसने इन भावनाओं के मूल को जाना व समझा तो, उसे अहसास हुआ कि बचपन में उसे लगता था, कि वह कुछ भी कर ले, परंतु अपनी माँ को प्रसन्न नहीं कर सकती। वह दोस्तों और प्रेम के आकर्षण में भी आजीवन इसी मनःस्थिति से चलती रही। हाई स्कूल में भी, उसके मन में भरपूर पैसा कमाने का जुनून मौजूद था। उसे लगता था, कि बहुत सारा धन उसके मन से पीड़ादायी असुरक्षा की भावना को निकाल सकता था।

समय बीतने के साथ, मेई का धन के साथ विकृत संबंध होता चला गया। वह इसी गणना में लंबा समय बिताती, कि उसके पास रिटायरमेंट के समय, कितना पैसा होगा और पर्याप्त धन नहीं होने का डर भी था। इसी भय के कारण, वह लगातार काम करके और अधिक पैसा कमाने लगी। परंतु, इसके साथ ही वह बिना सोचे-समझे ख़रीदारी या ग़लत निवेश में पैसा भी लगा देती। उसे हमेशा पछतावा होता, कि उसका सारा अतिरिक्त पैसा ऐसे कामों में ही लग जाता। वह भीतर से निर्धनता की स्थिति में जी रही थी। उसका भय इतना बढ़ गया था, कि वह कई दिनों तक बीमार और थका हुआ महसूस करने लगी थी।

मेई को तब विमुक्ति मिली, जब उसे अहसास हुआ कि उसकी वर्तमान की समस्याएँ, पूरी तरह से उसकी आंतरिक स्थिति का नतीजा थी। ब्रह्माण्ड उसकी समस्याओं से परीक्षा नहीं ले रहा था, उसका उत्तेजित मन ही जीवन को नियंत्रण से बाहर ले जा रहा था। जब आने वाले महीनों में अपनी आंतरिक स्थिति के लिए उसकी जागरूकता बढ़ी, तो उसने सहज भाव से अपने इकेबाना छात्रों के साथ, एक सुंदर स्थिति से जुड़ना आरंभ किया।

मेई ने जो गहरी आध्यात्मिक यात्रा आरंभ की थी, उसने उसके दिमाग़ के न्यूरोलॉजिकल सर्किट, जो उसमें धन के प्रति जुनून और डर पैदा करते थे, उसे बदल दिया जिसने उसे धन के लिए परेशान कर रखा था। अब, वह एक सुंदर स्थिति में जीती है और उसे लगता है कि ब्रह्माण्ड उसका मित्र है, जो उसे जीवन में अनेक सुखद संयोग और अवसर प्रदान करता है।

जिस तरह बुखार हमें बीमारी के लिए चेतावनी देता है, हमारा धन के प्रति पागलपन भी किसी गंभीर रोग का संकेत हो सकता है। हम दवाओं के बल पर उसे

कुछ समय के लिए दबा सकते हैं या फिर अपनी अनामिका स्थिति का सामना करते हुए, रोग को हमेशा के लिए दूर कर सकते हैं।

अनामिका स्थिति में हम धन के साथ उपेक्षा नाम का, एक द्वितीय संबंध विकसित करते हैं। अगर, हममें से कुछ लोग अपने बैंक स्टेटमैंट के लिए जुनूनी हुए रहते हैं, तो कुछ लोग इसके विपरीत प्रदर्शन करते हैं।

उन्हें लगता है कि पैसा बुराई की जड़ है। *यह लोगों व संसार को घमंडी और बुरा बनाता है... इसका पीछा करने या सम्मान करने की कोई तुक नहीं बनती।*

ऐसी आंतरिक अरुचि ही गुस्से में बदल सकती है, जो हमें जायज़ लगती है : हमारे पड़ोसी इतना बड़ा घर कैसे बना सकते हैं, जबकि दुनिया के कई लोगों के सिरों पर छत नहीं है।

इस तरह के आत्म-निषिद्ध रिश्ते से, हम अपने ही, योगदानों का आदर नहीं करते। हमें अपनी सेवाओं के सही मूल्य के लिए माँग करने में संकोच होता है। हमें लगता है, कि लोग हमारे साथ नाइंसाफ़ी कर रहे हैं, पर हमारे भीतर इतना साहस नहीं होता कि उनसे अपना देय माँग सकें।

ज़रा और गहराई से देखें, हमने अक्सर देखा है, कि पैसे और पैसे वाले लोगों के प्रति अरुचि की जड़ अतीत से जुड़ी हो सकती है। यह दूसरा जुनून भी पहली की तरह मूर्खतापूर्ण और ख़तरनाक हो सकता है। क्या हम इसमें फँसे हुए हैं?

अगर आप छोटी आंतरिक यात्रा के साथ सहज हैं, तो यहीं ठहरें। हम अपनी श्वास को धीमा करते हुए, वर्तमान क्षण से जुड़ते हैं।

आइए, अपने आंतरिक सत्य के भीतर जाएँ। कृपया स्थिर बैठें और निरीक्षण करें। धन के साथ हमारा क्या संबंध है? क्या इसके लिए हमारे मन में कोई जुनून है? क्या यह जूते में छिपे कंकड़ की तरह है जो हर क़दम चलने पर हमारे पैर में चुभता है? क्या हम धन के लिए नफ़रत रखते हैं?

कितनी बार कुछ न होने का अहसास हमारे मन को घेरता है? कितनी बार हमें लगता है कि हमारे जीने या मरने से किसी को कोई अंतर नहीं पड़ता? क्या भविष्य में कुछ बनने के जुनून ने आपको जीने, जुड़ने और महसूस करने से रोका है? क्या आपके लिए प्रचुरता आत्म-अन्वेषण की आनंद स्थिति से आई है या संसार के साथ अपने उपहार बाँटने की इच्छा रखने की वजह से आई है?

हमें भय की दुख स्थिति के लिए स्वयं को फटकारना नहीं चाहिए। इसके विपरीत, हमें स्वयं को बधाई देनी चाहिए। हम असत्य से सत्य की ओर जा रहे हैं, जो एक सुंदर स्थिति की कुंजी है।

हम इस अनामिका स्थिति से मुक्त हो सकते हैं। दरअसल, हमें ऐसा करना भी चाहिए। ऐसी दुख स्थिति हमारे आसपास नकारात्मक ऊर्जा क्षेत्र तैयार करती है।

हम सब इसके साक्षी रहे हैं, है न? हमने ऐसे लोग देखे हैं, जो धन के प्रति जुनून रखते हुए ऐसे अविवेकी निर्णय लेते हैं, जो उनके संपर्क में आने वाले प्रत्येक व्यक्ति को प्रभावित करते हैं। हमने देखा है कि अनामिका स्थिति किस तरह काम के लिए जुनून या अवसाद के रूप में प्रकट होती है। यदि कोई ऐसी स्थिति में हो, तो उसके आसपास रहना सरल नहीं होता। वे अक्सर अपने भीतर से आक्रोश या शर्म से इतने भरे होते हैं कि उन्हें किसी का स्नेह अनुभव नहीं होता।

स्थूल रूप से, अनामिका स्थिति एक ऐसा बल बन जाती है, जो धन को हमारी ओर प्रवाहित नहीं होने देती। यह हमारी प्रज्ञा को रोकती है। यह शुभता को हमारी ओर नहीं आने देती। यह हिंदू संस्कृति के अनुसार, धन की देवी लक्ष्मी के लिए दरवाज़े बंद कर देती है और उसे हमारे जीवन में प्रवेश नहीं करने देती।

परंतु हम इससे मुक्त हो सकते हैं।

आपको आर्किटेक्चर फ़र्म वाले सीईओ माइक के बारे में याद होगा? उसकी आंतरिक यात्रा के कारण आर्थिक सुरक्षा के लिए, अपने प्रयत्न को नहीं छोड़ा। परंतु, उसने कुछ और छोड़ दिया। अब उसके ये काम अधूरेपन से नहीं आ रहे थे। अब, वह उन सबसे नाराज़ नहीं था, जो उसका उपहास करते थे या जिन्होंने उससे साझेदारी तोड़ दी थी। अब उसके भीतर समाज में अपनी खोई हुई छवि को फिर से बनाने की ललक भी नहीं थी।

माइक, एक शांत निर्भीकता की सुंदर स्थिति के प्रति जाग्रत हुआ। अब उसे पता था, कि उसकी स्थिति और कार्य उसे कितनी हानि पहुँचा रहे थे। अब उसके पास पश्चाताप करने के लिए कुछ नहीं था। उसके परिवर्तित चैतन्य की शक्ति ने उसे एक नए उद्‌देश्य के लिए जाग्रत किया : उसने भलाई करने के लिए अपने ज्ञान के प्रयोग करने का निर्णय लिया।

आज उसके आसपास एक नई टीम है। जब हम इन शब्दों को लिख रहे हैं, वह अपनी टीम के साथ मिलकर, कुछ सीखने और जानने के जिज्ञासु लोगों के लिए, ऑनलाइन आर्किटेक्चर संबंधी समाधान प्रस्तुत कर रहा है। शांति और तड़प की सुंदर स्थितियों से काम करते हुए, वे एक-एक ईंट जोड़कर अपना सपना पूरा कर रहे हैं। इस बार तरक़्क़ी की यात्रा भीतर से प्रयासरहित है।

एक सचेत सृष्टिकर्ता बनें

इस संसार में धन के सृजन पर, सबसे अधिक चर्चा होती है। निःसंदेह आपने भी बहुत सी तकनीकों और योजनाओं के बारे में सुना होगा कि धनवान कैसे बनना है।

एक सचेत धन सृष्टिकर्ता बनने की यात्रा बहुत अलग बात है।

हम ऐश्वर्य सृजन करने के लिए एक सचेत पहल की हिमायत करते हैं - जो उन विनाशक स्थितियों से एक क़दम आगे है, जो हमें हमारे सपनों को साकार नहीं करने देतीं और यह एक ऐसे चैतन्य की ओर छलाँग है, जो पूरी तरह से रचनात्मक और जागरूक है। अब, आपको अभाव की स्थिति से कुछ रचने, बनाने या प्राप्त करने की आवश्यकता नहीं है। आप सीखेंगे कि रचनात्मकता की गहराई से कैसे कुछ अर्जित किया जा सकता है।

जब साधक चैतन्य की यह यात्रा करते हैं, तो वे अपने जीवन में अवसरों को पाते हैं और चमत्कारी समकालिक घटनाओं के अनुभव करते हैं। जीवन की धारा के विपरीत लड़ने के स्थान पर, एक विशाल प्रवाह उन्हें नदी रूपी जीवन के अनेक अद्भुत किनारों तक ले जाता है।

सचेत ऐश्वर्य सृष्टिकर्ता कौन है ?

सचेत ऐश्वर्य सृष्टिकर्ता उस स्थिति के लिए जागरूक होता है, जिससे वह धन और सफलता हासिल करना चाहता है।

वह अपने किए जा रहे काम के पीछे, छिपे उद्देश्य के बारे में जागरूक होता है। उसे यह भी अच्छी तरह पता होता है, कि उसके द्वारा अर्जित किए गए धन के कारण उसके आसपास का पारिस्थितिकी तंत्र कैसे प्रभावित हो सकता है।

मैं आपके साथ, एक संगठन के जाने-माने सीईओ का अनुभव बाँटना चाहूँगा।

कुछ वर्ष पूर्व, यह नवनियुक्त सीईओ और उसकी पत्नी एकैडमी में अपने परिवर्तन की पहली यात्रा पर पहुँचे।

सीईओ की कपंनी, आर्थिक समस्या से जूझ रही थी और बोर्ड ऑफ़ डायरेक्टर्स की मीटिंग में यह भार उस पर ही डाल दिया।

उसने भी, वही निर्णय लिया जो अधिकतर लीडर ऐसे संकट से जूझने के लिए करते। उसने ख़र्चे घटाने के लिए लोगों को काम से निकालने की योजना बना ली।

उसने भारी मन से अपनी पत्नी को इस योजना के बारे में बताया तो, उसने एक सवाल पूछा। "मैं समझ सकती हूँ कि तुम ये निर्णय ले रहे हो, परंतु तुम ये निर्णय किस स्थिति से ले रहे हो - डर से या प्रेम से?"

सीईओ ने आध्यात्मिक ध्येय के पहले परम रहस्य के साथ जुड़ते हुए, अपनी यात्रा आरंभ की। वह सचेत हो गया, कि वह एक सुंदर स्थिति की बजाए दुख स्थिति से इस चुनौती का प्रत्युत्तर दे रहा था। वह पूरी निश्चितता के साथ जानता था, कि उसका दुख उसे और निराश और मूर्ख बना रहा था। दुख स्थिति ही उसकी ओर अधिक समस्याओं को ला रही थी। सीईओ ने इन दुखों को दूर करने और अपनी कंपनी की चुनौतियों को सुंदर स्थिति से दूर करने के लक्ष्य के साथ, आंतरिक सत्य के दूसरे परम रहस्य की यात्रा आरंभ की। उसे अहसास हुआ कि उसके ये निर्णय संगठन के लिए विस्तृत नज़रिया रखने की बजाए, आत्म-सुरक्षा व आत्म-जुनून पर आधारित थे और वह ये निर्णय भय से ले रहा था। उसे भय था कि बोर्ड उसे किस रूप में लेगा और वह स्वयं को निदेशकों की नज़र में सफल साबित करने के लिए व्याकुल था।

जब उसने इस भय को पहचान लिया तो, उसने स्वयं से पूछा : मैं इस हालात के लिए किस स्थिति से प्रत्युत्तर देना चाहता हूँ?

उसका उत्तर उसके सामने था। ध्यान के समय उसने देखा, कि वह अपने कर्मचारियों के साथ, परस्पर संबंध की एक स्थिति में जुड़ रहा था। उसने महसूस किया, कि अगर क्रिसमस के ठीक पहले उनकी नौकरी न रही तो, वे कैसा महसूस करेंगे।

फिर, उसने आध्यात्मिक योग्य कृत्य के चौथे परम रहस्य का पालन किया। एक स्पष्ट संकल्प और ईश्वर के प्रति भरोसे के साथ, उसने सारी कंपनी को एक परिवार की तरह, साथ आने के लिए प्रेरित किया और उत्पादन से लेकर पैकेजिंग, माल भेजने और प्रचार करने तक हर स्तर पर व्यय में कटौती करने के लिए कहा।

संगठन में उसके परस्पर बंधन की स्थिति ने सबको गहरे स्तर पर प्रभावित किया। वे सब एक साथ आए और लक्ष्य को साकार कर दिखाया। इस तरह कंपनी भी बच गई।

उसके पक्ष में अन्य परिवर्तन भी घटने लगे।

जब क्रिसमस आया, तो अर्थव्यवस्था पलट गई। माँग बढ़ गई - कंपनी इस माँग को पूरा कर सकी क्योंकि उन्होंने अपने कर्मचारियों को काम से नहीं निकाला था।

उसके कार्यकाल में, कंपनी ने साल दर साल उल्लेखनीय प्रगति की।

चार पुरुषार्थ, दो मार्ग

भले ही, हम निजी तौर पर धन या फिर किसी भी चीज़ का प्रदर्शन करना पसंद नहीं करते, हम आपके साथ उस ज्ञान को बाँटना चाहते हैं, जिसने हमें पिछले बाईस

वर्ष के वैवाहिक जीवन के दौरान, एक सफल अंतर्राष्ट्रीय व्यवसाय बनाने में,सहायता प्रदान की और हमारे अनेक छात्रों को सचेत धन निर्माता बनने में मदद की।

प्राचीन भारतीय संतों के अनुसार, मानवता की सारी इच्छाओं को चार वर्गों में विभक्त किया जा सकता है :

- अर्थ – धन व सुख-सुविधा तथा वैभव जो धन से मिल सकता है
- काम – प्रेम के विविध रूप जैसे स्नेह, अंतरंगता, सम्मान व करुणा
- धर्म – अपने परिवार, संगठन या संसार के लिए परिवर्तन लाने का संकल्प
- मुक्ति – एक आध्यात्मिक जागृति, इसे मुक्ति भी कहते हैं, जिसमें आप दुख तथा अलगाव के भ्रम से मुक्त हो जाते हैं

हमारी इच्छाएँ कोई भी क्यों न हों, वे इन चारों में से किसी एक वर्ग में ही आती हैं। हालाँकि हमारा पालन-पोषण इसी संस्कृति के बीच हुआ, परंतु जब हमने ओ ऐंड ओ एकैडमी के पाठ्यक्रम को तैयार करने का कार्य हाथ में लिया, तो इस प्राचीन ज्ञान के बारे में महान बोध हुआ।

ये चारों लक्ष्य तथा मानवता की *सारी* इच्छाएँ - एक सुंदर स्थिति या फिर दुख स्थिति से पूरी की जा सकती हैं।

आइए सबसे पहले धर्म को देखते हैं।

हम सबको अपनी ज़िम्मेदारियाँ पूरी करनी हैं : बच्चों को माता-पिता के प्रति, जीवन-साथी को एक-दूसरे के प्रति, नागरिकों को समाज के प्रति। परंतु जब हम तनावग्रस्त स्थिति से अपनी भूमिका निभाते हैं तो, वे हमारे लिए ऐसे बोझ बन जाते हैं, जिसे झेलना ही पड़ता है। हम अपने काम इसलिए करते हैं, क्योंकि हम आदर्शों से प्रेरित होते हैं या फिर हम एक प्रणाली में अपनी भूमिका निभाने की कोशिश में होते हैं। परंतु, हमारा अपने काम में मन नहीं लगता।

जब हम सुंदर स्थिति की ओर गतिशील होते हैं, जिसका सार ही परस्पर बंधन है, तब हमारा धर्म परिवार, समुदाय व समाज को पोषित करने की तड़प में बदल जाता है। हम कुल मिलाकर सबके कल्याण के लिए, अपने कौशल व प्रभाव का प्रयोग करते हैं। हम सभी चीज़ों के परस्पर संबंध को पहचानते हुए, यह समझते हैं कि हमारी स्थिति व कार्य, जीवन के हर पहलू पर विस्तृत प्रभाव डाल रहे हैं। जब हम सहज भाव से पैदा किए गए, इस प्रभाव पर विचार करते हैं तो, क्या हममें से कोई भी अनामिका की स्थिति में नहीं हो सकता है?

इसी तरह, प्रेम को पाने की इच्छा, काम के पुरुषार्थ को भी इसी अनामिका स्थिति से पूरा किया जा सकता है। जब ऐसा होता है तो, प्रेम पाने की इच्छा एक

ऐसी अंतहीन आशा बन जाती है, जो कभी पूरी नहीं होती। हम हमेशा दूसरों को प्रसन्न करने में लगे रहते हैं या चाहते हैं कि वे हमें प्रसन्न करें। सुख पाने की यह इच्छा अनियंत्रित जुनून बन जाती है।

यदि हम 'काम' के इस लक्ष्य को सुंदर स्थिति के साथ पाने की कोशिश करें, तो उससे उत्पन्न होने वाला प्रेम पोषित करने वाला, उत्थान और विमुक्त करने वाला होगा।

अगर आध्यात्मिक जिज्ञासा या मुक्ति भी अनामिका स्थिति से जन्म लेती है तो, यह केवल प्रदर्शन के लिए संचित ज्ञान और आध्यात्मिक कौशल की आक्रामक प्रक्रिया और महत्त्वाकांक्षा बनकर रह जाती है। हम दूसरे अलौकिक जगत की आत्म-छवि की आड़ में असल जीवन की चुनौतियों से बचने का प्रयत्न करते हैं – और नतीजन स्वयं को निराशा, संघर्ष व अकेलेपन के रास्ते पर गहराई तक उतरा हुआ पाते हैं। यही कारण है कि पुण्यात्मा भी स्वयं को ऐसा महसूस करते हैं, मानो संसार से उनका संघर्ष जारी है और हममें से कुछ सबसे उदार व्यक्ति भी इस प्रलाप को रोक नहीं पाते कि, हर किसी के लिए यह सब इतना आसान क्यों है?

अनामिका स्थिति में आध्यात्मिक रास्ते पर चलने वाले व्यक्ति का नाम लेना हो, तो महात्मा बुद्ध के चचेरे भाई देवदत्त का उदाहरण लिया जा सकता है। देवदत्त सुंदर और ज्ञानी था और कई बार उसे वाणी में बुद्ध से भी दक्ष माना जाता था।

प्रसंग के अनुसार, जब वे दोनों छोटे थे तो, एक बार देवदत्त के तीर से घायल हंस बुद्ध के पैरों के पास आ गिरा। बुद्ध ने तुरंत उस घायल पक्षी की मरहम-पट्टी करके उसे स्वस्थ कर दिया। देवदत्त का दावा था कि हंस को उसने मार गिराया इसलिए वह उसका था, पर घर के बड़े लोगों ने निर्णय लिया कि वह हंस बुद्ध का था क्योंकि उन्होंने उसे जीवनदान दिया।

संभवतः वही देवदत्त के भीतर अनामिका स्थिति का आरंभ रहा होगा, या फिर वह उससे पहले की किसी और घटना के साथ आरंभ हुई होगी। जब बुद्ध, मुक्ति पाने के बाद अपने घर वापस लौटे, तो देवदत्त ने उनके मठ में दीक्षा ले ली – परंतु उसके मन में दबी इच्छा यही थी कि वह किसी तरह स्वयं को महान गुरु के रूप में साबित कर सके। उसने बहुत बड़े-बड़े तप किए परंतु एक असंतुष्ट व्यक्ति के रूप में ही उसकी मृत्यु हो गई।

भले ही हम इस प्रसंग विशेष में, महात्मा बुद्ध की तरह क्यों न बनना चाहें, देवदत्त के लिए सहानुभूति प्रकट करना भी कठिन नहीं है। हममें से ऐसा कौन है जिसने अपने संबंधियों या मित्रों की महानता पर ईर्ष्या का अनुभव नहीं किया होगा? हममें से ऐसा कौन होगा जो अपने किसी भाई-बहन या मित्र को सभी सीमाओं से पार जाते देख, आंतरिक संघर्ष में डूबा नहीं था?

यही अनामिका स्थिति का दुर्भाग्यपूर्ण बल है और हम इसे कम क्यों नहीं आँक सकते। इसका नीचे की ओर ले जाने वाला खिंचाव बहुत ही लुभावना है, जो हमें चौथे पुरुषार्थ पर लाता है। जिस तरह धर्म को भार नहीं मानना चाहिए, ऐश्वर्य भी दिन–रात के जुनून से पैदा नहीं होता।

सचेत ऐश्वर्य सृजन, जो कि अर्थ का महानतम लक्ष्य है, उसे हम केवल सुंदर स्थिति से अर्जित कर सकते हैं। सुंदर स्थिति में हम हमेशा जीतने या कुछ खोने के भय से त्रस्त नहीं रहते। धन का निर्माण कोई जंग जीतने जैसा नहीं होता। सफलता जीवन–मरण का सवाल नहीं बन जाती। सफलता की ओर, हमारी यात्रा आनंदायक होती है। ऐसे चैतन्य में रचनात्मकता का विस्फोट होता है। धन स्वयं हमारी तलाश में आता है।

इस परस्पर बंधन और रचनात्मक स्थिति के साथ, हमारे भीतर एक उद्देश्य पैदा होता है, जिसकी हम आशा करते हैं, कि वह हमारी आने वाली पीढ़ियों में भी जीवित रहेगा। यह हमारी बुद्धिमत्ता, क्षमताओं और प्रतिभाओं को देखने के साथ आरंभ होता है। ये केवल हमारे प्रभाव या संपन्नता के विस्तार का साधन नहीं रहते, ये एक व्यक्ति, परिस्थिति या हमारे आसपास के संसार को परिवर्तित करने का साधन बन जाते हैं।

परंतु, जब ऐसा लगता है कि हमारे पास कोई उद्देश्य तो है – लेकिन, यह हमें दुख और तनाव से मुक्त करने हेतु पर्याप्त नहीं है, तो हमें क्या करना चाहिए?

परस्पर संबंध की सुंदर स्थिति से जीवन के उद्देश्य को पूरा करना

मैं आपको एक कोरियाई युवक की कहानी सुनाता हूँ जिसने, जानवरों के जीवन में सुधार लाने के लिए एक कंपनी बनाई। वह हमारे पास आया, तो अवसादग्रस्त और आत्महत्या के विचारों से घिरा था क्योंकि उसका मानना था कि वह एक लीडर के रूप में असफल रहा।

हममें से अधिकतर लोग सोचते हैं कि काम में अप्रसन्नता का कारण उद्देश्य का अभाव होता है। पर उसके पास एक उद्देश्य था, वह सदा ही पशुओं के जीवन को बेहतर बनाने के लिए, तकनीक का प्रयोग करना चाहता था, उसने कॉलेज में पढ़ाई के दौरान ही, यह तकनीक तैयार करनी आरंभ कर ली थी।

या फिर शायद हमें लगा कि अपने उद्देश्य को पूरा न करने के कारण ही वह अप्रसन्न था। परंतु, उसकी कंपनी सफल थी और तेज़ी से आगे बढ़ रही थी।

फिर हमें लगा कि कॉर्पोरेट अनुक्रम में कमी के कारण वह उदास था। परंतु, हमारे छात्र के लिए उस क्षेत्र में भी कोई अभाव नहीं था।

तो उसकी पीड़ा का क्या कारण था? उसे ऐसा क्यों लगता था, कि अपने उद्देश्य के अनुसार एक सफल कंपनी का मालिक होने के बाद भी वह असफल रहा?

उसने अपनी यात्रा के दौरान, हमें अपने बारे में और गहराई से बताया। उसने कहा, कि पिछले पाँच वर्षों के दौरान सौ से अधिक कर्मचारी काम छोड़ने का निर्णय कर चुके थे। वह बहुत मनाने के बाद ही, उन्हें कंपनी में रख सका। परंतु उसे यक़ीन नहीं था, कि वह उन्हें हमेशा काम करने के लिए राजी रख सकेगा। वह थक गया था। वह लोगों को काम के लिए ज़ोर देने, पैसे का लालच देने और लगातार राजी करने के सिलसिले से तंग आ गया था।

एकैडमी में एक आध्यात्मिक यात्रा के दौरान, उसे अहसास हुआ कि उसकी यह थकान काम के कारण नहीं, बल्कि उसकी आंतरिक स्थिति के कारण थी। वह उस आदमी की तरह था, जो ट्रेडमिल पर पैर रख चुका था पर उससे उतर नहीं पा रहा था। वह लगातार अपने पिता के आगे अपनी क्षमता को साबित करता रहा था। कंपनी में आने वाले होशियार कर्मचारियों से कम न समझे जाने की जी-तोड़ कोशिश में लगा रहा। उसने हर मीटिंग में डायरेक्टर्स का सम्मान पाना चाहा।

उसने देखा कि उसकी सारी उपलब्धियों के मूल में खुद को साबित न कर पाने का भय छिपा था। वह एक असंबंधित इंसान था, जो अपने कर्मचारियों का आदर नहीं करता था। उसके साथ उनके संबंध केवल पैसे के लेन-देन तक सीमित थे।

जब उसने अपने भीतर झाँका तो, उसके अंदर अपने कर्मचारियों के लिए आभार का भाव पैदा हुआ जो कंपनी की सफलता और उन्नति के लिए अपना योगदान दे रहे थे। अब उनकी निराशा और असंतोष उसके लिए मायने रखने लगे थे।

उसकी परिवर्तन से भरी यात्रा के नौ महीनों बाद, उसने कहा कि धीरे-धीरे संगठन की धारा में बदलाव आने लगा था। उसने सारी टीम को एक आपसी सामंजस्यता की सुंदर स्थिति तक आने में मदद की।

इस कहानी के साथ ही जाना जा सकता है, कि उद्देश्य की भावना को तनावपूर्ण स्थिति धूमिल कर सकती है। जब आपका काम, करियर और लक्ष्य तनावपूर्ण स्थिति से चलते हैं तो, आपका करियर विनाशक अवचेतन के लिए युद्ध भूमि बन जाता है।

जब आपका काम सुंदर स्थिति से प्रेरित होता है तो, वह विश्व प्रज्ञ की दैवीय उपस्थिति का क्रीड़ा-क्षेत्र हो जाता है।

आपके अस्तित्व की स्थिति उस घोड़े के समान है, जो गाड़ी को मनचाही दिशा में ले जाता है। यह गाड़ी आपका करियर, काम पर आपके रिश्ते या फिर सारे पारिस्थितिकी तंत्र पर आपका प्रभाव भी हो सकता है।

आपकी स्थितियाँ मार्गदर्शन करती हैं और आपका जीवन उसका अनुसरण करता है।

आप कहाँ जा रहे हैं ?

आइए, कुछ अहम सवालों पर ग़ौर करें : आप कहाँ जा रहे हैं? और आपका दिशानिर्देशन कौन कर रहा है? आप किस स्थिति से अपनी टीम का नेतृत्व कर रहे हैं? आपका मैनेजर किस स्थिति से टीम का नेतृत्व कर रहा है? आप अपने संगठन में कैसी संस्कृति चाहते हैं? एक तनावपूर्ण स्थिति या सुंदर स्थिति? एक परस्पर संबंध स्थिति या वियोजन की स्थिति?

कृपया ठहरें। इस क्षण में आपके करियर का निर्णय कौन प्रेरित कर रहा है ? क्या आप अपनी व्याकुलता का पीछा कर रहे हैं ? क्या काम केवल उत्तरजीविता का साधन है ? क्या आप पैसा होने पर, पल भर में नौकरी छोड़ देंगे ?

या फिर आप अपनी निराशा और गुस्से का पीछा कर रहे हैं ? क्या आपका काम, स्वयं को, अपने जीवन-साथी, आपके माता-पिता, आपके भाई-बहन, आपके दुश्मन या अनुयायियों के आगे अपनी क्षमता को साबित करने का साधन है ?

शायद आप अपनी नीरसता का पीछा कर रहे हैं ? क्या काम नीरसता से बचने या समय बिताने का एक साधन है ?

आप किसका पीछा कर रहे हैं ?

आप कहाँ जाने की कोशिश कर रहे हैं ?

कृपया अपने आंतरिक सत्य को विरोध किए बिना देखें।

मनन के अंत में, आपके आगे क्या प्रकट हुआ? क्या आप अपने आनंद, आभार या फिर करुणा का पीछा कर रहे हैं? क्या आपने भय और व्याकुलता को संपन्नता के मार्ग को रोकने दिया?

जब आप धन के चैतन्य के लिए जाग्रत होते हैं तो, आप सृजन की सारी प्रक्रिया का आनंद उठाते हैं। आप सजग भाव से जानते हैं, कि आपकी सेवा के कारण दूसरों का जीवन किस तरह प्रभावित हो रहा है। आप सचेत भाव से जानते हैं, कि दूसरों के काम और सेवा का आप पर क्या प्रभाव हो रहा है?

क्योंकि, भले ही आपने इस बारे में सोचा हो या नहीं, इसका प्रभाव *अवश्य* होता है।

मैं आपके साथ एक प्रसंग बाँटना चाहूँगा, जिससे एक शक्तिशाली सत्य प्रकट होता है।

एक आदमी एक दिन अपनी कार चला रहा था। उसने हमेशा की तरह वही घुमावदार मोड़ लिया, जो वह हमेशा लेता था। पर इस बार कार एक बड़ी चट्टान से टकराई और सड़क पर लुढ़क गई। वह सड़क पर गिरा और कुचलकर मारा गया।

परंतु, कहानी यहीं ख़त्म नहीं हुई। आधुनिक विज्ञान के चमत्कारों के कारण, आईसीयू ने उसे जीवनदान दिया – जैसे ही, उसके प्राण वापस आए, वह एक पूरी तरह से अलग व्यक्ति बन गया था।

क्या हुआ?

उसके होश में आने से ठीक पहले, उसने अपने सारे जीवन को आँखों के समक्ष होते देखा। अंतर केवल इतना था उसने जीवन को बाहर से देखा – हर उस जीवित प्राणी के नज़रिए से देखा, जिसके वह कभी संपर्क में आया था।

उसने स्वयं को एक बच्चे के रूप में देखा, जो बकरी को छड़ी से पीट रहा था, पर इस बार उसने उसी पीड़ा व सदमे को अनुभव किया, जो बकरी ने अनुभव किया होगा। उसने स्वयं को, स्कूल के दूसरे बच्चों को सताते हुए देखा पर इस बार उसने उनके अपमान व भय को अनुभव किया। इस दौरान उसने अपने सारे जीवन को एक फ़िल्म की तरह सामने देखा, जिसमें वह अक्सर खलनायक की तरह पेश आ रहा था, उसके मन में गहरी उदासी छा गई।

उसे अहसास हुआ, दूसरों और मेरे बीच हमेशा एक दीवार रही और वह दीवार स्वयं मैं ही था।

वह अपने व्यर्थ जीवन पर, विचार करते हुए गहरे दुख का अनुभव करने लगा।

अचानक उसे कुछ दूसरी यादों ने घेर लिया। कई बार सुबह, वह उसी पहाड़ी रास्ते से काम पर जाता था जिस जगह कार का संतुलन बिगड़ा था। उस जगह से कुछ कछुए, सड़क पार करते थे। वह आदमी जानता था, कि अगर उस जगह से तेज़ कार चलाई गई, तो कछुए नीचे कुचलकर मर सकते थे। तो वह अपनी गाड़ी कोने में लगाता और अपने काम पर जाने से पहले, उन कछुओं को उठाकर उसी दिशा में कोने तक छोड़ आता, जिस ओर वे जाना चाहते थे।

जब वह बेहोशी के दौरान अपना दयालुता से भरा यह काम देख रहा था, तो वह स्वयं नहीं, बल्कि एक कछुए की तरह महसूस कर रहा था जिसे वह उठाकर गोद में आराम से सुरक्षित ले जाया करता था। उस एक क्षण में उसका हृदय प्रेम से खिल उठा। उसने जीवन के सभी रूपों से गहरा संबंध अनुभव किया। उसे अहसास

हुआ कि जब हम किसी के जीवन को आहत करते हैं तो, हम जीवन की सारी संरचना को आहत करते हैं। जब भी हम एक-दूसरे को प्रेम और देखरेख देते हैं तो, उससे वह संरचना पोषित होती है।

यह बोध पाते ही, वह अपनी देह में लौट आया। वह जानता था, कि अब उसके पास जीने के लिए एक अलग जीवन था, एक अलग अनुभव था जो उसे संसार को देना था।

एकैडमी में आने वाले लोगों के चैतन्य में जो परिवर्तन होता है, वे सभी अनोखे हैं। कई छात्रों ने हमारे साथ अपनी अंतर्दृष्टि बाँटी जो इस व्यक्ति के अनुभव जैसी ही थी, जिसे उसने मृत्यु के बहुत निकट पहुँचकर पाया। जब लोगों को चैतन्य के विस्तृत स्तर का प्रत्यक्ष अनुभव होता है, तो उनके लिए संसार का दृष्टिकोण अपने-आप ही बदल जाता है।

पहली बार, उन्हें उनके जीवन की विस्तृत समझ मिली, उन्होंने अपने कर्मों के प्रभाव और जीवन की उस संपन्न संरचना को जाना, जो हम सबको सहयोग देते हुए पोषित करती है।

अंतः संबंध के प्रति जाग्रत हों

हम ऐसे संसार में रहते हैं जो आपस में जुड़ा है।

हमारे कृत्य बहुत महत्त्व रखते हैं।

कई वर्षों तक लाखों लोगों के परिश्रम और अंतर्दृष्टि के बल पर आज, मैं और आप आरामदायक दिन का अनुभव ले रहे हैं। आप और मैं जिस स्वादिष्ट भोजन का आनंद ले रहे हैं, वह भी लाखों लोगों के अथक प्रयासों का फल है। और हममें से प्रत्येक उन लाखों में से है, जो इस संसार को जीवंत बनाए रखता है! हर सुबह जब हम घर से काम के लिए निकलते हैं, तो हम वास्तव में एक लक्ष्य के प्रति योगदान देते हैं, जिसे "सामंजस्य युक्त संसार" कहते हैं।

जब भी आप अपने मैक पर कुछ टाइप करते हैं... जब भी आप अपने जोखिम भरे प्रयोगशाला कार्य के लिए विशेष तौर पर बना सूट पहनते हैं... जब भी आप किसी नए व्यावसायिक अवसर पर विचार करते हैं, जब भी आप कक्षा में छात्रों को कविता पढ़ाने के लिए एक पृष्ठ खोलते हैं... जब भी आप विमान में सवार तीन सौ यात्रियों को उनकी मंज़िल पर सुरक्षित पहुँचाते हैं... जब भी आप विविध प्रकार के कामों में लगे रहते हैं... आप वास्तव में संसार को आपसी सामंजस्य में रहने के लिए मदद कर रहे हैं और आप इस सुंदर धरती के सामंजस्य और वहनीयता के लिए अमूल्य बन जाते हैं।

जब हम परस्पर संबंध की इस स्थिति के प्रति जाग्रत होते हैं तो, हमारी क्षमता में अपने-आप निखार आ जाता है। हम निजी स्तर पर और हमारे संगठन के प्रत्येक सदस्य तथा संसार की सफलता के लिए, अपने पूरे योगदान का भी आनंद उठाने लगते हैं।

हमारी एक छात्रा, फ़ैंसी सैलून में हेयर स्टाइलिस्ट थी। वह अक्सर दिन के अंत में एक अजीब सी उदासी और निरर्थकता के बोध से घिर जाती। वह अपनी चतुर बातों से ग्राहकों का मनोरंजन करती, पर भीतर से अधूरापन महसूस होता था। हर रोज़ लोगों के बाल काटना और रंगना बहुत ही एकरस क्यों लगता था?

जब हम उसे अपनी प्रक्रियाओं में लेते गए तो, वह प्रेम की गहरी स्थिति के प्रति जाग्रत हुई। नतीजतन, काम के लिए उसके अनुभव में संपूर्ण परिवर्तन आ गया। आज वह अपने ग्राहकों की आंतरिक स्थितियों से जुड़ सकती है। अब वह सोचती है कि जब नौकरी करने वाली माँ दिन भर के काम के बाद अपने बाल सेट करवाती है तो, उसे कितनी ख़ुशी मिलती होगी। वह समझ सकती है कि जब कोई युवक अपने नए लुक के साथ कॉलेज में पहले दिन जाता होगा, तो उसके आत्मविश्वास में कितनी बढ़ोतरी होती होगी। हमारी छात्रा अपने ग्राहकों से जुड़ने लगी जो उसके लिए उत्तरजीविता के करियर के रूप में आरंभ हुआ था। यह अब लोगों पर प्रभाव डालने के लिए प्रेम से भरे कार्य में बदल गया है।

परंतु वह वहीं नहीं रुकी। सच तो यह था, कि वह स्टाइलिस्ट से परे अपनी भूमिका का विस्तार चाहती थी। उसके असंतोष का एक कारण यह भी था, कि वह जीवन से कुछ और ज़्यादा पाना चाहती थी। उसके अनुभव से उसे वह साहस मिला और अपने कुछ पर्यावरण अनुकूल उत्पाद लांच करना चाहती थी।

जब हम धन के सृजन के लिए सचेतन भाव से क़दम उठाते हैं, हममें अपने साथ काम करने वाले लोगों और हमारे काम से प्रभावित होने वाले लोगों के प्रति प्रेम जाग्रत होता है। हमारा हृदय जाग्रत होना चाहिए। यदि हम यह परवाह नहीं करते कि सामने वाला क्या महसूस करता है तो, हो सकता है कि उनके साथ काम तो करें पर बुनियादी रूप से हम अकेले हो जाएँगे और अपनी तनावपूर्ण स्थिति से घिरकर रह जाएँगे। जब हम आपस में जुड़ाव महसूस करते हैं, तभी हम सुरक्षा, सहयोग व पोषण की भावना का अनुभव कर पाते हैं।

हो सकता है, कि आपके मन में अब भी संदेह हो, कि क्या परस्पर संबंध की स्थिति को बनाना ही काफ़ी होगा। अगर आप भी ऐसा ही सोचते हैं तो, आप अकेले नहीं हैं।

एक छात्र ने एकैडमी में पहले ही दिन प्रश्न किया था, "दूसरे लोगों से परस्पर संबंध से जुड़ना इतना महत्त्वपूर्ण क्यों है?"

स्कॉट युवा और सफल था। वह बत्तीस वर्ष की आयु में ही, अपने संगठन में अच्छे प्रबंधकीय पद तक आ गया था।

वह स्वयं को एक आत्म-निर्मित व्यक्ति मानता था।

"मैं इस मेज़, मेरी मनपसंद कार, अपने कौशल व योग्यता से संबंध महसूस कर सकता हूँ। मुझे उन मनुष्यों पर निर्भर क्यों होना चाहिए, जो कभी भी बदल सकते हैं? मैं केवल अपने पर, अपनी क्षमताओं और अपनी प्रिय वस्तुओं पर भरोसा करता हूँ।"

फिर उसने बाद में कहा, कि वह हमारे कैंपस में इसलिए आया था, क्योंकि वह जीवन में खोया हुआ महसूस कर रहा था। वह अक्सर उठते ही स्वयं को तीन तरह के प्रश्नों से घिरा पाता था :

1. इस संगठन के लिए मेरी ऊर्जा और रचनात्मकता देते रहने की क्या तुक है?
2. मैं यह सब क्यों कर रहा हूँ?
3. और मैं यह सब किसके लिए कर रहा हूँ? मैंने इतने समय से जिस टीम को सँभाला, आज शायद उसे ही मेरी ज़रूरत नहीं है।

स्कॉट को अपनी अंदरूनी यात्रा के दौरान अहसास हुआ, कि उसकी पिछले कुछ वर्षों की मानसिक ठेस ने उसे प्रतिक्रिया शील बना दिया था। उसने लोगों से मिली मायूसी को उनसे संपर्क तोड़ देने का बहाना मान लिया था।

क्या आजीवन भी इसी तरह वियोजित व्यक्ति बनकर रहना चाहता था?

जब स्कॉट ने यह निर्णय लिया कि वह अपने गुस्से और मायूसी को त्याग देगा, तो अपने बारे में अभिप्राय बदला और जीवन में भी बदलाव आने लगा। अब वह स्वयं को आत्म-निर्मित व्यक्ति नहीं मानता था। वह उन सभी लोगों के बारे में भी सोचने लगा जो उसकी प्रगति में सहायक रहे थे। वह उन सभी बातों पर ग़ौर करने लगा, जब टीम ने उसे छोटी-बड़ी, हर तरह की मदद दी थी।

जब उसके चैतन्य का विस्तार हुआ, तो उसके भीतर अपनी टीम और अपने संगठन को खुश करने के लिए गहरी इच्छा उत्पन्न हुई।

छह महीनों में स्कॉट ने भारत में अपना कोर्स पूरा करने के बाद बताया कि उसने अपने उद्देश्य की समझ का पुनः पता लगा लिया है।

उसने कहा, "काम पर जाना और तरक़्क़ी करना बहुत आनंददायक हो गया है। मानो, मेरा मस्तिष्क रचनात्मकता के क्षेत्र में प्रवेश कर गया है। मेरे आसपास सुखद संयोग घटने लगे हैं।"

अगर आप भी ऐसा उद्देश्यहीन महसूस कर रहे हैं, तो इसका अर्थ है कि आपका संबंध टूट गया है। जब आप हार्दिक संबंध की स्थिति के लिए जाग्रत होंगे तो, आपके भीतर महानतम उद्देश्य का भाव पैदा होगा। आपको अहसास होगा कि सही मायनों में सहयोग देना किसे कहते हैं।

संगठनों में इस प्रकार के हार्दिक संबंध की आवश्यकता क्यों है? और लीडर इसे कैसे परिपोषित कर सकते हैं?

परस्पर संबंध कोई रवैया या गतिविधि नहीं, जो आप एक साथ करते हैं। यह चैतन्य की एक ऐसी स्थिति है, जिसमें आप अपने कल्याण को दूसरों के कल्याण के साथ अविभाजित देखते हैं। आपके भीतर अपने आसपास के लोगों के लिए, कल्याण करना व आनंद की सहज भावना उदय होती है।

आपमें से कुछ लोग, हमारे मित्र स्कॉट की तरह इस व्यवसाय से थोड़े अधिक समय से जुड़े होंगे जो सोच रहे होंगे, कि *इतने वर्षों बाद यह परिवर्तन क्यों लाया जाए? क्या यह सचमुच अनिवार्य है?*

हमारे काम के दौरान प्रीताजी और मुझे, हर स्तर पर संगठनों की आंतरिक कार्यवाही देखने का अवसर मिला - जिनमें दंपत्तियों से लेकर परिवार, छोटे व्यवसायों से लेकर उद्योग, बड़ी बहुराष्ट्रीय कंपनियाँ, संस्थाएँ व राष्ट्र शामिल थे - और हम स्वयं एक लीडर के रूप में प्रगतिशील और बुद्धिमान प्रणाली का मोल पहचानते हैं।

परंतु, भले ही आप किसी भी तरह की प्रणाली की रचना क्यों न करें और कैसे भी नियमों का पालन क्यों न करें, जब तक प्रणाली बनाने वाले व्यक्तियों का चैतन्य सीमित रहेगा, यह कभी अपना लक्ष्य साकार नहीं कर सकता। आत्म-जुनून से भरा चैतन्य, सबसे प्रभावी बाहरी प्रणाली को भी अपने अधीन कर लेगा। यही कारण है, कि एक लीडर जो संसार पर असाधारण प्रभाव डालना चाहता है, उसे परिवर्तन पर ध्यान देना आवश्यक है।

अनेक उच्च पदासीन मित्रों ने हमें बताया, कि जब उन्होंने चैतन्य में परिवर्तन का वचन लिया तो, संगठन के लोग भी ऐसा ही करने लगे। कुछ नई प्रबंधन तकनीकों के ठीक विपरीत, सही मायनों में एक सजग संगठन बनाने का कार्य, आपके अस्तित्व से जुड़ा है - आपकी दुख स्थितियों से मुक्ति पाने की योग्यता, ताकि आप निर्णायक रूप से आगे आ सकें, संगठन में प्रत्येक व्यक्ति के कल्याण से आपकी संबंध बनाने की इच्छा और संपूर्ण संसार पर एक लाभदायक प्रभाव डालने की आपकी इच्छा से जुड़ी है।

अधिकतर लीडर, इस बारे में बात करते हैं, कि वे इस धरती के लिए क्या करना चाहते हैं, परंतु उनमें से कोई भी अपने अस्तित्व की स्थिति के बारे में ज़्यादा कुछ नहीं कहते। जब तक हमारे चैतन्य में विभाजन से एकत्व, वियोजन से परस्पर

संबंध तथा दुख स्थिति से सुंदर स्थिति तक, बुनियादी अंतर नहीं आ जाता, हम मानवता के भविष्य के लिए, एक स्पष्ट लक्ष्य कैसे रख सकते हैं?

चैतन्य में बुनियादी क्रांति लाए बिना, सारे संकल्प, निर्णय तथा बदलाव कृत्रिम हैं और कोई फल नहीं देंगे और बढ़ते हुए संघर्ष में पतित हो जाएँगे। हमेशा याद रखें, पहले चैतन्य, फिर निर्णय और फिर कार्य।

हम मानव के इतिहास में एक आधारभूत बिंदु पर हैं, हम चाहें तो अपनी सामूहिक चैतन्य को अगले स्तर तक ले जा सकते हैं, या स्वयं को तथा जीवन के विविध रूपों को विनाश या विलुप्ति की ओर ले जा सकते हैं।

यह शक्ति हम सबके भीतर समाई है। हमारी भावी पीढ़ी का भाग्य तथा जीवन के अनेक रूप, चैतन्य के इसी विकास पर निर्भर हैं। क्या आप अपने चैतन्य को दुख, वियोग और अकेलेपन की ओर ले जाना चाहेंगे या फिर आप सचेतन भाव से एक सुंदर स्थिति के लिए जाग्रत होना चाहेंगे?

आप कहाँ जाना चाहते हैं?

सोल सिंक अभ्यास : सचेत ऐश्वर्य सृष्टिकर्ता बनें

चाहे आपकी इच्छा अपनी आंतरिक अनामिका की स्थिति से उबरना है, ऐसा काम खोजना है जो आपके लिए सार्थक व आनंददायी हो, किए जाने वाले काम के प्रभाव को और गहरा करना हो या फिर अपने लिए और अपने प्रियजनों के लिए प्रचुरता को प्रकट करना हो, या एक कारण को पूरा सहयोग देना हो, सोल सिंक का अभ्यास आपको सचेत धन सृष्टिकर्ता के रूप में पूरे आत्मविश्वास से आगे बढ़ाने में पूरी मदद करता है।

सोल सिंक ध्यान के पहले वर्णित पाँच चरणों को दोहराएँ।

जब आप छठे चरण पर आएँ तो, कल्पना अथवा महसूस करें कि आप बहुत ही शांत निर्भीकता की सुंदर स्थिति को अनुभव कर रहे हैं। स्वयं को एक गहरे लक्ष्य के साथ जीते हुए, अपने आसपास के लोगों के जीवन को प्रभावित करते हुए देखें। अपने जीवन में ऐश्वर्य के अपार प्रवाह को अनुभव करें।

कल्पना करें कि आपके, आपके प्रियजन और संसार के लिए इसका क्या महत्त्व होगा।

∞

उपसंहार

हमारी एकैडमी के विषय में प्रश्न-उत्तर

कृष्णाजी

प्रश्न : आनंद और समृद्धि के विषय में आपका क्या ध्येय है ?

उत्तर : हमारे लिए सफलता, स्नेही संबंध तथा कीर्ति-प्रतिष्ठा ही जीवन में "सब कुछ" नहीं हैं।

और ना ही चैतन्य की महान स्थिति में रहना, जीवन का अंत है। किसी भी एक पक्ष की अति, हमें जीवन के असंतुलन की ओर ले जाएगी। इन दोनों के संयोग से ही, एक सुंदर जीवन बनता है।

अगर मज़ाक़िया लहज़े में कहने की अनुमति हो, तो मैं कहना चाहूँगा : 'एक बुद्ध बनकर अपने प्रियजन के साथ बेंज़ चलाना' ही संपूर्ण जीवन का सार है। इससे हमारा तात्पर्य यह नहीं कि हम सभी को विलासिता की ओर, झुकाव रखना चाहिए, हम चैतन्य की एक सुंदर स्थिति में रहना सीख सकते हैं और उस स्थिति की शक्ति के साथ अपने लिए, अपने प्रियजन व संसार के लिए प्रेम और समृद्धि पैदा कर सकते हैं।

चार परम रहस्य, इसी महान ध्येय से जुड़े हैं। हमारा मानना है, कि ये शिक्षाएँ सचेत धन निर्माता, जाग्रत माता-पिता, हार्दिकता से भरपूर जीवन-साथी और खुशहाल व्यक्तियों को सामने लाने में सहायक होंगी, जो चैतन्य की परिवर्तित स्थिति से जीते हुए अपने कार्य करेंगे।

निजी रूप से, मेरे और प्रीताजी व पुत्री लोका के बीच एक संपन्न और संतृप्त रिश्ता है। हम अपने माता-पिता और सास-ससुर के लिए भी सम्मान और देख-रेख की भावना रखते हैं। हमें अपनी फ़ैकल्टी तथा हज़ारों साधकों का मार्गदर्शन करना पसंद है। ये सभी तथा अन्य रिश्ते कुछ आदर्शों और मूल्यों के कारण नहीं, बल्कि हमारे चैतन्य की स्थिति के कारण संपन्न हैं जिसमें हम जी रहे हैं। दुख हमारे चैतन्य में जड़ें नहीं बनाते।

हमारे पास अद्भुत टीम और भरोसेमंद बिज़नेस पार्टनर व सीईओ हैं, जो हमारे व्यवसाय को चलाने में अपना योगदान देने के अलावा, मानवीय चैतन्य के परिवर्तन अभियान को चलाए रखने में मदद कर रहे हैं। और ब्रह्मांड हमारे साथ होने वाली अनेक समकालिक घटनाओं के लिए करुणामय है। यह सब इसलिए नहीं हो रहा, कि हम किन्हीं गुप्त प्रबंधन नियमों पर काम कर रहे हैं, यह हमारे चैतन्य की स्थिति का परिणाम है।

चार परम रहस्यों का उद्देश्य यही है, कि एक संपन्न बाहरी जीवन के साथ, संपन्न आंतरिक स्थिति को एक साथ लाया जा सके, क्योंकि हम सभी के लिए इस संपूर्ण जीवन को संभव करना चाहते हैं।

प्रश्न : लोग आपकी एकैडमी में क्या सीखते हैं ?

उत्तर : ओ ऐंड ओ एकैडमी मानवीय चैतन्य के परिवर्तन के लिए दर्शन शास्त्र व ध्यान स्कूल है, जिसका मुख्यालय भारत में है। हम सभी राष्ट्रों से आए विविध आयु वर्ग के लोगों को उनकी भाषाओं में कोर्स उपलब्ध कराते हैं। हमारे पाठ्यक्रम में शिक्षा के अनेक स्तर हैं और हमारे फ़ैकल्टी ने लोगों में यह परिवर्तन लाने के लिए अपने जीवन को समर्पित कर दिया है।

निःसंदेह, पहले अधिकतर विदेशियों ने ही एकैडमी को अपनाया। प्रीताजी संसार के प्रमुख शहरों में भ्रमण करते हुए चार दिवसीय आध्यात्मिक कार्यक्रम, 'फ़ील्ड ऑफ़ अबन्डेंस' करती हैं और वे दो दिवसीय ऑनलाइन कार्यक्रम में भी सिखाती हैं : सोर्स ऐंड सिंक्रोनिसिटीज़ और बीइंग लिमिटलेस।

हमारे कोर्स से जुड़ी अधिक जानकारी के लिए निम्न पते पर संपर्क करें : www.oo.academy

प्रश्न : आपकी एकैडमी में ऐसा क्या है कि लोग उसकी ओर आकर्षित हो जाते हैं ?

उत्तर : भारत के प्राचीन ऋषियों ने हमें द्विज यानी दो बार जन्मे, बनने के लिए प्रोत्साहित किया जिसका अर्थ है, एक परिवर्तित चैतन्य के साथ एक जाग्रत व्यक्ति

बनना; जिन्होंने स्वयं को जीवन के सीमित संस्कारों से बाहर निकाला और उस चैतन्य में जाग्रत हुए, जो अपनी क्षमता में असीम है।

क्या ऐसी जागृति प्रत्येक के लिए संभव है? जी हाँ। प्रत्येक प्राचीन संस्कृति गहन आध्यात्मिक यात्राओं की बात करती है – अनेक व्यक्तियों ने प्रतीकों, पौराणिक कथाओं, पवित्र कला व वास्तुशिल्प के माध्यम से ऐसे रोमांचों के रहस्य अपनी संतति के लिए छोड़े हैं। एक क्षण के लिए, ट्रॉय के पतन के बाद ओडिसी की इथाका वापसी, जोना का व्हेल के पेट में छलाँग मारना, युद्ध के समय अर्जुन के मन की दुविधा अथवा अंधकारमयी गुफा में प्रवेश करने वाले सर्प के चीनी मिथक (जो दिन के प्रकाश में ड्रैगन के रूप में सामने आया) के बारे में सोचें। ये कथाएँ केवल मनोरंजन मात्र नहीं हैं; ये परिवर्तन की रूप-रेखाएँ हैं, जिनमें शक्तिशाली ज्ञान छिपा है।

धार्मिक संस्था के पथ अनेक संस्कृतियों के उद्भव की कुंजी रहे हैं, परंतु फिर भी अनेक व्यक्ति अग्नि परीक्षाओं से उत्पन्न हीलिंग व परिवर्तन शक्तियों से अपना संपर्क खो चुके हैं। जब कोई आपदा आती है या फिर जीवन किसी प्रिय या माता-पिता की मृत्यु या फिर किसी सपने के टूटने के कारण धीरे-धीरे कटु व निराशाजनक हो जाता है तो, हमें वैसे ही दुख का अनुभव होता है जैसे मनुष्य आदि काल से अनुभव करते आए हैं। हमारी अद्भुत तकनीकी प्रगति व आधुनिक समाज ने हमें चैतन्य की महानतम स्थिति के साथ, इन दुखों से उबरने के लिए अनिवार्य साधन नहीं दिए, जो हमें जीवन के अगले अध्याय के लिए चाहिए।

हमारी प्रक्रियाएँ इस तरह बनाई गई हैं, कि लोग और अधिक सामंजस्य के साथ जीवन की प्रत्येक स्तर से आगे बढ़ सकें, अपने भीतर गहरे परिवर्तन की सोई हुई शक्ति को जगा सकें। हम प्रायः कहते हैं, कि हम एकैडमी में लोगों को जो पाठ्यक्रम सिखाते व पढ़ाते हैं, वह उन्हें ऐसे व्यक्तियों में परिवर्तित करने में मदद करता है, जो स्वयं को असहाय स्थिति और भाग्य के दुष्चक्र से निकालकर, अपने लिए एक नई नियति रच सकते हैं। हम जो अभ्यास सिखाते हैं, वे आपको आपके जीवन, रिश्तों और आदतों को नए नज़रिए से देखने में सहायक होंगे।

हमने जब से अपनी एकैडमी के दरवाज़े खोले हैं, तब से हज़ारों-लाखों लोगों को न केवल जीवन के मूलभूत सवालों के जवाब देने में मदद की है, बल्कि उन्हें ऐसा जीवन जीना सिखाया है, जो केवल कुछ ही लोगों को संभव लगता है। हमारे छात्रों में बारह और इक्यासी वर्ष के आयु वर्ग के छात्र शामिल हैं। वे दक्षिणी कोरिया, उत्तरी कैलिफ़ोर्निया और इनके बीच प्रत्येक स्थान से हैं।

कुछ लोग, अपने पीड़ादायक अनुभवों से मुक्ति पाने का सपना ले आए हैं और कुछ लोग अपने सपनों को जानने आए हैं। कुछ उनसे भी बड़े सवालों से जूझ

रहे हैं, जैसे सही मायनों में स्वयं को या किसी दूसरे को प्रेम करने का क्या अर्थ है? सही मायनों में जीवन जीने का क्या अर्थ है? क्या इस ब्रह्माण्ड का कोई चैतन्य है? क्या मेरे भीतर जीवन की दिशा बदलने की शक्ति है?

कुछ लोग कई बड़े निर्णयों से जूझ रहे हैं, जैसे मुझे एक रिश्ते में रहना चाहिए या नहीं? नए शहर में जाना चाहिए या नहीं? एक रोचक परंतु अनिश्चित अवसर के लिए नौकरी छोड़नी चाहिए या नहीं?

कुछ लोग केवल साधक हैं जो स्वयं को दुख और अलगाव के भ्रम से पूरी तरह से मुक्त करना चाहते हैं।

इसके अलावा हमारे पास ऐसे लोग भी हैं, जो ईश्वरीय चैतन्य या स्रोत का प्रत्यक्ष अनुभव चाहते हैं।

लोग हमारे पास कई कारणों से आते हैं, परंतु वे सभी कुछ ऐसा पाना चाहते हैं, जो उनकी पकड़ से मानो बाहर है। उनमें से प्रत्येक एक मूल प्रश्न को थोड़ा सा बदलकर पूछ रहे हैं : *मैं उस रहस्यमयी चीज़ को कैसे पा सकता हूँ, जिसकी मैं तलाश कर रहा हूँ?* बेशक, हम ऐसे प्रश्नों के उत्तर किसी को नहीं देते – हम आपको अपने लिए ऐसे ही प्रश्नों के उत्तर खोजने में सहायता करते हैं। हम अंतर्दृष्टि, शक्तिशाली अलौकिक प्रक्रियाओं और सरल ध्यान अभ्यासों के साथ आपकी इन जिज्ञासाओं को शांत करने में मदद करते हैं।

प्रश्न : आप ईश्वर के बारे में क्या विचार रखते हैं ?

उत्तर : ईश्वर एक व्यक्तिपरक अनुभव है। विभिन्न लोग, ईश्वर के बारे में भिन्न-भिन्न धारणा रखते हैं। हम साधकों को ईश्वर के प्रति उनकी धारणा को अनुभव करने में मदद करते हैं। उसके बाद "ईश्वर" उनके लिए एक शब्द मात्र नहीं रह जाता।

और प्रत्येक व्यक्ति की संस्कृति के अनुसार, कुछ लोग इस उपस्थिति का अनुभव इस प्रकार पाते हैं, मानो उनका किसी से निजी संबंध हो, कुछ लोग इस विश्व प्रज्ञ या ईश्वर का अनुभव प्रेम, अनुकंपा और शक्ति के रूप में पाते हैं। हम इन सुंदर स्थितियों में जितना अधिक जीते हैं, उस विश्व प्रज्ञ से हमारा संपर्क उतना ही अधिक होता जाता है। एकैडमी में ऐसी अनेक प्रक्रियाएँ हैं, जो लोगों को इस उपस्थिति के प्रति जाग्रत होने में मदद करती हैं।

प्रश्न : तो चैतन्य क्या है ?

उत्तर : जो कुछ भी है, वह चैतन्य ही तो है। ऐसा कुछ भी नहीं जिसे आप चैतन्य नहीं कह सकते। आप भी यही हैं। आप इसके भीतर हैं। आप ही चैतन्य हैं। चैतन्य

दोनों रूपों में है; यह तर्क की सीमा के साथ-साथ अलौकिकता की सीमा में भी व्यापक है। चैतन्य पदार्थ है और उस पदार्थ के प्रति आपका अनुभव भी है।

यदि, आपको इसे समझने में कठिनाई आ रही हो तो क्षमा करें। दरअसल किसी भी अलौकिक चीज़ का वर्णन करने में शब्द शक्तिहीन हो जाते हैं; हालाँकि हम इसे अपनी तरह से समझाने का प्रयत्न करते हैं। अगर सूर्योदय चैतन्य का भौतिक पहलू है, तो इसकी सुंदरता, इसकी भव्यता या इसका अभाव, चैतन्य का अनुभवजन्य पहलू है। मान लेते हैं, कि आपका नवजात शिशु चैतन्य का भौतिक पहलू है; तो उसे गोद में लेते हुए आपके भीतर स्नेह या ज़िम्मेदारी का, भय का जो भाव पैदा होगा, वह चैतन्य का अनुभवजन्य पहलू है।

हम अपनी इंद्रियों के माध्यम से जिस ब्रह्माण्ड का अनुभव करते हैं, वह चैतन्य का भौतिक पहलू है, जबकि आपका व्यक्तिपरक आंतरिक अनुभव, चैतन्य का अनुभवजन्य आयाम है। चैतन्य के भौतिक पहलू की खोज में विज्ञान शामिल है, जबकि चैतन्य के आंतरिक या अनुभवजन्य आयाम के अन्वेषण या परिवर्तन में प्रामाणिक आध्यात्मिकता शामिल है। परिवर्तन का बुनियादी सार यही है अस्तित्व की आत्म-जुनून की स्थिति जिसे हम आई-कॉन्शियसनेस (स्व चैतन्य) कहते हैं, से वन-कॉन्शियसनेस (एकत्व चैतन्य) तक जाना है।

प्रश्न : क्या आप आई-कॉन्शियसनेस (स्व चैतन्य) और वन-कॉन्शियसनेस (एकत्व चैतन्य) की स्थिति पर और रोशनी डाल सकते हैं ?

उत्तर : अगर आप संसार की प्राचीन पौराणिक कथाएँ देखें – पूर्वी और पश्चिमी – वे एक युद्ध दर्शाती हैं। देवों व असुरों के बीच एक युद्ध। अंधकार व प्रकाश के बीच एक युद्ध। इन कहानियों में कई बार देवों की जीत होती है तो, कई बार असुर जीत जाते हैं।

कई बार ये युद्ध स्वर्ग में होते हैं, तो कई बार धरती या कभी पाताल लोक में होते हैं। परंतु यह युद्ध क्या है? और ये सही मायनों में कहाँ हो रहा है? दरअसल यह युद्ध हमारे चैतन्य में घट रहा है। हमारे लिए चैतन्य एक वर्णक्रम है, इसके एक छोर पर आई-कॉन्शियसनेस और दूसरे छोर पर वन-कॉन्शियसनेस है।

आई-कॉन्शियसनेस वहीं से आरंभ होती है, जब हमारी सोच आत्म-जुनूनी हो जाती है। हमारे विचार *मेरा, मेरा* और *मेरा* के आसपास घूमते हैं ...हमारी चिंता, हमारी परेशानी, हमारी निष्ठा, हमारा आनंद व हमारी इच्छा। यह आत्म-तल्लीनता की स्थिति है। चैतन्य के वर्णक्रम का यह छोर, अस्तित्व की विनाशक स्थितियों की जन्मभूमि है जैसे असंतोष, क्रोध, घृणा, भय, पीड़ा तथा दूसरों को वश में करने की इच्छा व वर्चस्व। आई-कॉन्शियसनेस सभी दुख स्थितियों की प्रजनन भूमि है। हम

क्या हैं, हमारे लिए इसका बोध बहुत सीमित हो जाता है। अगर, हमारे अस्तित्व के भाव को एक वृत्त की तरह देखें, तो आई-कॉन्शियसनेस में हमारे परिवार, बच्चे या मित्र कोई नहीं है। कुछ भी शामिल नहीं है। जब हम दुख स्थिति से घिरे होते हैं, तो हमारे लिए कोई भी मायने नहीं रखता। यह बहुत ही संकीर्ण और सीमित अस्तित्व होता है। यह बहुत पीड़ादायी है। इस स्थिति में सब कुछ सिकुड़ जाता है। रचनात्मकता समाप्त हो जाती है, क्षमता घट जाती है, संपदा कम हो जाती है और रिश्ते भी नाज़ुक हो जाते हैं। हमें लगता है, कि पूरा ब्रह्माण्ड हमारे ख़िलाफ़ है।

आई-कॉन्शियसनेस से हम अवचेतन रूप से, हम आवेशपूर्ण रूप से काम करते हैं, जो हमें और दूसरों को पीड़ा व हानि की ओर ले जाता है।

जब हम आई-कॉन्शियसनेस से वन-कॉन्शियसनेस की ओर लंबी छलाँग भरते हैं, तो हमारे जीवन में सच्चा परिवर्तन व संपूर्ण विकास हो सकता है। यदि हमें सादे शब्दों में वन-कॉन्शियसनेस को समझना हो, तो हमें खुद के साथ और समस्त जीवों के साथ, गहन परस्पर बंधन को अनुभव करना है। हमारा अस्तित्व का भाव हमें और दूसरे लोगों, हमें व प्रकृति, हमें व धरती और हमें व ब्रह्माण्ड को शामिल करता है। वन-कॉन्शियसनेस में हमारा अस्तित्व का भाव बढ़ता है और तब तक विस्तार करता रहता है, जब तक कोई दायरा नहीं बचता। हम असीम व अनंत हो जाते हैं।

वन-कॉन्शियसनेस कोई एक निश्चित स्थिति नहीं है; यह अस्तित्व की विस्तारपूर्ण स्थिति है। अस्तित्व की ऐसी स्थिति में, आप अपने आसपास महान सामंजस्य और शक्ति का ऊर्जा क्षेत्र तैयार कर लेते हैं, जो आपके जीवन में अनेक संयोगों व चमत्कारों को खींच लाता है। आपके भीतर ऐसी प्रज्ञा पैदा होती है, जो जीवन की चुनौतियों को काट सकती है। आप ऐसा प्रेम पैदा करते हैं, जो आपके दिल पर लगी किसी भी ठेस को ठीक कर सकता है, आप ऐसी संपदा पा सकते हैं जिससे आप इतने अधिक लोगों को अपना सहयोग प्रदान कर सकेंगे, जितना आपने कभी सोचा तक नहीं था। आई-कॉन्शियसनेस से परे तथा वन-कॉन्शियसनेस के विविध स्तरों पर जाने को ही हम मुक्ति कहते हैं।

प्रश्न : मुक्ति क्या है ?

उत्तर : चैतन्य में विकास की यात्रा को ही जागृति, जाजेन, सटोरी, मुक्ति, आत्मबोध तथा अन्य कई नामों से पुकारा जाता है। सरलता को ध्यान में रखते हुए, हम इस "मुक्ति" शब्द पर विचार कर सकते हैं।

हमारी सभी दुख स्थितियों जैसे अस्तित्व से जुड़े भय, गुस्से या उदासी को दिन में देखे जाने वाले डरावने सपने कहा जा सकता है।

क्या आपको याद है, कि किसी बुरे सपने से जागने पर कैसा लगता है? आपको यह यक़ीन करने में ही थोड़ा समय लग जाता है कि आप वाकई में एक बुरा सपना देख रहे थे और यह हक़ीक़त में नहीं था। जब आप अंततः उठते हैं तो, आपको बहुत ही राहत महसूस होती है।

हमारे पूर्वजों ने इन सभी दुखदायक और वियोग पैदा करने वाली स्थितियों को दिन में देखे जाने वाले बुरे सपनों की तरह माना, जिनसे हमें पूरी तरह से जागना होगा। जब हम पूरी तरह से जाग जाते हैं तो, आत्म-बोध के आनंद से मुस्करा उठते हैं और हम वन-कॉन्शियसनेस के तीन प्रगतिशील स्तरों के प्रति जाग्रत होते हैं - सुंदर स्थिति, अलौकिक स्थिति तथा चैतन्य की मुक्ति स्थिति।

मुक्ति का अर्थ है, कि आई-कॉन्शियसनेस से वन-कॉन्शियसनेस के प्रति जाग्रत होना। हम फिर कभी इस पर विस्तार से चर्चा करेंगे।

प्रश्न : पुस्तक में हमने केवल सुंदर स्थितियों के बारे में पढ़ा है। आप अन्य किन दो स्तरों की बात कर रहे हैं ? क्या वे चैतन्य की ही दो अन्य स्थितियाँ नहीं हैं : एक दुखदायक और एक सुंदर स्थिति ?

उत्तर : यह सच है कि ऐसी दो स्थितियाँ हैं जिनमें हम रहते हैं - दुख की स्थिति और दुख रहित स्थिति। इसके अलावा कोई और तीसरी स्थिति नहीं है।

यदि हम स्वयं दुख को ध्यान से देखें, तो हम पाएँगे कि यह नाखुशी, चिड़चिड़ापन, उदासीनता या तनाव की स्थितियों के साथ आरंभ हो सकती है। दुख असंतोष, गुस्सा, भय, असुरक्षा या अकेलेपन के रूप में तीव्र होकर और अस्तित्व से जुड़ी थकान, भय, अवसाद, घृणा या मायूसी जैसी जुनूनी स्थितियों के रूप में बढ़ने लगता है।

जब हम दुख रहित स्थितियों की बात करते हैं, तो उसमें भी एक वर्ण-क्रम है। हम उन्हें अनुभव के तीन प्रमुख स्तरों में बाँट सकते हैं - सुंदर स्थिति, अलौकिक स्थिति तथा मुक्ति स्थिति। चैतन्य के इन सभी तलों में, आपके लिए जीवन का अनुभव अलग होता है। चैतन्य एक ऐसा सागर है, जिसमें अंतहीन छोर है। हम इस पुस्तक में, केवल एक छोर की बात कर रहे हैं और वह है सुंदर स्थिति। चलिए संक्षेप में इन तीनों स्तरों की बात करते हैं।

चैतन्य की सुंदर स्थितियाँ अति तक जाने वाली भावात्मक स्थिति नहीं हैं। वे ऐसी स्थितियाँ हैं जिनमें संघर्ष से भरा आंतरिक वैचारिक कोलाहल नहीं होता। इन सुंदर स्थितियों में आप अपने साथ, दूसरों के साथ और संसार के साथ परस्पर बंधन के एक सुंदर भाव का अनुभव करते हैं। आप जीवन के लिए उपस्थित होते हैं। प्रशांति, संपर्क, प्रेम, करुणा, आनंद, सौम्यता, स्नेह, आभार व साहस आदि

सभी सुंदर स्थितियाँ हैं। हम सबके लिए यह संभव है, कि हम अपने जीवन का अधिकतर हिस्सा सुंदर स्थिति में ही बिताएँ। जब हम हमारे मस्तिष्क, देह व चैतन्य का परिवर्तन हो जाता है, तो दुख पैदा होने पर भी, हम जल्दी से उसे मिटाकर, अपनी सुंदर स्थिति में वापस आ सकते हैं।

परमानंद, सर्वव्यापी प्रेम, शांति, समत्व, निर्भीकता, सच्चिदानंद ये सभी अलौकिक स्थितियाँ हैं, जो लंबे समय तक बनी नहीं रहतीं। जब हम अलौकिक स्थितियों के प्रति जाग्रत होते हैं तो, हम जीवन की गतिशीलता के साक्षी होते हैं। हम जीवन के साथ प्रवाहित होते हैं। हमें अहसास होता है कि पेड़, धरती, मनुष्य और जीवन का प्रत्येक रूप, हमारे भीतर प्रवाहित होता है और हम उसके भीतर प्रवाहित होते हुए अलग नहीं हैं। ये सभी असाधारण स्थितियाँ हैं जिनका गहरे ध्यान व प्रक्रियाओं के दौरान अनुभव पाया जा सकता है। हम अलौकिक स्थिति में जाग्रत होते हैं। इन स्थितियों में कुछ लोगों को अलौकिक दृश्य दिखते हैं व इंद्रियों से परे अनुभव होते हैं। हमने एकैडमी में अनुभव किया कि, ये गहरी स्थितियाँ अक्सर ऐसे परिणाम पैदा करती हैं, जो जीवन को बदल सकते हैं।

चैतन्य की मुक्ति स्थिति में, आप पदार्थ व चैतन्य, पवित्र व अपवित्र, आप व अन्य, दैवीय और मनुष्य, दुख व सुख के द्वैत से ऊपर उठते हैं। आप 'एक' रूप में जाग्रत होते हैं। मुक्ति स्थिति मनुष्य के चैतन्य पर गहरी छाप अंकित करती है।

यदि ऐसी स्थितियाँ हों, तो क्या हमारा रोज़मर्रा का जीवन स्वयं ही एक मूल परिवर्तन की ओर नहीं चला जाएगा? आई-कॉन्शियसनेस के साथ रहते हुए, हम उन मनुष्यों जैसे हैं जो हमारे घर की दीवार पर किसी सुंदर समुद्र तट की तसवीर देखकर कटुता से आह भरते हैं। जब हम आई-कॉन्शियसनेस से परे हो जाते हैं और वन-कॉन्शियसनेस के गहरे स्तरों की खोज करते हैं, तो हम उन रोमांचप्रिय लोगों जैसे हो जाते हैं, जो गहरे सागरों की सुंदरता की खोजबीन कर रहे हों। दुख स्थिति की यातना से मुक्त होकर, हम सही मायनों में जीवंत हो उठते हैं। जीवन और अधिक आनंदमय और पावन हो जाता है।

इस धरती पर हर मनुष्य को ऐसा मस्तिष्क दिया गया है, जिसमें चैतन्य के इन स्तरों का अनुभव पाने की क्षमता है। और एकैडमी में हमारी यह वचनबद्धता है कि हम मानवजाति को दुख से मुक्त कर, इन अद्भुत स्थितियों की ओर ले जाएँ।

प्रश्न : लिमिटलेस फ़ील्ड (असीमित क्षेत्र) क्या है? हमें इस पुस्तक में लोगों के अनुभवों के बीच इसके संदर्भ मिले हैं?

उत्तर : लिमिटलेस फ़ील्ड चैतन्य की अलौकिक व मुक्ति स्थितियों के अनुभव का माध्यम है।

मैं आपको बताता हूँ कि इसका क्या अर्थ है। क्वांटम फ़िजिक्स की अनेक आशंकाओं में से, एक यह है कि इलैक्ट्रॉन एक कण है या तरंग?

जब हम इलैक्ट्रॉन को एक कण के रूप में देखते हैं तो, इसे एक स्थान पर अवस्थित पाते हैं।

जब हम इलैक्ट्रॉन को तरंग के रूप में देखते हैं, तो इसका अर्थ है, कि यह अस्थानीय है और इसका प्रभाव कहीं अधिक विस्तृत क्षेत्र पर होता है।

ठीक इसी प्रकार, हममें से प्रत्येक, स्वयं को ऐसे व्यक्ति के रूप में देख सकते हैं, जो कुछ यादों व जीवन अनुभवों के साथ एक देह में केंद्रित है। यह कुछ ऐसा ही है मानो हम स्वयं को कणों के रूप में देख रहे हों।

हम स्वयं को तरंगों के रूप में भी देख सकते हैं, जो हमारे आसपास के लोगों को प्रभावित कर रही हैं।

हमारा चैतन्य हमारे आसपास एक ऊर्जा क्षेत्र निर्मित करता है - हम सबने इसका प्रमाण देखा है। हम जानते हैं कि कुछ लोगों के आसपास हम स्वयं को अधिक शांत व खुशहाल अनुभव करते हैं। हमने उस असुखद भावना को भी अनुभव किया है, जब हम ऐसे व्यक्ति के आसपास हैं, जो गुस्से या घृणा में होता है।

हमारे चैतन्य की स्थिति के आधार पर, हममें से प्रत्येक अपने आसपास एक क्षेत्र तैयार करते हैं।

अगर आप सुंदर स्थिति, प्रेम, करुणा, आनंद व सौम्यता की स्थिति में होंगे, तो आपके आसपास उसका एक क्षेत्र बन जाएगा। आप भले ही मुख से एक शब्द भी न कहें, यह क्षेत्र आपके आसपास के लोगों को प्रभावित करता है; ऐसा इसलिए है क्योंकि आप कोई ऐसा अनुभव नहीं, जो केवल देह तक सीमित है। आप चैतन्य हैं।

हम दोनों के पास यह पवित्र उपहार एक लंबे समय से है : ऐसा उपहार, जिससे हम अपनी इच्छा से अद्वैत की महान मुक्ति स्थितियों में कभी भी जा सकते हैं। इन्हीं उच्चतम स्थितियों को हमारे पूर्वजों ने 'एकम' कहा, जहाँ कोई अलगाव नहीं होता, चैतन्य का एक विस्तृत क्षेत्र पैदा होता है। जब आप हमारे साथ इस लिमिटलेस फ़ील्ड में प्रवेश करते हैं तो, आप एक ऐसे असीम शक्तिशाली क्षेत्र में प्रवेश कर रहे हैं, जो आपको पूरी तरह प्रभावित कर सकता है।

जब साधक लिमिटलेस फ़ील्ड में प्रवेश करते हैं तो, उनकी न्यूरल (स्नायु संबंधी) संरचना व न्यूरल रसायन प्रभावित होते हैं और वे चैतन्य की शक्तिशाली स्थितियों के प्रति जाग्रत हो जाते हैं।

लिमिटलेस फ़ील्ड प्रयासरहित होता है; यह अद्भुत चमत्कारी घटनाओं का क्षेत्र है।

प्रश्न : आपने पुस्तक के आरंभ में, एकम के निर्माण की प्रक्रिया के बारे में बताया – एक ऐसी विशाल संरचना जिसका उद्देश्य लोगों को उनकी जागृति में सहयोग प्रदान करना है। क्या आप एकम और इसकी वास्तुकला के बारे में थोड़ी जानकारी दे सकते हैं ?

उत्तर : "एकम" शब्द अद्वैत चैतन्य की उच्चतम स्थिति को दर्शाता है, जिसे मानव शरीर से अनुभव किया जा सकता है।

एकम एक अलौकिक शक्ति केंद्र है, जिसे तीन पवित्र उद्देश्यों के साथ तैयार किया गया है :

1. यह एक ऐसा स्थान है, जहाँ सभी आस्थाओं व पृष्ठभूमियों के लोग ईश्वर के साथ जुड़ सकते हैं और जीवन के महत्त्वपूर्ण निर्णय लेते समय, एक विशाल अंतःप्रज्ञा का अनुभव पा सकते हैं। यह दैवीय शक्ति का निवास स्थान है।

2. एकम एक अपूर्व स्थल है, जहाँ ध्यान करने से अलौकिक ऊर्जा केंद्रों पर प्रभाव पड़ता है और ब्रह्माण्डीय ऊर्जा मानवीय चैतन्य में प्रवाहित होती हैं। हमने जो प्रक्रियाएँ बनाई व तैयार की हैं, वे आपको चैतन्य की मुक्ति स्थिति तक ले जाती हैं। लोग एकम में सर्वश्रेष्ठ अलौकिकता का अनुभव पाते हैं।

3. इसे प्राचीन रहस्यवादी निर्माण नियमों के आधार पर बनाया गया है, ताकि यह एक विस्तारक का काम कर सके। जब हज़ारों लोग एकम में एक साथ ध्यान करते हैं, तो यह मानवीय चैतन्य को परिवर्तित करते हुए उन्हें शांति की ओर ले जा सकता है।

एकम समकालीन पवित्र वास्तुकला के उत्कृष्ट उदाहरणों में से एक है, जहाँ हर दरवाज़ा, हर खिड़की और फ़र्श का हर नमूना गुप्त महत्त्व रखता है – वे सभी धरती तथा ब्रह्माण्ड की पवित्र उपचार ऊर्जाओं से स्पंदित हैं और उन्हें विस्तृत करते हैं।

एकम की संरचना अपने आप में अद्भुत है – यह आपके चैतन्य को प्रभावित करते हुए अलौकिक की ओर ले जा सकती है। जब आप इस जगह पर ध्यान करते हुए इसकी प्रक्रियाओं में हिस्सा लेते हैं तो, आप एक शक्तिशाली क्षेत्र में प्रवेश कर रहे हैं, जो आपको एकत्व की ओर ले जाता है। एकम की संरचना और प्रक्रियाओं को इस तरह तैयार किया गया है कि वे साधकों को एक जाग्रत चैतन्य की ओर ले जाती हैं ताकि वे मानव चैतन्य को सामूहिक तौर पर प्रभावित कर सकें।

एकम में तीन प्रमुख वार्षिक उत्सव मनाए जाते हैं - एकम ऐश्वर्य उत्सव (एकम अबन्डेंस फ़ेस्टिवल), एकम विश्व शांति उत्सव (एकम वर्ल्ड पीस फ़ेस्टिवल) तथा एकम मुक्ति उत्सव (एकम एनलाइटमेंट फ़ेस्टिवल)।

चलिए, अब एकम ऐश्वर्य उत्सव की बात करते हैं, जो एक मूल सिद्धांत पर बनाया गया है। हम अक्सर एक बुनियादी झूठ के साथ अवचेतन रूप से जीने लगते हैं - हमें लगता है, कि जीवन कारण व प्रभाव का रैखिक क्रम है।

हमें लगता है, कि अगर हमें हमारा जीवनसाथी मिल गया, तो जीवन में प्रेम उमड़ने लगेगा। अगर हम सफल हो गए, तो हम संतुष्ट होंगे। अगर हमें सही आहार मिला, तो हम आराम पाएँगे। पर हमारा जीवन उप परमाणु दुनिया की तरह है, जिसमें प्रभाव कारण से पहले आता है।

प्रेम में जाग्रत हों और आपका जीवन-साथी मिल जाएगा। संतुष्ट महसूस करें, तो सफल होंगे। गहन विश्राम की स्थिति में चले जाएँ, शरीर आपकी मर्ज़ी के अनुसार वज़न बढ़ा या घटा लेगा।

हम जिस ब्रह्माण्ड में जीते हैं, वह अनेक पवित्र नियमों के अनुसार चलता है जिससे अधिकतम मानवजाति अनजान है।

प्रश्न : एकम विश्व शांति उत्सव क्या है ? दुनिया भर के लोग इसमें हिस्सा कैसे ले सकते हैं ?

उत्तर : आइए, पहले यह जानें कि हममें से प्रत्येक के लिए शांति का क्या अर्थ है।

हममें से अधिकतर लोगों के लिए, जब हम शांति की बात करते हैं तो, मन में यही छवि आती है कि ग्रे सूट पहने कुछ व्यक्ति आपस में हाथ मिलाते हुए कुछ दस्तावेज़ों पर हस्ताक्षर करते हैं, कि वे परमाणु बमों का प्रयोग नहीं करेंगे या वे दो सीमाओं के बीच आतंकवाद को समाप्त करेंगे। यह निश्चित रूप से शांति लाने का एक तरीक़ा है। परंतु यह छवि अपने-आप में एक भ्रम पैदा करती है, क्योंकि जब भी विश्व में शांति पाने की बात होती है तो, अधिकतर लोग केवल दर्शक मात्र हैं, वे अपनी ओर से शांति के लिए कोई प्रयत्न नहीं करते।

परंतु क्या हम करते हैं? आइए, थोड़ा और नजदीक से देखते हैं। क्या आप पूरी प्रामाणिकता और सच्चाई से इन प्रश्नों के उत्तर दे सकते हैं?

- क्या आप अपने जीवन में कभी भावात्मक या शारीरिक यातना का शिकार हुए हैं?
- क्या आप कभी जीवन में किसी मोड़ पर वियोग या अलगाव के प्रभावों से पीड़ित हुए हैं?

- क्या आप कभी किसी दूसरे व्यक्ति की ओर से पैदा किए गए संघर्ष से प्रभावित हुए हैं?

हममें से प्रत्येक, जिसने भी माता-पिता की ओर से यातना सही है, वह शांति का मूल्य जानता है। हममें से प्रत्येक, जिसने भी एक पीड़ादायक तलाक़ या अलगाव को सहा है, वह शांति का मूल्य जानता है। हममें से प्रत्येक, जिसने भी काम पर, घर में या स्कूल में भेदभाव सहा है, वह शांति का मूल्य जानता है।

तो इस तरह यह कोई ऐसा विषय नहीं है, जिसे पूरी तरह से मध्यस्थों और विश्व नेताओं पर छोड़ देना चाहिए।

आइए, याद करें कि हम सभी चैतन्य में जुड़े हुए हैं। हर इंसान के व्यक्तिगत चैतन्य में जो भी हो रहा है, वह विस्तृत होगा और सामूहिक तौर पर युद्ध या हिंसा में प्रकट होगा। शांति के लिए, आपकी जागृति या सभी जीवराशि की शांति के लिए आपका ध्यान ही, संसार को विश्व शांति की ओर ले जाएगा।

शांति कोई विकसित गुण नहीं, यह अस्तित्व की एक स्थिति है - एक सुंदर आंतरिक स्थिति।

तो हम अपनी संघर्ष से भरी आंतरिक स्थिति को समाप्त कर, एक शांतिपूर्ण दुनिया को कैसे बना सकते हैं? हम सही मायनों में स्वयं को, अपने परिवारों व समुदायों को कैसे परिवर्तित कर सकते हैं।

सबसे पहले कुछ साधारण पहलों को लेते हैं। हमने नैतिक शिक्षा (मूल्य पर आधारित पहल), धार्मिक शिक्षा (मान्यताओं पर आधारित पहल) अथवा तर्क (आपसी लाभ व हानि की समझ पर आधारित पहल) के आधार पर एक सामंजस्य से भरपूर समाज को रचने में कितनी सफलता हासिल की है?

क्या संघर्ष को केवल शिक्षा के माध्यम से हल किया जा सकता है?

क्या केवल गुणों को विकसित करते हुए परिवर्तन पाया जा सकता है?

भले ही तर्क अथवा नैतिकता के बल पर कुछ अस्थायी सुधार हो सकते हैं परंतु यदि लंबे समय तक रहने वाला परिवर्तन संभव करना हो, तो युद्ध व हिंसा के मूल कारण को संबोधित करना होगा। और अधिकतर मामलों में, हिंसा व युद्ध की प्रत्येक घटना के मूल में, एक दुख स्थिति है, जो व्यक्ति को विनाशक वाणी और कृत्य में लिप्त कर देती है।

हमारी स्थिति का परिवर्तन ही सतत शांति का सुनिश्चित उपाय है।

यही कारण है, कि एकम विश्व शांति उत्सव कोई शांति सक्रियता नहीं है। यह शांति के प्रति चैतन्य की एक ऐसी यात्रा है, जो प्रति वर्ष अगस्त या सितंबर महीने में होती है। एकम में आए हुए हज़ारों साधकों के अलावा, पूरी दुनिया से पीस मेकर

(शांति दूत), हर शाम एकम से ऑनलाइन जुड़ते हैं ताकि शांति के विविध पक्षों पर आधारित सामूहिक ध्यान में हिस्सा ले सकें जिनमें धार्मिक सहिष्णुता से लेकर, पशुओं के प्रति दया भाव, महिलाओं व बच्चों के प्रति गहन सम्मान, आर्थिक शोषण का अंत तथा जातीय सामंजस्य को प्रोत्साहन शामिल है। ग्यारहवें दिन, दुनिया भर से लाखों लोग एकम में जमा होंगे और हम मिलकर विश्व शांति के लिए ध्यान करेंगे। एकम इस उत्सव के लिए उपयुक्त स्थान है, क्योंकि यह विस्तारक का काम करते हुए मानवीय चैतन्य पर प्रभाव डालता है।

प्रश्न : एकम मुक्ति उत्सव क्या है ? मैं इसमें कैसे हिस्सा ले सकता हूँ?

उत्तर : मैं अपना उत्तर देने से पूर्व, एक और प्रश्न करना चाहूँगा। *मुक्ति की कितनी स्थितियाँ हैं?*

हमारे मस्तिष्क में एक करोड़ से भी अधिक न्यूरॉन के साथ असंख्य न्यूरल कनेक्शन हैं। इस प्रकार तकनीकी तौर पर हम मुक्ति की असंख्य विभिन्न स्थितियों का अनुभव पा सकते हैं।

हालाँकि अगर आप विभिन्न संस्कृतियों को देखें, संपूर्ण इतिहास में चैतन्य की विस्तृत स्थितियों के बारे में बताया गया है। आप इन अनंत अद्भुत अनुभवों को चैतन्य की पाँच मुक्ति स्थितियों में अनुभव कर सकते हैं।

प्रीताजी और मैंने, एकम मुक्ति उत्सव को इस तरह रचाया, ताकि आप इन पाँचों स्थितियों का अनुभव पा सकें। यह सात दिवसीय उत्सव दिसंबर माह में आयोजित होता है, जो साठ से अधिक देशों के जिज्ञासु साधकों को एकम आने के लिए प्रेरित करता है।

परंतु, यह उत्सव केवल जीवनकाल में एक बार करने वाली यात्रा नहीं है – ये स्थितियाँ आपके मस्तिष्क के रसायन को परिवर्तित करेंगी, नए न्यूरोलॉजिकल सर्किट तैयार करेंगी ताकि आप निरंतर अपने सपनों में और जागने के समय में इन आनंदमय स्थितियों को अनुभव कर सकें।

हम आपको जिन अनुभवों का मार्गदर्शन देंगे, वे आपको मुक्ति स्थिति में रहने के लिए जिज्ञासु व सच्चे साधक के रूप में परिवर्तित करेंगे। जब आप घर वापस जाएँगे तो, भ्रम व संघर्ष के समय, आप जानेंगे कि आपके चैतन्य में एक ऐसी स्थिति है जिसे कोई अशांति छू भी नहीं सकती।

जब आप अचानक दुख की स्थिति में द्रवित हो उठेंगे, तो आप जानेंगे कि चैतन्य में ऐसी एक स्थिति है, जिसमें केवल परमानंद का वास है। जब आप वियोग की पीड़ा झेलेंगे, तब आप जानेंगे कि चैतन्य में एक ऐसी स्थिति है, जहाँ दूसरे आपसे अविभाज्य हैं।

जब आप अकेला महसूस करेंगे या मृत्यु का भय सता रहा होगा, तो आप जानेंगे कि चैतन्य में एक ऐसा स्थिति है जहाँ सभी एक हैं और आप ही एकम हैं।

प्रश्न : मैं चार परम रहस्यों में वर्णित, ध्यान विधियों से कैसे परिचित हो सकता हूँ ?

उत्तर : आप हमारे साथ प्रतिदिन अभ्यास कर सकते हैं। हमारे एप को डाउनलोड करने के लिए निम्न पते पर जाएँ www.breathingroom.com

यहीं आपको चार परम रहस्यों की ध्यान विधियाँ मिलेंगी। अपने स्पेशल ऑफ़र के लिए कोड लगाएँ "soul sync"

आभार

कृतज्ञता जागरूकता का विस्तार है; यह जीवन की पवित्रता के प्रति जागरूकता है। जब हम अपने जीवन का मनन करते हैं, तो प्रत्येक अनुभव में अनेक व्यक्तियों का प्रेम व समर्पण दिखाई देता है।

हमारे लिए उन सभी लोगों के नाम लेना असंभव होगा जिनके कारण यह पुस्तक साकार रूप ले सकी।

अंततः एक विशेष धन्यवाद उन सबके लिए, जिनके अनुभव इन पृष्ठों पर अंकित हैं।

लेखकों के विषय में

प्रीताजी और कृष्णाजी ओ ऐंड ओ एकैडमी के परिवर्तनकारी लीडर्स व सह-संस्थापक हैं। यह एकैडमी चैतन्य के परिवर्तन के लिए, तत्व ज्ञान व ध्यान पर आधारित स्कूल है। इस एकैडमी के केंद्र में 'एकम' एक अलौकिक शक्तिकेंद्र है, जो साधकों को अनुभव में उत्कृष्टता पाने के लिए जाग्रत करता है।

प्रीताजी, कृष्णाजी और उनकी पुत्री लोका ने दो विशाल कल्याणकारी संस्थाओं - वर्ल्ड यूथ चेंज मेकर्स (यह परिवर्तित युवा लीडर्स उत्पन्न करने के लिए कार्यरत है) तथा वन ह्यूमैनिटी केयर (भारत में एकैडमी के आसपास के हज़ारों गाँवों में ग्रामीणों के जीवन को बेहतर करना ही इसका लक्ष्य है) की स्थापना की है।

कृष्णाजी एक तत्वज्ञानी व महान योगी हैं जिनके ध्यान में अलौकिक ऊर्जा का क्षेत्र उत्पन्न होता है। वे संसार भर के अनेक संगठनों के वैश्विक नेताओं के मार्गदर्शक भी हैं।

प्रीताजी, अनेक प्रतिष्ठित ध्यान विधियों की रचयिता तथा एक महान योगी हैं, जिनकी ध्यान विधियों को दुनिया भर में प्रयुक्त किया जाता है। उनकी टेडएक्स टॉक बीस लाख से भी अधिक लोगों द्वारा देखी गई हैं। वे संसार के प्रमुख शहरों में प्रतिवर्ष, हज़ारों लोगों के लिए चार-दिवसीय *फ़ील्ड ऑफ़ अबन्डेंस* कार्यक्रम का नेतृत्व करती हैं। वे ऑनलाइन कार्यक्रम *सोर्स ऐंड सिंक्रोनीसिटीज़* तथा *बीइंग लिमिटलेस* में ज्ञान का बोधन भी करती हैं। प्रीताजी अपनी शिक्षाओं में दो क्षेत्रों के सम्मिलन के बारे में ज्ञान देती हैं - वैज्ञानिक व अलौकिक, तथा बुद्धि व हृदय।

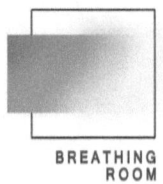

BREATHING ROOM

ब्रीदिंग रूम

ब्रीदिंग रूम का निर्माण गहन शांति पाने,
तनाव मुक्त होने और जीवन के प्रति सकारात्मक दृष्टिकोण
जगाने हेतु इच्छुक लोगों के लिए किया गया है।

ब्रीदिंग रूम एक मेडिटेशन ऐप से कहीं बढ़कर है। इसमें संबंधित विषयों के अलावा अनुभवी शिक्षकों का मार्गदर्शन तथा अपने मन को व्यस्त रखने का संवेदनशील दृष्टिकोण समाहित है। हमारी ध्यान साधनाएँ भारत में *ओ ऐंड ओ* एकैडमी द्वारा तैयार की गई हैं, जो हमारे चैतन्य को जाग्रत करने और परिवर्तन का केंद्र है। हमारी मनोहर, कुशल और प्रेरक ध्यान साधनाएँ नियमित अभ्यास को सहज बनाती हैं। उन लाखों लोगों से जुड़िए जो ध्वनि, विभिन्न गतिविधियों और श्वास प्रक्रिया का आनंद लेते हुए अपने जीवन को परिवर्तित कर रहे हैं। और अधिक जानकारी के लिए देखें - BreathingRoom.com

Breathing Room

BREATHING ROOM WAS CREATED FOR THOSE LOOKING FOR
GREATER CALM, REDUCED STRESS AND A MORE
OPTIMISTIC OUTLOOK ON LIFE.

Breathing Room is more than a meditation app. It features relatable topics, experienced teachers and a unique sensory approach to keep your mind engaged. Our meditations are created by the O&O Academy in India, our center for consciousness and transformation. Our beautiful, masterful and inspiring meditations make creating a regular practice effortless. Join the millions who have changed their life by simply participating in the joy of sound, movement and breath. Visit BreathingRoom.com to learn more.